Evdeki Yabancı

DOĞAN KİTAP TARAFINDAN YAYIMLANAN DİĞER KİTABI

Yan Evin Sırrı

EVDEKİ YABANCI

Orijinal adı: A Stranger in the House
© 1742145 Ontario Limited, 2017
Yazan: Shari Lapena
İngilizce aslından çeviren: Özge Onan
Yayına hazırlayan: Hülya Balcı

Yayın hakları: © Doğan Egmont Yayıncılık ve Yapımcılık Tic. A.Ş.
Bu kitabın Türkçe yayın hakları Akcalı Telif Hakları Ajansı aracılığıyla satın alınmıştır.

1. baskı / Mart 2019 / ISBN 978-605-09-5876-8
Sertifika no: 11940

Kapak tasarımı: Feyza Filiz
Baskı: Yıkılmazlar Basın Yayın Prom. ve Kağıt San. Tic. Ltd. Şti.
Evren Mah. Gülbahar Cad. No: 62 / C Güneşli - Bağcılar - İSTANBUL
Tel: (212) 515 49 47
Sertifika no: 11965

Doğan Egmont Yayıncılık ve Yapımcılık Tic. A.Ş.
19 Mayıs Cad. Golden Plaza No. 1 Kat 10, 34360 Şişli - İSTANBUL
Tel. (212) 373 77 00 / Faks (212) 355 83 16
www.dogankitap.com.tr / editor@dogankitap.com.tr / satis@dogankitap.com.tr

Evdeki Yabancı

Shari Lapena

Çeviren: Özge Onan

DOĞAN KITAP

Manuel, Christopher ve Julia'ya, daima.

Teşekkür

Çok fazla insana büyük teşekkür borçluyum. Bir gerilim romanını raflara ulaştırmak için birçok yetenekli insana ihtiyaç var ve ben, bu işi en iyi yapan bazı insanlarla çalıştığım için çok şanslıyım!

Helen Heller, sana teşekkür ederim; sezgilerin, cesaretlendirmen ve zekân, tam da ihtiyacım olan şeylerdi. Sana hayranım. Ayrıca, Marsh Ajansı'ndaki herkese, beni dünya çapında çok iyi temsil ettikleri için içtenlikle teşekkür ediyorum.

Muhteşem yayıncılarıma büyük şükran borçluyum. Brian Tart, Pamela Dorman ve Viking Penguin'deki (ABD) birinci sınıf ekibe çok teşekkür ediyorum. Ayrıca, Transworld U.K.'den Larry Finlay ve Frankie Gray'e ve oradaki harika ekibe de çok teşekkür ediyorum. Kristin Cochrane, Amy Black, Bhavana Chauhan ve Doubleday Canada'daki muhteşem ekibe de çok teşekkürler. Atlantik'in iki kıyısında da bu kadar iyi editör, satış ve tanıtım ekiplerine sahip olduğum için çok şanslıyım. Heyecanınız, uzmanlığınız ve kendinizi adayışınız aklımı başımdan aldı.

İlk okurlarım olan Leslie Mutic, Sandra Ostler, Cathie Colombo ve Julia Lapena'ya teşekkürler; fikirleriniz ve tavsiyeleriniz benim için her zaman çok değerli.

Son olarak kocam Manuel ve ikisi de çok iyi okurlar olan,

çok hevesli ve gönlü zengin çocuklarım Christopher ve Julia bütün kalpleriyle beni desteklemeseydi, bu kitabı yazamazdım.

Giriş

Burada olmamalıydı.

Terk edilmiş restoranın arka kapısından hızla çıkıp karanlıkta –ampullerin çoğu yanmış ya da kırık– ilerlerken kesik kesik nefes alıyor. Arabayı park ettiği yere doğru, ne yaptığının pek farkında olmadan, paniğe kapılmış bir hayvan gibi koşuyor. Bir şekilde arabanın kapısını açmayı başarıyor. Düşünmeden emniyet kemerini takıyor, arabayı iki gıcırtılı manevrayla ters döndürüyor; kayarak otoparktan çıkıp hız bile kesmeden yola savruluyor. Yolun karşı tarafındaki alışveriş merkezinde bir şey dikkatini çekse de gördüğü şeyi algılayabilecek kadar vakti yok, çünkü bir kavşağa geldi. Kırmızı ışıkta geçip hızını artırıyor. Düşünemiyor.

Yeni bir kavşağa geldiğinde, oradan da bir kurşun gibi geçiyor. Hız sınırının çok üzerinde ama umursamıyor. Uzaklaşması gerekiyor.

Yine bir kavşak, yine bir kırmızı ışık. Diğer yöndeki arabalar ilerlemeye başladı bile. Ama o durmuyor. Önündeki bir arabaya çekilmesi için el sallayıp kavşağa dalıp ardında büyük bir kargaşa bırakıyor. Arkasından gelen fren çığlıklarını ve korkunç kornaları duyabiliyor. Arabanın kontrolünü kaybetmeye tehlikeli derecede yakın. Sonra kontrolü kaybediyor; çılgınca frene bastığında kaymaya başlayan araba kaldırımın üstüne çıkıp burnundan bir elektrik direğine çarparken kadın bir netlik anında, bunların olduğuna inanamıyor.

1

Sıcak bir ağustos akşamında Tom Krupp arabasını –kiralık bir Lexus– iki katlı, güzel evinin garaj yoluna bıraktı. İki arabalık garajıyla birlikte bütün ev, geniş bir ön bahçenin ardına kurulmuştu ve güzel, yaşlı ağaçlarla çevriliydi. Garaj yolunun sağ tarafında taş döşemeli bir yol ön verandaya doğru uzanıyor ve buradan evin ortasındaki sağlam, ahşap kapıya giden merdivene varıyordu. Ön kapının sağında, oturma odasının bir duvarı boyunca uzanan büyük bir pencere bulunuyordu.

Ev, hafifçe kıvrılan bir çıkmaz sokaktaydı. Etrafındaki tüm evler de aynı şekilde çekici ve bakımlıydı ve bu eve benziyorlardı. Burada yaşayan herkes başarılı ve düzenini kurmuş insanlardı; herkes biraz kendini beğenmişti.

New York'un kuzeyindeki bu sessiz, zengin mahallede genellikle profesyonel çiftlerle aileleri yaşıyordu. Etraflarındaki şehrin ve daha büyük dünyanın sorunlarına karşı umursamazlık içindeki bu insanlar, Amerikan rüyası burada devam ediyormuş gibi, sakince ve rahatsız edilmeden yaşamaya devam ediyordu.

Ama bu huzurlu çevre, Tom'un o anki ruh haliyle uyumlu değildi. Tom farları söndürüp motoru kapattı ve bir süre huzursuzca karanlıkta oturarak kendinden nefret etti.

Sonra bir anda, karısının arabasının garaj yolunda, hep

durduğu yerde olmadığını fark etti. Otomatik bir hareketle saatine baktı; 21.20'ydi. Bir şeyi unutup unutmadığını düşündü. *Karısı bu akşam dışarı mı çıkacaktı?* Karısının bundan bahsettiğini hatırlamıyordu, ama son zamanlarda kendisi de çok meşguldü. *Belki de ufak bir işi halletmek için gitti ve birazdan döner.* Karısı ışıkları açık bırakmıştı; ışıklar eve davetkâr bir ışıltı veriyordu.

Tom arabasından inip yaz akşamında yeni biçilmiş çimenlerin kokusunu aldı ve hayal kırıklığını sindirmeye çalıştı. Karısını büyük bir hevesle görmek istiyordu. Elini arabasının motor kapağının üstüne koyup bir an durdu ve sokağın karşısına baktı. Sonra yolcu koltuğundan çantasıyla ceketini alıp yorgun bir tavırla kapıyı kapattı. Yol boyunca ilerleyip merdiveni çıktı, kapıyı açtı. Bir sorun vardı. Nefesini tuttu.

Tom, tokmağın üstüne koyduğu eliyle, eşikte kıpırdamadan durdu. Başta onu neyin rahatsız ettiğini anlayamamıştı. Sonra ne olduğunu anladı. Kapı kilitlenmemişti. Bu aslında çok alışılmadık bir şey değildi; eve geldiği çoğu gece doğrudan kapıyı açıp içeri girerdi, çünkü çoğu akşam Karen evde, onu bekliyor olurdu. Ama Karen arabasını alıp gitmiş ve kapıyı kilitlemeyi unutmuştu. Bu, kapı kilitlemek konusunda ısrarcı olan karısı için çok tuhaf bir durumdu. Tom yavaşça nefesini verdi. *Belki de acelesi olduğu için unuttu.*

Gözleri hızla, açık gri ve beyaz renklerdeki, dikdörtgen oturma odasında dolaştı. İçerisi tamamen sessizdi; evde kimsenin olmadığı belliydi. Karısı ışıkları açık bırakmıştı; uzun süreliğine gitmiş olamazdı. *Belki de süt almaya gitti.* Muhtemelen içeride bir not bulacaktı. Anahtarlarını ön kapının yanındaki küçük masaya atıp doğrudan evin arka tarafındaki mutfağa yöneldi. Açlıktan ölüyordu. Acaba karısı yemek yemiş miydi, yoksa onu beklemiş miydi?

Karısının akşam yemeği hazırladığı çok belliydi. Salata neredeyse tamamdı, bir domatesi yarısına kadar dilimlemişti. Tom ahşap kesme tahtasına, domatese ve yanında duran keskin bıçağa baktı. Granit tezgâhın üstünde, pişirilmeye hazır makarnalar duruyordu; paslanmaz çelik ocağın üstünde ise büyük bir tencerede su vardı. Ocak kapalı, tenceredeki su soğuktu; Tom, kontrol etmek için parmağını değdirmişti. Buzdolabı kapağında kendisine yazılmış bir not aradı, ama beyaz zeminin üzerinde hiçbir şey yoktu. Suratı asıldı. Pantolonunun cebinden telefonunu çıkartıp karısından gelen, görmediği bir mesaj olup olmadığına baktı. Hiçbir şey yoktu. Biraz sinirlenmeye başlamıştı. Karen ona haber verebilirdi.

Tom buzdolabının kapağını açıp içindekilere gerçekten görmeden bakarak bir süre durdu, sonra ithal bir bira alıp makarnayı pişirmeye karar verdi. Karısının birazdan döneceğine emindi. Merakla etrafa bakınıp, neyin bittiğini anlamaya çalıştı. Süt, ekmek, makarna sosu, şarap ve parmesan peyniri vardı. Banyoya baktı; tuvalet kâğıtları da vardı. Tom'un aklına, bu kadar acil olabilecek başka bir şey gelmiyordu. Suyun kaynamasını beklerken karısını aradı, ama karısı telefonu açmadı.

On beş dakika sonra makarna hazırdı ama karısı hâlâ yoktu. Tom makarnayı süzgeciyle lavaboya bıraktı, domates sosunun altını kapattı ve huzursuzca, açlığını unutmuş halde oturma odasına gitti. Büyük pencereden ön bahçeye ve sonrasında uzanan sokağa baktı. *Nerede bu kadın?* Artık endişelenmeye başlıyordu. Tekrar karısının cep telefonunu aradı ve arkasından gelen hafif bir vızıltı duydu. Başını hızla sesin geldiği yöne çevirdiğinde, kanepenin üstünde karısının titreşen telefonunu gördü. *Kahretsin. Telefonunu unutmuş. Artık ona nasıl ulaşacak?*

Evin içinde karısının nereye gitmiş olabileceğini gösterecek ipuçları aramaya başladı. Üst kattaki yatak odasında karısının çantasının, yatağın yanındaki komodinin üzerinde durmasına şaşırdı. Tom beceriksiz parmaklarıyla çantayı açtı; karısının çantasını karıştırdığı için hafif bir suçluluk duyuyordu. Bu çok mahremdi. Ama bu acil bir durumdu. Çantanın içindekileri özenle toplanmış yataklarının üzerine boşalttı. Karısının cüzdanı oradaydı; bozuk para çantası, ruju, bir kalem ve bir paket kâğıt mendil de. *O zaman bir iş halletmeye çıkmadı. Belki de bir arkadaşına yardım etmeye gitti? Belki de acil bir durum vardı?* Yine de, arabayla gidecekse cüzdanını yanına alırdı. Ayrıca yapabilecek olsa, şimdiye kadar onu aramaz mıydı? Birinin telefonunu ödünç alabilirdi. Karısının bu kadar düşüncesizce davranması hiç alışıldık bir durum değildi.

Tom yatağın ayakucuna oturup yavaşça paniklemeye başladı. Kalbi çok hızlı atıyordu. Bir şeyler yanlıştı. Belki de polisi araması gerektiğini düşündü. Onlara ne söyleyebileceğini düşündü. *Karım dışarı çıkmış, nerede olduğunu bilmiyorum. Telefonuyla cüzdanını almamış. Kapıyı kilitlemeyi unutmuş. Bunlar, hiç ona göre davranışlar değil.* Ortadan kaybolalı henüz çok az zaman geçtiği için, muhtemelen onu ciddiye almayacaklardı. Tom etrafta herhangi bir mücadele izi görmemişti. Her şey yerli yerindeydi.

Aniden yataktan kalkıp hızla bütün evi araştırdı. Ama telaşa kapılmasını gerektirecek hiçbir şey bulamadı; yerinden çıkıp asılı kalmış bir telefon, kırılmış bir pencere ya da yerde bir kan lekesi yoktu. Yine de, sanki bir kanıt bulmuş gibi hızlı ve sık nefes alıyordu.

Tereddüde kapıldı. Polis belki de tartıştıklarını düşünecekti. Onlara tartışmadıklarını, hatta genellikle hiç tartışmadıklarını söylese de ona inanmayacaklardı. Onlarınki, neredeyse mükemmel bir evlilikti.

Polisi aramak yerine hızla mutfağa girip Karen'ın telefon numaralarını yazdığı listedeki arkadaşlarını tek tek aramaya başladı.

* * *

Önündeki hurda yığınına bakan Memur Kirton umutsuz-ca başını salladı. İnsanlar ve arabalar. Memur Kirton, bak-tığı an midesini boşaltmasına sebep olabilecek sahneler gör-müştü. Bu seferki o kadar kötü değildi.

Kaza kurbanının üzerinde kimlik yoktu; muhtemelen otuzlarının başlarında bir kadındı. Yanında çantası ya da cüzdanı yoktu. Ama ruhsat ve sigorta belgeleri torpido gö-zündeydi. Aracın sahibi, Dogwood Yolu 24 numarada oturan Karen Krupp adlı bir kadındı. Kadının bazı açıklamalar yap-ması gerekecekti. Ve bazı suçlamalarla karşılaşacaktı. Şim-dilik, ambulansla en yakın hastaneye götürülmüştü.

Görgü tanıkları kadının karanlıktan bir anda fırlayan bir yarasa gibi geldiğini söylüyordu ve Memur Kirton da gördük-lerinden aynı sonuca varıyordu. Kırmızı ışıkta geçmiş, ara-cın kontrolünü kaybedince kırmızı Honda Civic'iyle kafadan elektrik direğine çarpmıştı. Başka kimsenin zarar görmemiş olması bir mucizeydi.

Muhtemelen kafası iyiydi diye düşündü Kirton. Ona uyuş-turucu testi yapmaları gerekecekti.

Arabanın çalıntı olup olmadığını merak etti. Bunu öğren-mek kolaydı.

Ama mesele şuydu; kadın bir araba hırsızı ya da uyuştu-rucu bağımlısı gibi görünmüyordu. Bir ev kadını gibi görünü-yordu. Tabii, onca kanın arasından görebildiği kadarıyla.

Tom Krupp, Karen'ın en sık görüştüğü insanları aradı. Onlar da nerede olduğunu bilmiyorsa, Tom daha fazla bekle-meyecekti. Polisi arayacaktı.

Telefonu tekrar eline alırken eli titredi. Korkudan midesi bulanıyordu.

Telefonun diğer ucundan bir ses, "911. Acil durum nere-de?" dedi.

* * *

Tom kapıyı açıp ciddi yüzlü polis memurunu gördüğü an çok kötü bir şey olduğunu anladı. Midesini kaldıran bir korku kapladı içini.

"Ben Memur Fleming" dedi polis, rozetini gösterirken. Saygılı ve kısık bir sesle, "İçeri gelebilir miyim?" diye sordu.

"Buraya nasıl bu kadar hızlı geldiniz?' diye sordu kafası karışan Tom. "911'i birkaç dakika önce aradım." Kendini her an şoka girebilecekmiş gibi hissediyordu.

"Buraya 911'i aradığınız için gelmedim" dedi memur.

Tom onu oturma odasına götürüp, bacakları iflas etmiş gibi kanepeye çöktü; memurun yüzüne bakmıyordu. Gerçeği duyacağı anı elinden geldiğince ertelemeye çalışıyordu.

Ama o an gelmişti. Zorlukla nefes alabildiğini fark etti.

"Başınızı aşağı indirin" dedi Memur Fleming, sonra elini nazikçe Tom'un omzuna koydu.

Tom başını kucağına doğru indirdi; kendini bayılacak gibi hissediyordu. Dünyasının yıkılmasından korkuyordu. Kısa süre sonra bakışlarını yukarı kaldırdı; neler olacağı konusunda bir fikri yoktu, ama kendisini iyi bir şeylerin beklemediğini biliyordu.

2

Üç oğlan –ikisi on üç, biri on dört yaşındaydı ve bıyıkları yeni terlemeye başlamıştı– etrafta çılgınca koşmaya alışıktı. Şehrin bu kısmındaki çocuklar hızlı büyürdü. Gecenin geç saatlerinde, evlerinde bilgisayar ekranının üzerine eğilip ev ödevi yapmıyorlardı ya da yataklarında değillerdi. Bela aramak için dışarı çıkmışlardı. Ve aradıklarını bulmuş gibi görünüyorlardı.

Biri bazen, otları olduğunda içmek için gittikleri, terk edilmiş restoranın kapısında aniden durup "Hey!" dedi. Diğer ikisi, onun iki yanına geçip durdular. Sonra karanlığa doğru baktılar.

"Bu ne?"

"Sanırım ölmüş bir adam."

"Gerçekten mi Sherlock?"

Duyuları bir anda alarma geçen oğlanlar oldukları yerde donup kaldılar; başka birinin de burada olabileceğinden korktular. Ama yalnız olduklarını fark ettiler.

Oğlanlardan biri rahatlayıp asabi asabi güldü. "Bir an için bir olaya karıştığımızı sandım."

Yerdeki cesede bakarak merakla ilerlediler. Bu sırtüstü uzanmış, yüzünde ve göğsünde belirgin kurşun yaraları olan bir adamdı. Adamın açık renkli gömleği epeyce kan çekmişti. Oğlanların hepsinin de midesi sağlamdı.

"Acaba üzerinde bir şeyler var mıdır?" dedi en büyük oğlan. Diğer oğlanlardan biri "Sanmam" diye cevap verdi.

Ama on dört yaşındaki oğlan ustaca bir hareketle elini ölü adamın ceplerinden birine soktu, bir cüzdan çıkarttı. İçini karıştırmaya başladı. "Sanırım şanslıyız" dedi sırıtarak; açık cüzdanı görmeleri için havaya kaldırdı. İçi nakit parayla doluydu ama bu karanlıkta içinde ne kadar para olduğunu anlamak çok zordu. Oğlan ölü adamın diğer cebinden bir cep telefonu çıkardı.

Silah bulmayı umarak zemini gözden geçirirken "Saatini ve eşyalarını alın" dedi. Bir silah bulması harika olurdu, ama görünürde yoktu.

Oğlanlardan biri saati çıkarttı. Diğeri ağır, altın yüzükle biraz uğraştıysa da sonunda onu ölü adamın parmağından çıkarıp kotunun cebine koydu. Sonra kolye olup olmadığına bakmak için cesedin boynuna dokundu. Kolye yoktu.

"Kemerini alın" diye emir verdi, liderleri olduğu belli olan en büyük oğlan. "Ayakkabılarını da."

Daha önce de bir şeyler çaldıkları olmuştu, ama hiç ceset soymamışlardı. Kendilerini bu işin heyecanına kaptırıp nefes nefese kaldılar. Sanki bir sınırı geçmişlerdi.

En büyük oğlan, "Buradan gitmeliyiz. Ve kimseye hiçbir şey söylemeyeceksiniz" dedi.

Diğer ikisi, uzun boylu çocuğa bakıp sessizce başlarını salladılar.

"Böbürlenmek için ne yaptığımızı hiç kimseye anlatmayacaksınız. Anladınız mı?" dedi büyük oğlan.

Diğerleri tekrar, ciddiyetle başlarını salladılar.

"Soran olursa, buraya hiç gelmedik. Gidelim."

Üç oğlan, ölü adamın eşyalarını yanlarına alıp hızla terk edilmiş restorandan çıktı.

Tom polisin ses tonu ve yüz ifadesinden, haberin çok kötü olduğunu anlayabiliyordu. Bir polis memuru, her gün bir sürü insana trajik haberler verirdi. Bu kez sıra ona gelmişti. Ama Tom bilmek istemiyordu. O bu geceyi baştan yaşamak istiyordu; arabasından inecek, ön kapıdan girecek ve mutfakta akşam yemeğini hazırlayan Karen'ı görecekti. Ona sarılmak, onu koklamak ve sımsıkı tutmak istiyordu. Her şeyin eskiden olduğu gibi olmasını istiyordu. Belki de eve o kadar geç gitmeseydi, her şey eskisi gibi olabilirdi. Belki de bu, onun suçuydu.

"Ne yazık ki, bir kaza oldu" dedi Memur Fleming; sesi ciddi, gözleri sempati doluydu.

Biliyordu. Tom kendini uyuşmuş hissediyordu.

"Karınız kırmızı bir Honda Civic mi kullanıyor?" diye sordu memur.

Tom tepki vermedi. Bu, gerçek olamazdı.

Memur bir plaka söyledi.

"Evet" dedi Tom. "Onun arabası." Sesi başka bir yerden geliyormuş gibi, tuhaf çıkıyordu.

Polis memuruna baktı. Zaman yavaşlamış gibiydi. Şimdi neler olduğunu söyleyecekti. Ona Karen'ın öldüğünü söyleyecekti.

Memur Fleming nazikçe, "Sürücü yaralı. Ne kadar ciddi olduğunu bilmiyorum. Şu an hastanede" dedi.

Tom elleriyle yüzünü kapattı. Karen ölmemişti! Ama yaralanmıştı. Tom, içinde belki de ciddi bir şey olmadığına dair hafif bir umut hissetti. Belki de her şey düzelecekti. Ellerini yüzünden çekti, titrek bir nefes aldı ve "Peki neler oldu?" diye sordu.

"Tek araçlık bir kazaydı" dedi Memur Fleming yavaşça. "Araba bir elektrik direğine çarpmış."

"Ne?" dedi Tom. "Bir araba nasıl durup dururken bir elektrik direğine çarpar? Karen çok iyi bir şofördür. Daha önce hiç kaza yapmamıştı. Kazaya başka biri sebep olmuş olmalı." Tom memurun yüzündeki temkinli ifadeyi fark etti. Ona söylemedikleri şey neydi?

"Sürücünün üzerinde kimlik yoktu" dedi Fleming.

"Çantasını burada bırakmış. Telefonunu da." Tom kendini

toparlamaya çalışarak elleriyle yüzünü ovuşturdu.

Fleming başını yana doğru eğdi. "Karınızla aranızda her şey yolunda mı, Bay Krupp?"

Tom ona inanamayan gözlerle baktı. "Evet, elbette."

"Yani kavga etmediniz ve olaylar büyümedi, öyle mi?"

"Hayır, ben evde bile değildim."

Memur Fleming Tom'un karşısındaki koltuğa oturup öne eğildi. "Koşullar sebebiyle, küçük bir ihtimalle, arabayı kullanan ve kazayı yapan kadın, karınız olmayabilir."

"Ne?" dedi Tom şaşkınlıkla. "Neden? Ne demek istiyordunuz?"

"Çünkü üzerinde kimlik yoktu. Şu an arabayı kullananın karınız olup olmadığını bilmiyoruz, sadece arabanın, onun arabası olduğunu biliyoruz."

Tom hiçbir şey söyleyemeden polis memuruna baktı.

"Kaza şehrin güney kısmında, Prospect ve Davis Yolu'nun kesişiminde oldu" dedi Memur Fleming, Tom'a imalı bakışlarla bakarken.

"Bu imkânsız" dedi Tom. Orası şehrin en kötü yerlerinden biriydi. Karen'ı orada gün ışığında bile görmek imkânsızdı, hava karardıktan sonra gitmesini aklı almıyordu.

"Karınız Karen'ın, şehrin o bölgesinde, hız sınırının çok üstünde, kırmızı ışıklarda geçerek araba kullanmasının sebebini biliyor musunuz?"

"Ne? Neler diyorsunuz?" Tom şaşkınlıkla polis memuruna baktı. "Karen şehrin o bölgesine gitmiş olamaz. Ve *asla* hız sınırını aşmaz; *asla* kırmızı ışıkta geçmez." Sırtını tekrar kanepeye yasladı. Bütün vücudunun rahatlayıp gevşediğini hissetti. "O kadın, karım değil" dedi kendinden emin bir tavırla. Karısını tanıyordu; Karen asla böyle bir şey yapmazdı. Neredeyse gülümseyecekti. "O, başka biri. Biri arabasını çalmış olmalı. Tanrı'ya şükür!" Kendisini hâlâ büyük bir endişeyle izleyen polis memuruna baktı. Sonra durumu anladığı an, panik geri geldi; "O zaman karım nerede?"

3

"Benimle hastaneye gelmeniz gerekiyor" dedi Memur Fleming.

Tom neler olduğunu anlamakta güçlük çekiyordu. Kafasını kaldırıp memura baktı. "Affedersiniz, ne dediniz?"

"Benimle hastaneye gelmeniz gerekiyor. Bir şekilde, kadının kimliğini belirlemeliyiz. Hastanedeki kadının karınız olup olmadığını öğrenmemiz gerekiyor. Ve eğer değilse, karınızı bulmamız gerekiyor." Sonra, "911'i aradığınızı söylediniz. Karınız evde değil ve arabası kaza yaptı" diye ekledi.

Tom her şeyi anlayarak hızlıca başını salladı. "Evet."

Aceleyle cüzdanını ve anahtarlarını alıp –elleri titriyordu– memurun arkasından evden çıktı ve sokağa park edilmiş, siyah beyaz arabanın arka koltuğuna oturdu. Tom komşularının bunu izleyip izlemediğini merak etti. Bulanık bir zihinle, bir polis arabasının arka koltuğunda oturmasının dışarıdan nasıl göründüğünü düşündü.

Mercy Hastanesi'ne vardıklarında Tom'la Memur Fleming Acil kapısından gürültülü, kalabalık bekleme salonuna girdiler. Tom gergin bir tavırla yumuşak, cilalı zemin üzerinde volta atarken Memur Fleming onlara trafik kazası kurbanının nerede olduğunu söyleyebilecek birini arıyordu. Bekledikçe Tom'un endişesi artıyordu. Neredeyse bütün koltuklar doluydu ve koridor boyunca ambulans sedyelerinde bekleyen hastalar vardı. Polis memurları ve ambulans görevlileri gelip gidiyordu. Hastane personeli bir pleksiglasın ardında durmadan çalışıyordu. Tavandan sarkan büyük televizyon ekranlarında zihni bulandıran bir dizi kamu sağlığı videosu dönüyordu.

Tom ne ümit etmesi gerektiğini bilmiyordu. Yaralı kadının Karen olmasını istemiyordu. Yarası çok ciddi olabilirdi. Bunu düşünmeye bile katlanamıyordu. Diğer yandan, onun nerede olduğunu bilmediği için, en kötüsünden korkuyordu... *Bu akşam ne oldu? Karen nerede?*"

Sonunda Fleming kalabalık acil servisin karşısından eliyle işaret etti. Tom aceleyle onun yanına gitti. Fleming'in yanında bezgin görünümlü bir hemşire vardı. Önce Tom'a sonra polis memuruna baktıktan sonra nazikçe "Üzgünüm. Şu an MR çekiliyor. Beklemeniz gerekecek. Uzun sürmez" dedi.

Fleming, "Kadının kimliğini belirlememiz gerek" diye bastırdı.

Hemşire sertçe, "MR'ı yarıda kesmeyeceğim" dedi. Anlayışla Tom'a doğru baktı. "Bakın ne diyeceğim" dedi, "geldiğinde üzerinde olan giysiler ve kişisel eşyaları bende. İsterseniz onları size gösterebilirim."

"Bu bize çok yardımcı olur" dedi Fleming, Tom'a bakarak. Tom başıyla onayladı.

"Benimle gelin." Onları uzun bir koridordan geçirip kapısını elindeki anahtarla açtığı, kilitli bir odaya soktu. Orada ağzına kadar dolu birkaç dolabı karıştırdıktan sonra, üzerine etiket yapıştırılmış şeffaf bir plastik torbayı alıp çelik bir masanın üstüne koydu. Tom'un gözleri hemen torbanın içindekilere kilitlendi. Torbada Tom'un hemen tanıdığı, desenli bir bluz vardı. Mide bulantısı bütün vücudunu ele geçirdi. O sabah işe gitmek için evden çıkarken Karen'ın üzerinde bu bluz vardı.

Tom "Oturmam gerek" deyip yutkundu.

Memur Fleming bir sandalye çekti, Tom bütün ağırlığını bırakarak oturdu; karısının plastik torbanın içindeki eşyalarına bakıyordu. Plastik eldivenini takan hemşire nazikçe eşyaları masaya çıkarttı. Desenli bluz, kot pantolon, spor ayakkabılar. Bluzun ve kot pantolonun her yanında kan lekeleri vardı. Tom'un midesindekiler ağzına kadar geldi; onları tekrar aşağı gönderdi. Karısının sutyeni ve külotu da aynı şekilde kan lekeleriyle doluydu. Başka bir plastik çantada alyansı, tek taş yüzüğü ve ona ilk evlilik yıldönümlerinde hediye ettiği, ucunda tek bir elmas olan altın kolye duruyordu. Başını kaldırıp inanamayan gözlerle yanındaki polis memuruna baktı ve sesi çatlayarak "Bunlar karıma ait" dedi.

Memur Fleming karakola döndükten kısa süre sonra yemekhanede Memur Kirton'la buluştu. Kendilerine birer kahve alıp oturacak bir yer buldular.

Kirton, "Yani araba çalınmamış. Kadın kendi arabasını öyle kullanıyormuş. Şu işe bak!" dedi.

"Bu çok saçma."

"Muhtemelen kadının kafası çok iyiydi."

Fleming kahvesinden bir yudum aldı. "Kocası şokta. Kazanın nerede ve nasıl olduğunu duyduğunda, kadının karısı olduğuna inanamadı. Neredeyse beni bile kadının başka biri olduğuna ikna edecekti." Fleming başını salladı. "Giysileri tanıdığında çok şaşırmış görünüyordu."

"Evet ama, kocası bilmese de uyuşturucu bağımlısı olan bir sürü ev kadını var" dedi Kirton. "Belki de o bölgeye de bu yüzden gitmişti; kafası iyi olunca da, arabada çıldırdı."

"Belki de." Fleming duraksayıp kahvesinden bir yudum daha aldı. "İnsanların neler yapabileceğini asla bilemezsin." Midesine yumruk yemiş gibi görünen koca için üzüldü. Fleming polis olarak geçirdiği yıllar boyunca birçok şey görmüştü ve hiç beklemeyeceğin bazı insanların ciddi uyuşturucu sorunlarını saklayabildiklerini biliyordu. Alışkanlıklarını sürdürebilmek için giriştikleri karanlık işleri saklayabildiklerini de biliyordu. Bir sürü insanın kirli sırları vardı. Fleming omuz silkti. "Onu gördüğümüzde, belki bize ne yapmaya çalıştığını anlatır." Son yudumu içip kahvesini bitirdi. "Kocasının da bunu öğrenmek isteyeceğinden eminim."

Acil servisin bekleme odasında Tom, huzursuzca volta atarak bekliyordu hâlâ. Son günlerde karısında fark ettiği tuhaf, alışılmadık bir şeyler olup olmadığını hatırlamaya çalışıyordu. Aklına hiçbir şey gelmedi, ama son zamanlarda işleri çok yoğundu. Bir şeyleri gözden kaçırmış olabilir miydi? Karen şehrin o bölgesinde ne halt ediyordu? *Ve hız sınırının üstünde.* Polislerin, karısının o gece yaptığını söylediği şeyler, Karen'ın karakterine o kadar tersti ki, Tom hiçbirine inanamıyordu. Ama yine de... Karısı içeride, doktorların yanındaydı. Onunla konuşmayı başardığı an, bunu ona soracaktı. Tabii ona, onu ne kadar çok sevdiğini söyledikten hemen sonra.

Yapması gerektiği gibi, eve erken gitmiş olsa neler olacağını düşünmekten kendini alamıyordu.

"Tom!"

Adını duyan Tom arkasına baktı. Hastaneye geldiğinde erkek kardeşi Dan'i aramıştı ve Dan şimdi, endişeyle asılmış çocuksu yüzüyle ona doğru ilerliyordu. Tom hayatı boyunca kimseyi gördüğüne bu kadar sevinmemişti. Rahatlayarak, "Dan" dedi.

Kardeşler kısa süre birbirlerine sarılıp, kalabalıktan uzaktaki sert plastik sandalyelere karşılıklı oturdular. Tom kardeşine bildiklerini anlattı. Tom'un destek almak için küçük erkek kardeşine yaslanması tuhaftı; genellikle bunun tersi olurdu.

Bekleme odasının karmaşası içinde, odanın diğer yanından yüksek bir ses "Tom Krupp" dedi.

Tom hemen ayağa kalkıp, arkasında Dan'le beyaz önlüklü adama doğru hızla ilerledi.

"Tom Krupp benim" dedi endişeyle.

"Ben Doktor Fulton. Eşinizi ben tedavi ediyorum" dedi doktor. Sesi cana yakın olmaktan çok, gerçekçiydi. "Kaza sırasında ciddi bir kafa travması yaşamış. MR çektik. Ciddi bir beyin sarsıntısı söz konusu, ama neyse ki beyin kanaması yok. Karınız çok şanslıymış. Diğer yaraları buna göre daha hafif. Burunda kırık var. Morarma ve yırtıklar var. Ama iyileşecek."

"Tanrı'ya şükür" diyen Tom rahatlayıp gevşedi. Kardeşine bakarken gözleri yaşlarla doldu. Bunca zamandır kendini tuttuğunu daha yeni anlıyordu.

Doktor başını salladı. "Emniyet kemeri ve hava yastığı hayatını kurtarmış. Bir süre kas tutulmaları yaşayacak ve feci bir baş ağrısı olacak, ama zamanla tamamen iyileşecek. Kendine çok yüklenmemeli. Hemşire, beyin sarsıntısıyla ilgili neler yapmanız gerekeceğini size anlatacak."

Tom başını salladı. "Onu ne zaman görebilirim?"

"Şimdi görebilirsiniz" dedi doktor. "Şimdilik sadece siz girebilirsiniz ve kısa sürede çıkmalısınız. Onu dördüncü kata götürdük."

"Ben burada beklerim" dedi Dan.

Karen'ı görme düşüncesi Tom'un tekrar endişelendirdi.

4

Karen kıpırdayamıyordu. Bilinçle bilinçsizlik arasında gidip geliyordu. Acıyı gitgide daha fazla hissetmeye başladığında, inledi.

Büyük bir çaba harcayarak –müthiş zorlanıyordu– gözlerini açtı. Koluna tüpler bağlanmıştı. Sırtı hafifçe dikleştirilmişti ve yatağın kenarlarında metal parmaklıklar vardı. Çarşaflar standart, beyazdı. Hemen bir hastane yatağında olduğunu anlayıp paniğe kapıldı. Kafasını hafifçe çevirdiğinde acı dolu bir zonklama hissetti. İrkildi ve oda etrafında dönmeye başladı. Hemşire olduğu belli olan bir kadın bulanık görüş alanına girdi; ileride, belirsiz hareketler yapmaya başladı.

Karen gözlerini odaklamaya çalıştıysa da bunu yapamadığını fark etti. Konuşmaya çalıştı ama dudaklarını da hareket ettiremiyordu. Her şey kurşun gibi ağırdı; onu aşağı çeken bir ağırlık varmış gibi hissediyordu. Gözlerini kırpıştırdı. Artık odada iki hemşire vardı. Hayır, hâlâ tek hemşire vardı; Karen çift görüyordu.

"Bir trafik kazası geçirdiniz" dedi hemşire kısık sesle. "Kocanız dışarıda. Onu getireyim. Sizi gördüğüne çok sevinecek." Hemşire odadan çıktı.

Tom diye düşündü, minnettardı. Dilini beceriksizce ağzının içinde ve etrafında gezdirdi. Çok susamıştı. Suya ihtiyacı vardı. Dilinin şiştiğini hissediyordu. Ne zamandır burada olduğunu ve daha ne kadar böyle, hareket etmeden, burada kalacağını düşündü. Bütün vücudu ağrıyordu ama en kötüsü başındaki ağrıydı.

Hemşire tekrar odaya girip, bir hediye veriyormuş gibi kocasını yanına götürdü. Görüşünün bulanıklığı hafiflemeye başlamıştı. Tom endişeli ve yorgun görünüyordu; tıraş olmamıştı ve bütün gece uyumamış gibiydi. Ama gözleri Karen'ın kendini güvende hissetmesini sağladı. Ona gülümsemek istediyse de başaramadı.

Tom sevgi dolu bakışlarla Karen'ın üzerine eğildi. "Karen!" diye fısıldayıp elini tuttu. "Tanrı'ya şükür, iyisin."

Karen konuşmaya çalıştı ama ağzından sadece kaba bir hırıltı çıktı. Su içebilmesi için hemşire hemen içinde tıbbi pipet olan, su dolu bardağı ağzına yaklaştırdı. Karen büyük bir iştahla suyu içti. İşi bittiğinde, hemşire bardağı götürdü.

Karen bir kez daha konuşmayı denedi. Çok çaba sarf etmesi gerektiği için vazgeçti.

"Her şey yolunda" dedi kocası. Tanıdık bir hareketle, Karen'ın alnına düşen saçları yana çekecekmiş gibi elini havaya kaldırdı, ama sonra aniden indirdi. "Trafik kazası geçirdin. Ama iyileşeceksin. Ben buradayım." Tom, karısının gözlerinin içine baktı. "Seni seviyorum, Karen."

Karen başını birazcık havaya kaldırmak istedi ama bu girişiminin ödülü keskin ve yakıcı bir ağrı, baş dönmesi ve mide bulantısı oldu. Sonra, birinin daha küçük odaya girdiğini duydu. Kocasından daha uzun ve ince, ruh gibi, beyaz önlük giymiş ve boynunun etrafına bir stetoskop takmış başka bir adam yatağına yaklaşıp sanki çok yukarıdan ona baktı. Kocası elini bırakıp adama yer açmak için kenara çekildi.

Doktor üzerine eğilip gözlerine sırayla küçük, parlak bir ışık tuttu. Memnun görünüyordu; küçük feneri cebine koydu. "Ciddi bir beyin sarsıntısı geçirdiniz" dedi. "Ama iyileşeceksiniz."

Karen sonunda sesine kavuşmuştu. Beyaz önlüklü doktorun yanında duran dağılmış, endişeden bitkin düşmüş adama bakıp "Tom" diye fısıldadı.

Karısına bakarken Tom'un kalbi sevgiyle doldu. Evlene-
li daha iki yıl bile olmamıştı. Tom, her gece ve her sabah bu
dudakları öpüyordu. Karen'ın ellerini, kendi elleri kadar iyi
biliyordu. Şimdi, etrafları morluklarla çevrili güzelim mavi
gözleri, acı dolu görünüyordu. "Karen" diye fısıldadı Tom. Biraz daha öne eğilerek "Bu
akşam neler oldu?" diye sordu.

Karen ona boş gözlerle baktı.

Tom ısrar etti; bunu bilmesi gerekiyordu. Sesi biraz sabır-
sız çıkıyordu. "Neden evden o kadar hızlı çıktın? Nereye gidi-
yordun?"

Karen başını sallamaya başladı, sonra durup bir an için
gözlerini kapattı. Gözlerini tekrar açtığında, "Bilmiyorum"
diye fısıldamayı başardı.

Tom inanamayan gözlerle ona baktı. "Bilmek zorunda-
sın. Bir kaza yaptın. Çok hızlıydın ve bir elektrik direğine
çarptın."

"Hatırlamıyorum" dedi Karen yavaşça; sanki bu, sahip ol-
duğu bütün enerjiyi harcamasına sebep olmuştu. Kocasının
gözlerine bakan gözleri korku doluydu.

"Bu çok önemli" dedi Tom umutsuzca, biraz daha öne eği-
lerek. Karen geri çekilip başını yastıkların içine gömdü.

Doktor araya girdi. "Şimdi dinlenmeniz için sizi yalnız bı-
rakacağız" dedi. Hemşireye kısık sesle bir şeyler söyledikten
sonra Tom'a eliyle, onunla gelmesi için işaret etti.

Tom hastane yatağındaki karısına bir kez daha baktıktan
sonra doktorun arkasından odadan çıktı. Kafasına aldığı dar-
be yüzünden olmalı, diye düşündü endişeyle. Belki de durum
düşündüklerinden daha kötüydü.

Zihninde düşüncelerle boğuşan Tom, Doktor Fulton'ı kori-
dor boyunca takip etti. Etraf fazlasıyla sessizdi; Tom saatin
gece yarısını geçtiğini hatırladı. Doktor onu, hemşire bölme-
sinin ardındaki kullanılmayan bir odaya götürdü.

"Oturun" deyip boş bir sandalyeye oturdu.

"Neden olanları hatırlayamıyor?" diye sordu Tom öfkeyle.

Doktor Fulton ciddi bir sesle "Oturun" dedi. "Sakinleşmeye çalışın."

Sıkışık odadaki tek boş sandalyeyi alan Tom "Tamam" dedi. Ama sakin olmakta zorlanıyordu.

Doktor, "Kafa travması geçiren hastaların kısa süreli, geriye dönük bellek kayıpları yaşaması, rastlanan bir durumdur" dedi.

"Bu da ne demek?"

"Baş bölgesinde fiziksel travmadan sonra, hatta duygusal travmadan sonra bile, hasta geçici olarak, travmadan önce yaşanan şeylere dair anılarını kaybedebilir. Bellek kaybı hafif ya da epey ciddi olabilir. Genellikle başa alınan darbelerde başka tip bir hafıza kaybı görürüz; kazadan sonraki dönemde, kısa süreli bellek sorunları yaşanır. Muhtemelen bir süre bu sorunla da karşılaşacaksınız. Bellek kaybı hafif de olabilir, her şeyi de unutabilir. Ama bazen, geriye dönük bellek kayıpları da yaşanır ve geniş kapsamlıdır. Sanırım şu an karşılaştığımız durum bu."

Doktor endişelenmiş görünmüyordu. Tom kendi kendine, bunun ona güven vermesi gerektiğini söyledi. "Hafızasını geri kazanacak mı?"

"Bence kesinlikle kazanacak" dedi doktor. "Sadece sabırlı olun."

"Hafızasını daha hızlı kazanmasına yardımcı olmak için yapabileceğimiz bir şey var mı?" Tom, dün gece neler olduğunu öğrenmek zorundaydı.

"Aslında yok. Sadece dinlenmeye ihtiyacı var. Beyninin iyileşmesi gerekiyor. Bu tip şeyler, zamanla düzelir."

Çağrı cihazı öten doktor alete bakıp izin istedi ve Tom'u büyük bir bilinmezlikle baş başa bırakarak gitti.

5

Ertesi sabah, sokağın karşı tarafında yaşayan, Karen'ın yakın arkadaşı Brigid Cruikshank, kucağında örgüsüyle Mercy Hastanesi'nin dördüncü katındaki bekleme salonunda oturmuş, ayağının yanındaki kumaş çantadaki yumuşak, sarı yünü ustaca örüyordu. Kalabalık otoparka bakan ve geniş pencerelerle aydınlanan bekleme alanı asansörlere uzak değildi. Bir bebek kazağı örüyordu ama ilmek kaçırmaya ve kazağa sinirlenmeye başladığını hissetti; aslında kızgın olduğu şeyin kazak olmadığını biliyordu.

Kot pantolon ve düz bir tişört giymiş, uzun boylu ve ince, saçları karmakarışık Tom'un asansörlere doğru yürüdüğünü gördü. Tom kendisini gördüğünde, savunmasız yakalanmış gibiydi. Belki de burada olmasından hoşlanmamıştı. Brigid buna çok şaşırmadı. Belki de Karen ve Tom, mahremiyetlerini korumak istiyorlardı. Bazı insanların yapısı buydu.

Ama Brigid'in neler olduğunu öğrenmesi gerekiyordu, bu yüzden Tom'un gözlerini yakaladı ve bakışlarını çekmedi; Tom sonunda yavaşça Brigid'in oturduğu yere doğru ilerlemeye başladı.

Brigid ona endişeyle baktı. "Tom. Seni gördüğüme çok sevindim. Seni aramaya çalıştım. Çok üzgünüm..."

Tom, aniden "Evet" diyerek onun sözünü kesti. Yanına oturdu, öne eğildi ve dirseklerini dizlerine dayadı. Berbat görünüyordu; sanki yirmi dört saattir hiç uyumamıştı. Muhtemelen uyumamıştı. "Çok endişelendim" dedi Brigid. Tom önceki gece onu iki kez aramıştı; ilkinde Karen'ın nerede olabileceğini bilip bilmediğini sormuş, ikincisinde hastaneden arayıp karısının bir trafik kazası geçirdiğini söylemişti. Ama bu çok kısa bir konuşmaydı ve Tom hiçbir detay vermeden, aniden kapatmıştı. Brigid çok merak ediyordu. Her şeyi öğrenmek istiyordu. "Bana neler olduğunu anlat."

Tom Brigid'in yüzü yerine, dümdüz karşıya bakıyordu. "Karen arabayı bir elektrik direğine çarpmış."

"Ne?"

Tom kıpırdayamayacak kadar yorgunmuş gibi, hafifçe başını salladı. "Polis hız sınırının üstünde olduğunu ve kırmızı ışıkta geçtiğini söylüyor. Bir şekilde, elektrik direğine çarpmış."

Brigid bir süre ona boş gözlerle baktı. "Karen bu konuda ne diyor?" diye sordu.

Tom bakışlarını ona çevirdiğinde Brigid onun gözlerinde çok umutsuz bir ifade gördü. "Hatırlamadığını söylüyor. Ne kazayı ne de kazaya sebep olan şeyleri" dedi Tom. "Dün geceyi hiç hatırlamıyor."

"Gerçekten mi?"

"Evet, gerçekten" dedi Tom. "Doktor, böyle yaralanmalarda bunun normal olduğunu söyledi."

Brigid gözlerini Tom'dan kaçırıp tekrar örgüsüne indirdi. "Peki hafızası geri gelecek mi?" diye sordu.

"Öyle düşünüyorlar. Ben de öyle umuyorum. Çünkü gerçekten ne yaptığını çok merak ediyorum." Brigid'e daha fazlasını söylemeye tereddüt edermiş gibi, bir an duraksadı. Sonra, "Çantasını almadan çıkmış ve kapıyı kilitlemeyi unutmuş. Çok acelesi varmış gibi" dedi.

"Bu çok tuhaf" dedi Brigid. Bir an için sessiz kaldı. Sonunda, "İyileşeceğine eminim" dedi. Cümlesi havada kalmıştı. Tom bunu fark etmemiş gibi görünüyordu.

Tom derin bir nefes alıp "Bir de polisle uğraşmam gerekiyor" dedi.

"Polis mi?" diye sordu Brigid hemen; bakışlarını tekrar ona doğru kaldırarak. Şimdi Tom'un yüzünde daha önce fark etmediği çizgileri görüyordu.

"Kazayı araştırıyorlar" dedi Tom. "Muhtemelen onu bir şeyle suçlayacaklar."

"Ah!" dedi Brigid, örgüsünü bir kenara bırakarak. "Çok üzgünüm Tom. Şu an ihtiyacın olan şey kesinlikle bu değil, değil mi?"

"Hayır, değil."

Brigid'in sesi yumuşadı. "Biriyle konuşmak istersen, nerede olduğumu biliyorsun, değil mi? İkinizin de yanındayım."

"Tabii" dedi Tom. "Teşekkürler." Ayağa kalktı. "Gidip bir kahve alacağım. Sen de ister misin?"

Brigid başını iki yana salladı. "Hayır, teşekkürler. Ben istemiyorum. Ama Karen'a geldiğimi iletebilir misin?"

"Elbette. Ama zamanını boşa harcıyor olabilirsin. Bugün kimseyle görüşmek isteyeceğini sanmıyorum. Çok ağrısı olduğu için ona çok ağır ağrı kesiciler veriyorlar. Aklı çok karışık ve sersemlemiş halde. Belki de eve dönmelisin."

"Biraz daha bekleyeceğim. Belki beni görmek ister" diyen Brigid tekrar örgüsünü eline aldı. Tom arkasını dönüp asansörlere yöneldiğinde, başını örgüsünden kaldırıp Tom'u izledi. Karen'ın kendisini görmek istemeyeceğine bir an için bile inanmamıştı. Yanında uzun kalmayacaktı. Tom asansörün içinde gözden kaybolup Brigid kapının kayarak kapandığını duyduğunda, eşyalarını toplayıp 421 numaralı odaya yöneldi.

Karen beyaz çarşafların üzerindeki bacaklarını huzursuzca kıpırdattı. Sırtı yastıklara dayanmıştı. Bu sabah kendini biraz daha iyi hissediyordu ve daha net düşünüp konuşabilmeye başlamıştı. Burada ne kadar kalacağını merak etti. Aralık kapısı hafifçe çalınan Karen halsizce gülümsedi. "Brigid" dedi. "İçeri gel."

"Gelebilir miyim?" dedi Brigid sessizce yatağa yaklaşırken. "Tom beni görmek istemeyebileceğini söyledi."

"Tom neden böyle bir şey dedi ki? Elbette seni gördüğüme sevindim. Gel, otur." Güçsüzce yatağa dokundu.

"Tanrım, şu çiçeklere bak" dedi Brigid.

"Hepsi Tom'dan" dedi Karen. "Beni güllere boğdu."

"Görüyorum" dedi Brigid, ağırlığını çok vermeden yatağın kenarına otururken. Karen'ı yakından inceledi. "Korkunç görünüyorsun."

"Öyle mi?" dedi Karen. "Beni aynalara yaklaştırmadılar. Kendimi, FrankenKaren gibi hissediyorum." Bu şakayla, kaza geçirdiğini öğrendiğinden beri içinde oluşan korkuyu kontrol altında tutmaya çalışıyordu. Karen, kazaya dair hiçbir şeyi hatırlamıyordu. En yakın arkadaşı Brigid'i gördüğüne çok sevinmişti. Bu, onu neredeyse ele geçiren endişeyi dağıtmış ve onu rahatlatmıştı. Diğer her şey bu kadar tuhafken, normallik hissi veriyordu.

Karen önceki gece neler olduğunu bilmiyordu. Ama korkunç bir şey olduğunu ve bunun onu hâlâ tehdit ettiğini biliyordu. Hiçbir şey bilmemek onu delirtiyordu. Ne yapacağını bilmiyordu.

"Neyse ki iyileşeceksin, Karen. Çok endişelendim."

"Biliyorum. Üzgünüm."

"Üzülme. Bir kaza geçirdin. Bu senin suçun değil."

Karen, Brigid'in ne bildiğini, Tom'un ona neler söylediğini merak etti. Muhtemelen pek bir şey söylememişti. Sebebini hiç bilmese de Tom, hiçbir zaman Brigid'i çok sevmemişti. İkisinin yıldızı bir türlü barışmamıştı. Bu bazen işleri tuhaflaştırabiliyordu.

"Bu çok korkunç Brigid" dedi Karen tereddütle. "Neler olduğunu hatırlamıyorum. Tom arabayı deli gibi kullandığımı, çok hızlı gittiğimi söylüyor ve bana durmadan neler olduğunu soru..."

Tam o anda, elinde iki kahve bardağıyla Tom odaya girdi. Brigid'in yatakta oturduğunu gördüğünde rahatsızlığını saklamaya çalıştıysa Karen'ı kandıramamıştı. Karen odanın ısısının birkaç derece düştüğünü hissetti. Tom kahvelerden birini Karen'a verdi.

"Selam Brigid" dedi Tom normal bir sesle.

Brigid ona bir an bakıp "Selam" diye cevap verdi. Yüzünü tekrar Karen'a çevirdi. "Sadece seni kendi gözlerimle görüp iyi olduğundan emin olmak istedim" dedi Brigid yatağın kenarından kalkarken. "Şimdi gidip ikinizi yalnız bırakayım."

Karen, "Gitmene gerek yok" diye karşı çıktı.

"Dinlenmeye ihtiyacın var" dedi Brigid. "Yarın yine gelirim, tamam mı?" Tom'a gülümseyip odadan çıktı.

Karen yüzünü asarak Tom'a baktı. "Neden Brigid'den hiç hoşlanmıyorsun?" dedi.

"Ondan hoşlanmadığımı kim söyledi?"

"Gerçekten mi? Çünkü onu burada gördüğüne hiç memnun olmadığın çok belliydi."

"Sadece seni düşünüyordum" diye itiraz etti Tom. "Doktorun ne dediğini biliyorsun. Sakinliğe ihtiyacın var."

Karen kahve bardağının üstünden Tom'a baktı, ona inanmamıştı.

O akşamüstü daha geç saatlerde Tom biraz dinlenmek için eve gittiğinde Doktor Fulton geldi. Karen onu önceki geceden hatırlıyordu.

"Bugün nasılsınız?" diye sordu doktor.

Sesi alçak ve yumuşaktı; Karen bunun için ona müteşekkirdi. Baş ağrısı gün boyunca daha da kötüleşmişti. Temkinli bir şekilde "Bilmiyorum. Siz söyleyin" dedi.

Doktor ona belli belirsiz gülümsedi. "Bence iyileşeceksiniz. Beyin sarsıntısı dışındaki sorunlarınız küçük." Elindeki küçük fenerle tekrar gözlerini kontrol ederken bir yandan da yumuşak bir sese konuşuyordu. "Endişelenmemize sebep olan tek şey kazayı hatırlamamanız, ama bu da rastlanmayan bir durum değil. Muhtemelen hafızanız bir süre sonra geri gelecek."

"Yani daha önce böyle vakalar gördünüz" dedi Karen yavaşça, "İnsanlar hafızalarını kaybedebiliyor, değil mi?"

"Evet, gördüm."

"Peki hafızaları her zaman geri gelir mi?"

"Hayır, her zaman gelmez." Doktor, nabzını kontrol ediyordu.

"Ama genellikle gelir mi?"

"Evet."

Karen "Ne kadar sürer?" diye endişeyle sordu. Bir an önce hafızası geri gelmeliydi. Tam olarak neler olduğunu bilmesi gerekiyordu.

"Bu kişiye göre değişir. Günler ya da haftalar alabilir. Herkes birbirinden farklıdır." Bir göstergedeki değerleri kontrol edip, "Ağrılarınız nasıl?" diye sordu.

"Katlanılabilir."

Doktor başıyla onayladı. "Daha iyi olacak. Gözlem altında kalmanız için sizi bir ya da iki gün daha burada tutacağız. Eve gittiğinizde de kendinize yüklenmemeniz gerekiyor. Size, gitmeden önce buradaki eczaneden alabileceğiniz birkaç ilaç yazacağım. Kocanıza da, sizinki gibi bir beyin sarsıntısı durumunda neler yapılması gerektiğini anlattım."

"Hafızamın geri gelmesi için benim yapabileceğim bir şey var mı?" diye sordu Karen.

"Aslında yok." Doktor ona gülümsedi. "Sadece biraz zamana bırakın." Sonra Karen'ı içinde yükselen panik duygusuyla baş başa bırakarak gitti.

Daha sonra, sakin ve hoş, yeni bir hemşire odaya girdi ve her şey yolundaymış gibi bir şeyler yaptı. Ama her şey yolunda değildi.

"Ayna alabilir miyim?" diye sordu Karen.

"Tabii, gidip bir ayna getireyim" dedi hemşire.

Hemşire elinde bir aynayla geri döndü. "Gördükleriniz karşısında şoke olmayın" dedi. "Birkaç yüzeysel hasar var ama hepsi iyileşecek. Göründüğü kadar kötü değil."

Karen endişeyle aynayı aldı. Neredeyse tanınmayacak hale gelmişti; normalde güzel olan yüz hatları ve cildi, korkunç şişkinlikler ve koyu morlukların altına gizlenmişti. Ama onu en çok rahatsız eden şey, kaybolmuş ve korkmuş gözleriydi. Hiçbir şey söylemeden aynayı hemşireye geri verdi.

O gece geç saatlerde, genç çift sinemadan çıkmış, el ele eve doğru yürüyordu. Yürüyüş yolu uzundu, ama çok güzel bir geceydi; birlikte olmak istiyorlardı ama gidebilecekleri hiçbir yer yoktu. Oğlan sonunda onu bir plazanın arkasındaki karanlık duvara doğru çekip öpmüştü. Oğlan kızdan büyüktü ve yavaş hareket ediyordu; ne yaptıklarını hiç bilmeyen diğer aceleci ve beceriksiz oğlanlara benzemiyordu. Kız da onu öptü.

Çöplük tarafından yüksek sesli bir gürültü gelince ayrıldılar. Bir restoranın çöplerini boşaltan bir adam onlara bakıyordu. Oğlan, kolunu koruyucu bir tavırla kızın omzuna doladı. "Gel" dedi, kızın elini tutarak. "Gidebileceğimiz bir yer biliyorum."

Kızın vücudu heyecandan zonkluyordu. Oğlanı sonsuza kadar böyle öpebilirdi. Onunla yalnız kalmak istiyordu, ama... Kız durdu. "Nereye gidiyoruz?"

"Yalnız kalabileceğimiz bir yere." Oğlan kızı kendine doğru çekti. "Tabii istediğin buysa." Onu tekrar öptü. "Ya da seni eve bırakabilirim."

O anda kız, oğlanın peşinden her yere gidebilirdi. Elini oğlana uzattı; birlikte karşıya geçtiler ama kız nereye gittiklerinin farkında bile değildi. Sadece oğlanın elini tutarken hissettiklerinin ve ne istediğinin farkındaydı. Bir kapıya geldiler. Oğlan iterek kapıyı açtı. Başını kıza doğru eğdi. "Haydi, gel. Sorun yok. İçeride kimse yok."

Kız eşikten içeri girer girmez oğlan onu kollarına aldı. Onu yeniden öpmeye başladı, ama kızı rahatsız eden bir şey vardı. Bir koku vardı. Kız oğlandan uzaklaştı; oğlan da kokuyu fark etmiş gibi görünüyordu. İkisi, aynı anda gördüler. Yerde, üzerinde kan lekeleri olan bir ceset yatıyordu.

Kız çığlık attı. Oğlan elini yumuşakça kızın ağzının üstüne kapatıp onu susturdu. "Şşşştt... Şşşştt... Sessiz olmalısın!"

Kız çığlık atmayı bırakıp dehşetle yerdeki adama baktı. Oğlan elini ağzından çektiğinde, "Ölmüş mü?" diye fısıldadı.

"Ölmüş olmalı." Oğlan adama doğru ilerleyip ona yakından baktı. Kız cesede daha fazla yaklaşmaya cesaret edemiyordu. Kusmaktan korkuyordu.

Arkasını dönüp binadan çıktı ve sokakta durup nefes almaya çalıştı. Oğlan hemen arkasındaydı. Kız bakışlarını kaldırıp acıyla oğlana baktı. "Polisi aramalıyız." Kız, bunu yapmayı hiç istemiyordu. Annesine o akşam bir kız arkadaşında kalacağını söylemişti.

"Hayır" dedi oğlan. "Bırakalım, başka biri onu bulup polisi arasın. Bunu biz yapmak zorunda değiliz."

Kız, oğlanın neden korktuğunu biliyordu. Kız, on altı yaşındaydı. Oğlan da on sekizindeydi.

"Bak" dedi oğlan aceleyle, "adam hâlâ hayatta olsaydı durum farklı olurdu, ama onun için yapabileceğimiz hiçbir şey yok. Gidelim. Başka biri onu bulacaktır."

Kız bunun yanlış olduğunu düşünüyordu ama oğlanın söyledikleri onu rahatlattı. Başını salladı. Sadece eve gitmek istiyordu.

6

Brigid her sabah yaptığı gibi oturma odasındaki büyük penceresinin önündeki en sevdiği sandalyesine oturup dışarı baktı. Brigid'in evi, Tom ve Karen'ın evinin tam karşısındaydı. Tom'un hastaneye gidişini izlemek için beklerken elinde kahve fincanıyla pencerede durdu.

Brigid'in kocası Bob işe gitmeden vedalaşmak için oturma odasına girdi.

"Bu akşam geç geleceğim" dedi. "Akşam yemeğine yetişemeyebilirim. Muhtemelen yolda bir şeyler atıştıracağım."

Derin düşüncelere dalmış olan Brigid cevap vermedi.

"Brigid?" diye sordu Bob.

Brigid, "Ne?" diyerek ona doğru döndü.

"Eve geç geleceğimi söyledim. Bu akşam taziye ziyareti var."

"Tamam" dedi aklı başka yerde olan Brigid.

"Sen bugün ne yapacaksın?" diye sordu Bob.

"Karen'ı görmek için tekrar hastaneye gideceğim." Belki bugün daha uzun vakit geçirebilirlerdi.

"Güzel. Bu güzel" dedi Bob. Bir an için tereddüde düşerek eşikte durduktan sonra gitti.

Brigid kocasının onun için endişelendiğini biliyordu.

Aslında bugün ne yapacağı umurunda değildi. Bob, Brigid'in çok fazla boş zamanı olmasının onun için iyi olmadığını düşünüyordu. Umursadığı tek şey, randevularına gidip gitmediğiydi. Bu yüzden Brigid ona hep gittiğini söylüyordu.

Fleming bunun, baştan aşağı çok tuhaf bir kaza olduğunu düşünüyordu; saygıdeğer bir ev kadını olduğu söylenen şoför şehrin en kötü mahallesinde bulunmuştu ve vücudunda, bu davranışını açıklayabilecek alkol ya da uyuşturucuya rastlanmamıştı. Şimdi de doktor, kadının hafızasını kaybettiğini söylüyordu.

Dalga geçiyor olmalısın, diye düşündü Fleming.

"Ne hoş" dedi yanında duran Memur Kirton. Karen Krupp'ın oda kapısında bir an için durdular. Fleming doktoru durdurmak için elini havaya kaldırdı. "Numara yapıyor olabilir mi?" diye sordu sessizce.

Doktor Fulton ona büyük bir şaşkınlıkla, bu hiç aklına gelmemiş gibi baktı. "Sanmıyorum" dedi yavaşça. "Ciddi bir beyin sarsıntısı geçirdi."

Fleming düşünceli bir tavırla başını salladı. Üçü birlikte küçük, özel odaya girdiler. Odadaki tek sandalyede Karen Krupp'ın kocası oturuyordu. Onlar da girince içerisi çok kalabalık olmuştu. Morluk ve ezikler içindeki Karen Krupp, onlara dikkatle baktı.

"Bayan Krupp" diye söze girdi; "Ben Memur Fleming, bu da Memur Kirton. Birkaç sorumuzu cevaplayabileceğinizi umuyorduk."

Karen yastıklara dayanıp biraz dikleşti. Tom Krupp huzursuzca kıpırdandı.

"Evet, elbette" dedi Karen. "Ama... Doktorlar size söyledi mi bilmiyorum ama henüz kaza hakkında hiçbir şey hatırlamıyorum." Özür diler gibi kaşlarını çattı.

"Size neler olduğu anlatıldı mı?" dedi Kirton.

Karen tereddütle onayladı. "Evet, ama ben hiçbirini hatırlamıyorum."

"Bu çok kötü" dedi Fleming. Kadın saklamaya çalışsa da, Fleming odada olmalarının onu tedirgin ettiğini görebiliyordu. "Kaza şehrin güney kısmında, Prospect ve Davis'in köşesinde oldu." Duraksadı. Karen gergin bir ifadeyle ona baktı ama hiçbir şey söylemedi. "Siz şehrin kuzeyinde yaşıyorsunuz. Sizce oraya neden gitmiştiniz?"

Karen başını sallayıp hafifçe irkildi. "Bilmiyorum."

"Bir tahmininiz var mı?" diye sordu Fleming nazikçe. Karen cevap vermeyince, "Şehrin o kısmında uyuşturucu, çeteler ve suçlular vardır. Orası banliyöde yaşayan bir ev kadınının gideceği bir yer değildir" dedi.

Karen umutsuzca omuz silkip kısık bir sesle, "Üzgünüm..." dedi. Kocası uzanıp elini sıktı.

Fleming ona bir kâğıt verdi.

"Bu da ne?" diye sordu Karen gerilerek.

"Ne yazık ki, Trafik Güvenliğini Tehlikeye Sokma Suçu'ndan yargılanacaksınız. Bu, New York eyaletinde çok ciddi bir suçtur."

Karen kâğıda bakıp dudaklarını ısırdı. "Avukat tutmam gerekecek mi?" diye sordu emin olamayarak.

Fleming, "Bu iyi bir fikir. Bu bir suç. Suçlu bulunursanız, bu sabıka kaydınıza işlenir ve hapse girmeniz gerekebilir." Kadının yüzünde beliren şok ifadesini gördü. Tom Krupp kusacakmış gibi görünüyordu. Fleming Kirton'a baktı; sonra birlikte, başlarıyla selam verip odadan çıktılar.

Doktor Fulton, Fleming ve Kirton'ı dışarı kadar geçirdi. Bir acil servis doktoru olarak hayatı çok kaotik olsa da, hastasının şehrin en kötü bölgesinde neden kırmızı ışıklarda geçtiğini merak edecek kadar vakti olmuştu. Kadın iyi birine benziyordu. Eğitimliydi ve iyi konuşuyordu; böyle bir şey yapmasını bekleyeceğin biri değildi. Kocasının da şaşkına döndüğü çok belliydi.

Memurların koridorda kendisinden uzaklaşmasını izledi;

siyah üniformalı iki sağlam vücut, pastel renkli hemşireler denizinin içinde göze batıyordu. Bir an için onları geri çağırmayı düşündü. Ama o an geçti; doktor adamların gidişini izledi.

İki gece önce getirdiklerinde Karen Krupp'ın zihni çok dağınıktı ve bilinci gelip gidiyordu. Kim olduğunu bilmiyormuş gibi görünüyordu; onlara adını söyleyememişti. Çok telaşlıydı ve başka birinin adını tekrarlayıp duruyordu; doktor bunun bir erkek ismi olduğunu hatırlıyordu. İsmin ne olduğunu hatırlayamıyordu —o gece acil servis çok olaylıydı— ama Tom olmadığından emindi. Bu doktoru rahatsız ediyordu. Belki hemşirelerden biri hatırlardı.

Doktor kadının hafızasını kaybetmiş numarası yaptığını düşünmüyordu. Kadının da kocası kadar, o gece neler olduğunu öğrenmek istediğini düşünüyordu.

O akşam —artık kazanın üzerinden neredeyse 48 saat geçmişti— Tom hastaneden çıkıp otoparkın uzak ucundaki arabasına doğru ilerledi. Yanında olduğu süre boyunca Karen dağınık ve üzgün görünüyordu. Gündüz ziyaretlerine gelen polis memurları ikisini de endişelendirmişti. Karen'ın sabıka kaydı olabileceğini, kısa süreli bile olsa —Tom New York'taki trafik güvenliğini tehlikeye sokma cezasını Google'da araştırmıştı— hapse girebileceğini düşünmeye katlanamıyordu bile. Derin bir nefes aldı. Belki onlara insaflı davranırlardı. Güçlü olması gerekiyordu; polisle ilgili meseleleri şimdilik zihninden kovmaya çalıştı.

Tom eve doğru giderken Karen'ı ve birlikte yaşadıkları hayatı düşündü. Birlikte çok mutlu ve rahatlardı. Ama şimdi...

Tanıştıklarında Karen, Tom'un muhasebeci olarak çalıştığı şirkette, geçici bir pozisyonda çalışıyordu. Aralarında hemen bir çekim oluşmuştu. Tom, onu bir randevuya davet edebilmek için iki haftalık çalışma süresinin dolmasını sabırsız-

44

lıkla beklemişti. Yine de bu tip çekimler konusunda temkinli davranıyordu, çünkü daha önce durumları yanlış değerlendirdiği olmuştu. Bu yüzden kendine, bu kez karşısındaki kadını tanımak için biraz ağırdan alacağına dair söz vermişti. Bu, Karen'a da uygunmuş gibi görünüyordu. Karen başlangıçta çekingendi. Tom, belki de onun da geçmişte birilerini yanlış değerlendirdiğini düşünmüştü.

Ama Karen tanıdığı diğer kadınlara benzemiyordu. Oyunlar oynamıyordu. Tom'un kafasını karıştırmıyordu. Karen'da, Tom'un paniğe sevk edecek hiçbir şey yoktu. Hiçbir zaman olmamıştı.

Yaptığı şeyin bir açıklaması olmalıydı. Biri Karen'ı kandırıp oraya götürmüş olmalıydı. Hafızası yerine geldiğinde her şeyi açıklayabilecekti.

Karen'ın korktuğunu görebiliyordu. Tom da korkuyordu.

Arabayı garaj yoluna park edip ön basamakları yavaş yavaş çıktı. İçeri girdiğinde, yorgun gözlerle eve baktı. Ev biraz dağınıktı. Mutfakta, masada ve lavaboda kirli tabaklar vardı. Hastaneye gelip giderken, tuhaf saatlerde atıştırmıştı.

Ortalığı temizlese iyi olurdu. Karen hastaneden dağınık bir eve gelmemeliydi; bu hiç hoşuna gitmezdi. Oturma odasından başladı; etrafı toparlayıp eşyaları yerlerine kaldırdı, kirli kahve fincanlarını mutfağa götürdü. Ortadaki büyük halıyı süpürdü, üzeri cam kaplı orta sehpayı cam silici ve kâğıt havluyla temizledi. Sonra mutfağa girdi. Bulaşık makinesini doldurdu, tezgâhları sildi ve cam kahve demliğini elde yıkamak için lavaboyu sıcak su ve bulaşık deterjanıyla doldurdu. Karen'ın bulaşık yıkarken kullandığı plastik eldivenleri aradı ama bulamadı. Ellerini sıcak, köpüklü suya daldırdı. Eve döndüğünde, Karen'ın ev konusunda endişelenmesini değil, iyileşmeye odaklanmasını istiyordu.

* * *

Doktor Fulton o akşam eve gitmeden önce son kez uğradığında Karen yalnızdı. Saat çok geçti; koğuş sessizdi ve Karen'ın da uykusu vardı. Doktor yatağın yanındaki boş sandalyeye oturup tereddütle, "Size söylemek istediğim bir şey var" dedi.

Doktorun gözlerindeki tereddüdü gören Karen'ın bütün vücudu gerildi.

"Sizi buraya getirdiklerinde, zihniniz çok bulanıktı" diye başladı. "Bir şeyler söylüyordunuz."

Karen artık çok endişelenmiş ve tamamen uyanmıştı.

"Durmadan birinin adını tekrarlıyordunuz. Bunu hatırlıyor musunuz?"

Karen kaskatı kesildi. "Hayır."

"Ben hatırlayamadım ama hemşirelerden biri sürekli Robert adını sayıkladığınızı söyledi. Bu isim size bir şey ifade ediyor mu?" Doktor merakla bakıyordu.

Karen'ın kalbi hızla atmaya başlamıştı. Yavaş yavaş başını ileri geri hareket ettirip, düşünüyormuş gibi dudaklarını büzdü. "Hayır" dedi. "Bu isimde kimseyi tanımıyorum."

"Tamam" dedi Doktor Fulton, ayağa kalkarken. "Denemeye değeceğini düşünmüştüm."

"Bir anlamı olmadığından eminim" dedi Karen. Doktor kapıya ulaşana kadar bekledi, sonra son anda, "Bence kocama bundan bahsetmenize gerek yok" diye ekledi.

Doktor dönüp Karen'a baktı. Bir an için göz göze geldiler. Sonra doktor başıyla onaylayıp odadan çıktı.

7

Ertesi sabah ön kapının zili çaldığında Tom duştan yeni çıkmıştı. Üstüne bir kot ve tişört giymişti; saçları taranmış olsa da hâlâ ıslaktı. Birazdan hastaneye gitmek için evden çıkacaktı; ofisten uzakta geçireceği bir gün daha. Ayakları çıplaktı ve az önce kahve makinesini çalıştırmıştı.

Tom, sabahın bu erken saatinde kapısına kimin gelebileceğini tahmin edemiyordu. Saat daha sekiz bile olmamıştı. Sessizce yürüyüp kapının camından dışarı baktı. Verandada Memur Fleming duruyordu.

Fleming'in dışarıda durduğunu görmek, Tom'un sinirlerini anında bozdu. Zaten yapması gereken bir sürü şey vardı ve hâlâ dün bildiklerinden daha fazlasını bilmiyordu. Polislere yardımcı olamazdı. Neden Fleming gidip, Karen'ın hafızası yerine gelene kadar onları rahat bırakmıyordu?

Tom kapıyı açtı; üniformalı bir polis memurunu kapının önünde bekletemezdi.

"Günaydın" dedi Fleming.

Tom ne yapması gerektiğinden emin olamayarak ona baktı. Fleming'in, Karen'ın korkunç kaza haberini getirdiği ilk gelişinde kendisine ne kadar nazik davrandığını hatırladı.

Fleming sonunda, "İçeri gelebilir miyim?" diye sordu. O geceki gibi, profesyonel ve saygılıydı. Sessiz, rahat bir havası vardı. Tehditkâr değildi; karşısındakine yardım etmek isteyecek birine benziyordu.

Tom başıyla onaylayıp kapıyı açtı. Bütün ev demlenen kahvenin kokusuyla dolmuştu. Memura kahve ikram etmesi gerektiğini düşündü. "Kahve?" diye sordu.

"Tabii" dedi Fleming, "Harika olur."

Tom evin arkasındaki geniş mutfağa giderken ahşap zemin üzerinde ilerleyen polis onu takip etti. Tom kahveleri doldururken Fleming'in sessizce kendisini izlediğini hissedebiliyordu. Arkasını döndü, kupaları masaya bıraktı, sütü ve şekeri aldı.

Birlikte mutfak masasına oturdular.

"Sizin için ne yapabilirim?" diye sordu Tom. Kendini tuhaf hissediyordu ve gerginliğini sesine yansıtmamayı tam olarak başaramamıştı.

Fleming kahvesine süt ve şeker ekleyip düşünceli bir tavırla karıştırdı. "Dün karınızla kaza hakkında konuşurken siz de oradaydınız" diye hatırlattı Fleming.

"Evet."

"Neden dava açmamız gerektiğini biliyorsunuz."

"Evet" dedi Tom, sert bir sesle. Nefesini boşaltıp içtenlikle, "Başka kimseye zarar gelmediği için çok mutluyum" diye ekledi.

Tom işlerin ne kadar kötü olabileceğini düşünürken ortama ağır bir sessizlik çöktü. Karen birini öldürmüş olabilirdi; insan hayatı boyunca böyle bir dehşetle nasıl yaşayabilirdi? Bu tip bir şeyi asla atlatamazdın. Tom kendi kendine, çok şanslı olduklarını söylemeye çalıştı.

Tom bir anda konuşmak istedi. Hiç tanımadığı bu polis memuruna bunları neden söylediğini bilmiyordu ama kendine engel olamadı. "O benim karım. Onu seviyorum." Polis ona anlayışla baktı. "Ama benim de sorularım var" dedi Tom düşünmeden; "Sizinle aynı soruları soruyorum. Neden oradaydı ve arabayı öyle deli gibi kullanıyordu? Bu hiç karıma göre bir davranış değil. Karım böyle şeyler yapmaz." Tom sandalyesini geriye itip ayağa kalktı. Kupasını tezgâha götürdü ve kendini toparlamaya çalışırken tekrar doldurdu.

"Ben de bunun için geldim" dedi Fleming onu dikkatle izleyerek. "Aklınıza bir şey geldi mi, kazayı aydınlatabilecek herhangi bir şey hatırladınız mı diye görmek için. Sanırım hatırlamamışsınız."

"Hayır." Tom hüzünle yere bakıyordu.

Polis memuru bir sonraki sorusunu sormadan önce bir an duraksadı. "Evliliğiniz nasıl gidiyordu?" diye sordu yavaşça.

"Evliliğimiz mi?" dedi Tom, dik dik bakarak. Fleming'in bunu ikinci kez soruyordu. "Neden sordunuz?"

"Karınızın kaybolduğunu bildirmek için 911'i aradınız."

"Çünkü nerede olduğunu bilmiyordum."

Fleming ifadesiz bir yüzle, "Karınız bir şeyden kaçıyormuş gibi görünüyordu. Bunu sormak zorundayım; sizden mi kaçıyordu?" dedi.

"Ne? Hayır! Bunu nasıl sorabilirsiniz? Onu seviyorum!" Tom başını iki yana salladı. "Kısa süre önce evlendik, yakında ikinci evlilik yıldönümümüzü kutlayacaktık. Mutluyuz." Tereddüt etti. "Ailemizi büyütmeyi düşünmeye başlamıştık." Sonra, geçmiş zamanda konuştuğunu fark etti.

"Tamam" dedi Fleming iki eliyle sakinleştirici bir hareket yaparken. "Sormak zorundaydım."

"Elbette" dedi Tom. Fleming'in gitmesini istiyordu.

"Karınızın, sizinle evlenmeden önceki hayatı hakkında neler biliyorsunuz? Sizden önce evlenmiş miydi?"

"Hayır." Tom kupasını tezgâha bırakıp kollarını göğsünde kavuşturdu.

"Daha önce başı polisle derde girmiş miydi?"

"Hayır, tabii ki hayır" dedi Tom küçümsemeyle. Ama o bile, koşullar düşünüldüğünde, bunun o kadar da saçma bir soru olmadığını görebiliyordu.

"Peki ya siz?"

"Hayır, benim de daha önce başım derde girmedi. Eminim ikimizin de geçmişini kontrol edebilirsiniz. Ben sözleşmeli bir muhasebeciyim, o da bir muhasebe memuru; biz sıkıcı insanlarız."

"Acaba..." Fleming, bunu söylemek isteyip istemediğinden emin değilmiş gibi tereddüt etti.

"Ne?"

"Acaba karınız tehlikede olabilir mi?" dedi Fleming dikkatli bir tavırla.

"Ne?" dedi şaşkına dönen Tom.

"Söylediğim gibi, arabayı bir şeyden kaçıyormuş, çok korkmuş gibi kullanıyordu. Sakin biri öyle araba kullanmaz."

Tom'un buna verebileceği bir cevabı yoktu. Fleming'e bakıp altdudağını ısırdı.

Fleming başını yana doğru eğip "Evi araştırmanıza yardım etmemi ister misiniz?" dedi.

Tom rahatsız bir ifadeyle Fleming'e baktı. "Neden?"

"Durumu aydınlatacak bir şey bulup bulamayacağımızı görmek için."

Tom donup kaldı. Buna nasıl cevap vermesi gerektiğini bilmiyordu. Bunlar olmadan önceki, normal Tom, "Elbette, bakalım" derdi. Ama kazadan sonraki Tom, karısının neden evlerinden kaçtığını ve arabasıyla kaza yaptığını bilmeyen bir adamdı. Evde Karen'ın sakladığı, polisin bulmaması gereken bir şey varsa ne olacaktı?

Fleming ne yapacağını anlamak için bekliyor ve onu izliyordu.

Brigid sabah kahvesini içerken gün ışığı içeri süzülüp halının bir parçasını aydınlatıyordu. Bob az önce, bir veda öpücüğünün ardından işe gitmek için çıkmıştı. Bir süredir Bob'la araları iyi değildi.

Bob genellikle Brigid'den uzak duruyordu; işleriyle ilgileniyordu. Bob, Cruikshank Cenaze Evi'nin sahibiydi. Ama evde olduğunda –Brigid'in bakmadığını düşündüğü zamanlarda– karısını izliyor, düşünceleri ve yapabilecekleri konusunda endişeleniyormuş gibi görünüyordu. Brigid kendine, ama aslında nasıl olduğum umurunda değil, dedi. Kocası onunla gerçekten ilgilenmeyi bir süre önce bırakmıştı. Artık sadece, Brigid'in yaptıklarının kendisini nasıl etkileyeceğiyle ilgileniyordu.

Artık bu konuda konuşmuyorlardı ama Brigid, çocuk yapmak konusundaki başarısızlıklarının –kusurlarının– her şeyi değiştirdiğini biliyordu. Çocuklarının olmayacağını öğrenmek Brigid'i depresif ve dengesiz birine dönüştürmüş, Bob'un kendini geri çekmesine sebep olmuştu. Brigid değiştiğini biliyordu. Eskiden eğlenceli, hatta pervasız biriydi. Her şeyi yapabileceğini düşünürdü. Ama artık, sadece otuz iki yaşında olmasına rağmen kendini daha yaşlı, daha durgun ve daha az çekici hissediyordu.

Brigid birkaç dakika önce, Bob çıktıktan hemen sonra, üniformalı polis memurunun devriye arabasıyla geldiğini görmüştü. Polisin Kruppların evinde ne yaptığını merak etti. Tom'un evde olduğu belliydi. Arabası garaj yolundaydı.

Brigid bugünlerde çok fazla içine kapanmıştı. Bunun kendisi için iyi olmadığını biliyordu ama ne yeni bir iş bulmakla ne de Bob'un önerdiği gibi, *beklentilerini değiştirmekle* ilgileniyordu. Bunları düşünmek için bolca zamanı vardı. Karen'ın buraya taşındığı ilk zamanları hatırlıyordu. Tom evi satın aldığında bekârdı; ailelerle dolu bir mahalledeki tek bekâr adamdı. (Brigid içinin acıyla dolduğunu hissetti; Bob'la bu mahalleyi, asla sahip olamayacakları çocukları için çok uygun bir yer olduğundan seçmişlerdi.) Sonra Tom, Karen'la görüşmeye başlamıştı. Evlendiklerinde, Karen orayı kendine göre düzenlemişti. Karen büyük bir hızla, orayı kendi evi haline getirmişti. Badana, dekorasyon, bahçe düzenlemesi. Brigid bu dönüşümü izlemişti; Karen'ın zevkli biri olduğuna kuşku yoktu.

En başından beri –daha Tom'la Karen evlenmeden– Brigid, Karen'ı mahalleye dahil etmişti. Brigid çok arkadaş canlısıydı. Karen başlangıçta mesafeli görünse de kısa süre içinde arkadaşlığına karşılık vermeye başlamıştı. Sanki kadın arkadaşları olmasını çok özlemişti. Brigid onun kısa süre önce bir eyaletten diğerine taşındığı için tanıdığı kimse olmadığını düşünmüştü. Gitgide daha fazla birlikte vakit geçirmeye başlamışlardı. Karen kendisine sırlarını paylaşacak kadar güvenmese de, bir arkadaş olarak gerçekten değer veriyormuş gibi görünüyordu.

Brigid Karen'ın, Tom'un şirketinde geçici bir işte çalıştığını ve kalıcı bir iş aradığını duymuştu. Karen'a, Cruikshank Cenaze Evi'ndeki muhasebecilik işini bulan Brigid'di. Brigid aynı zamanda, Karen'ın pozisyonunun, istediği kadar açık tutulmasını da sağlamıştı. Bu arada geçici birini işe alacaklardı.

Kimse onu iyi bir arkadaş olmamakla suçlayamazdı.

8

Tom akşamın erken saatlerinde Karen'ı hastaneden eve getirdi. Kazanın üzerinden üç gün geçmişti. Karen pencereden dışarıyı izlerken Tom arabayı yavaş ve dikkatli kullanıyor, yoldaki çukurlardan ve ani frenlerden kaçınıyordu. Karen bunun için müteşekkirdi. Arabayı kullanan Tom'un profiline baktı. Her şey yolundaymış gibi davranmaya çalışsa da, Karen çenesinin duruşundan onun gergin olduğunu anlayabiliyordu.

Sonunda evlerinin sokağına geldiler; Tom arabayı Dogwood Yolu 24 numaranın garaj yoluna park etti. Hastaneden çıkıp tekrar evde olmak harika bir histi. Karen, buradaki ağaçların büyümüş olmasını çok seviyordu. Evlerin birbirlerine çok daha yakın yapıldığı, önlerinde bahçe olarak küçücük bir çim alan bulunan, daha yeni ve daha ucuz mahallelerdeki sıkışıklık hissi burada yoktu. Karen buranın açıklığını ve yeşilliğini seviyordu. Pembe ortanca çiçekleriyle dolu bahçesiyle gurur duyuyordu.

Bir süre birlikte, sessizce oturarak soğuyan motorun tıkırtısını dinlediler. Tom bir an için elini Karen'ın elinin üstüne koydu. Sonra yavaşça arabadan indi.

Eve girdiklerinde Karen kapıyı kapatmak için arkasını döndüğünde Tom anahtarlarını kapının yanındaki masanın üstüne attı. Karen irkildi. Çıkan yüksek ses şakaklarında bir acı dalgası hissetmesine ve aniden başının dönmesine sebep olmuştu. Gözlerini kapatıp elini duvara dayayarak bir süre iki yana sallandı.

"Üzgünüm! İyi misin?" diye sordu Tom pişmanlıkla. "Bunu yapmamalıydım."

"İyiyim, sadece biraz başım döndü" dedi Karen. Keskin sesler, parlak ışıklar ve ani hareketler onu rahatsız ediyordu. Beyninin iyileşmek için zamana ihtiyacı vardı. Oturma odasına giren Karen sakinleştirici, açık gri ve beyaz renkler ile basit dekorasyonu bir kez daha takdir etti. Dikkatle seçilmiş beyaz kanepe yumuşak hatlı, gösterişsiz, mermerden yapılmış bir şömineye bakıyordu. Kanepenin önünde büyük, kare şeklinde, üzeri camla kaplı bir sehpa vardı; altındaki rafta Karen'ın *Elle Decor* ve *Arts and Antiques* dergileri duruyordu. Şöminenin üzerinde devasa bir ayna asılıydı ve şömine rafında, çerçevelerin içinde Tom'la Karen'ın fotoğrafları vardı. Kanepenin karşısında pastel pembe ile yeşil renklerde, yumuşak yastıkları olan sandalyeler yer alıyordu. Burası aydınlık, temiz ve havadardı ve Karen için tamamen tanıdıktı. Sanki son birkaç gün yaşanmamıştı. Odanın ön tarafındaki büyük pencereye doğru yavaşça ilerleyip dışarı baktı. Yolun karşısındaki evler zararsız görünüyordu.

Sonunda arkasını dönüp Tom'un peşinden mutfağa gitti.

"Etrafı temizledim" dedi Tom gülümseyerek.

Her şey pırıl pırıldı. Lavabo, musluklar, tezgâh, paslanmaz çelik mutfak aletleri. Koyu renk ahşap zemin bile parlıyordu. "Çok iyi bir iş çıkarmışsın" dedi Karen ona takdir dolu bir gülümsemeyle bakarken. Arka bahçeye açılan, kayan cam kapıya baktı. Sonra susadığını hissedip mutfak dolabına yaklaştı, kendine su doldurmak için uzanıp bir bardak aldı. Musluğu açıp lavaboya baktı ve aniden, ayakta durabilmek için tezgâha tutundu. "Sanırım yatmam gerekiyor" dedi aniden.

"Tabii" dedi Tom. Bardağı Karen'dan alıp musluktan doldurdu.

Karen Tom'un arkasından üst kata çıktı. Yatak odası da aydınlık ve havadardı; arka tarafa bakan bir sürü penceresi vardı. Karen'ın komodininin üstünde bir kitap vardı ve yerde, yatağın yanında da başka kitaplar duruyordu. Onları kısa süre önce kütüphaneden almıştı, özellikle Kate Atkinson'ın yeni romanını okumayı sabırsızlıkla bekliyordu ama beyin sarsıntısı iyileşene kadar pek okuyamayacaktı. Doktor öyle söylemişti. Tom onu izliyordu.

Karen makyaj masasına baktı. Üzerinde parfümlerin durduğu, aynadan yapılmış bir raf vardı. Onun yanında mücevher kutusu duruyordu. Her zaman taktığı parçaları –tek taş yüzüğü, onunla takım alyansı ve Tom'un ilk yıldönümlerinde aldığı kolye– tekrar takmıştı.

Makyaj masasının üzerindeki tanıdık aynada kendini gördü; hâlâ yaraları ve morlukları vardı. Artık ne kadar korkmuş olduğunu hatırlıyordu. Birçok kez eve geldiğinde eşyaların hafifçe yerlerinden oynamış olduğunu görmüş, birinin eşyalarını karıştırdığına dair küçük ipuçlarını fark etmişti. Bu onu korkutmuştu. Ve Tom bu konuda hiçbir şey bilmiyordu.

Sevdiği adamdan sakladığı çok fazla şey vardı. Ve Doktor Fulton'ın, acile getirildiğinde söylediği şeyi Tom'la ya da polisle paylaşmasından çok korkuyordu. Keşke o gece neler olduğunu hatırlayabilseydi! Kendini kör olmuş, göremediği tehlikeler arasında ilerlemeye çalışıyormuş gibi hissediyordu.

Bir anda çok yorgun hissetti. Tom sakinleştirici bir sesle, "Sen uzanıp dinlen, ben de yemek hazırlayayım" dedi.

Karen başını salladı. Yemek hazırlamak istemiyordu. Örtülerin altına girip bir top gibi yatarak tüm dünyadan saklanmaktan başka bir şey istemiyordu.

Tom dikkatlice, "Arkadaşlarından bazıları, ne zaman ziyarete gelebileceklerini soruyor" dedi.

"Şimdilik Brigid dışında kimseyi görmeye hazır değilim." Brigid yanında olduğu için çok mutluydu, ama başka birilerini görmek ve onların sorularını cevaplamak istemiyordu.

"Onlara bunu söyledim, ama yine de gelmek istiyorlar."

"Daha değil."

Tom başıyla kabul etti. "Eminim anlayacaklardır. Bekleyebilirler. Zaten senin sessizliğe ihtiyacın var." Endişeli gözlerle karısına baktı. "Kendini nasıl hissediyorsun?"

Korkuyorum demek istiyordu. Bunun yerine, hafif bir gülümsemeyle "Evde olduğuma memnunum" dedi.

Tom ızgarayı yaktı, biftekleri marine etti ve hızlıca salata ve biraz sarımsaklı ekmek hazırladı. Karen'ın yeniden evde olması onu çok rahatlatmıştı.

Ama hâlâ ortada cevaplanmamış çok büyük bir soru vardı. Kazaya sebep olan şey neydi?

Tom, Karen'a güvenmek istiyordu.

Fleming denen şu polis memuru o sabah evi aramak istemişti. Tom, polis bunu teklif ettiğinde ne kadar şaşırdığını hatırlıyordu. Düşündüğü ilk şey, *Ne arıyor?* olmuştu. Sonra, *Ya bir şey bulursa? Kötü bir şey?* diye düşünmüştü. Polise hayır demişti.

Daha sonra perdenin ardından, polisin eve uzun uzun baktıktan sonra arabasına binip uzaklaşmasını izlemişti. Sonra Tom iki şey yaptı. İnternette iyi bir ceza avukatı aradı ve bir randevu aldı. Sonra evin altını üstüne getirdi.

Evi araması, Karen'ı hastanede ziyaret ettiği mola dışında, tüm gününü almıştı. En uzun süren mutfak olmuştu. Tom bütün kahvaltı gevreği kutularını, un paketlerini, pirinç ve şeker paketlerini; ağzı kapalı olmayan her şeyi elden geçirdi. Bütün dolaplardaki bütün rafları ve çekmeceleri boşaltıp en arkalarına baktı. Göremediği arka yüzlere tutturulmuş bir şey olup olmadığını kontrol etmek için eliyle dokundu. Rafların ve dolapların üzerlerine, halı ve kilimlerin altlarına ve çantaların, nadir giyilen bot ve ayakkabıların içlerine baktı. Bodruma inip küf kokulu havayı solurken gözlerinin loş ışığa alışmasını bekledi. Alt katta çok eşya yoktu; sadece çamaşır odası ve birkaç kutuda toplanmış ıvır zıvır vardı. Burayı daha çok depo olarak kullanıyorlardı. Buradaki her şeyi de inceledi. Kalorifer kazanının arkasına bile baktı. Sonunda, garajı da inceledi. Her yeri araştırdığı süre boyunca Tom, kendine ve kendini içinde bulduğu duruma inanamıyordu. Ne yapıyordu böyle? Ne arıyordu? Hiçbir şey bulamamıştı. Kendini aptal gibi, kızgın ve suçlu hissetti.

Ve rahatlamış...

İşini bitirdiğinde, Karen'ın ne yaptığını anlamaması için her şey eski haline getirmişti. Sonra da onu hastaneden almaya gitmişti.

Biftek piştiğinde Tom yemeği içeri taşıyıp, Karen'a yemeğin hazır olduğunu söylemek için üst kata çıktı.

Mutfak masasına oturdular. Tom Karen'a kırmızı şarap içmek isteyip istemeyeceğini sordu ama Karen nazikçe başını iki yana salladı. "Elbette" dedi Tom. "Unuttum. Ağrı kesici kullanırken alkol tüketmemelisin." Şarabı bir kenara koyup soda getirdi.

Tom masada, karşısında oturan karısına baktı; kahverengi saçları kısacıktı; kâkülleri alnına düşüyordu ve yüzünde kederli, hafif bir gülümseme vardı. Morluklar olmasa, Tom neredeyse hiçbir şeyin değişmediğine inanacaktı.

Her şey, neredeyse eskiden olduğu gibiydi. Ama hiçbir şey eskiden olduğu gibi değildi.

Karen sabah çok erken, gün doğmadan uyandı. Sessizce yataktan kalkıp bir sabahlık giydi. Kapıyı arkasından kapatıp alt kattaki mutfağa indi.

Tekrar uyuyamayacağını biliyordu. Kahve makinesini çalıştırdı ve kollarını kavuşturup dışarı bakmaya başladı; demlenmesini beklediği kahvenin tanıdık sesiyle kokusu onu rahatlatıyordu.

Gün doğarken arka bahçede hafif bir sis belirdi. Karen uzun süre cam kapıdan dışarı bakıp, umutsuzca bir şeyler hatırlamaya çalıştı. Hayatının buna bağlı olabileceğini hissediyordu.

9

Mutfağa girip Karen'ın mutfak masasında, önünde bir fincanla oturduğunu gören Tom "Selam" dedi. Karen'ın kahvesi çoktan soğumuş gibi görünüyordu. Tom, onun ne zamandır ayakta olduğunu merak etti. Karen, Tom'a bakmak için gözlerini kaldırdı. "Günaydın." Sabahlığının içinde çekici biçimde dağınık görünüyordu. Tom karısı yanında olduğu, hayatında olduğu için şükretti; kazanın olduğu gece onu kaybetmekten ne kadar korktuğunu hatırladı. Ama cam üzerinde yürüyorlarmış gibi, etrafta kırılgan bir hava vardı. "İyi uyudun mu?"

"Pek uyuyamadım" diye itiraf etti Karen. "Kahve ister misin?"

"Tabii."

Karen yerinden kalkıp eskiden yaptığı gibi, onu dudaklarından öptü. Geri çekildiğinde Tom'un başı dönüyordu. Karen kocasına bir fincan kahve verip kahvaltıyı hazırlamaya başladı.

"Hayır. Sen otur. Bırak ben yapayım" dedi Tom, itiraz kabul etmeyen bir sesle. Ekmekleri ısıtmaya başlayıp tavaya yumurtaları kırdı. "Tekrar ofise gitmeye başlamam gerekecek" dedi özür dilercesine. "Keşke seninle evde kalabilseydim, ama işler şu an gerçekten çok yoğun..."

Karen, "Hayır, sorun değil. Gerçekten. Ben iyiyim. Sürekli bana bakmana ihtiyacım yok. Söz veriyorum, kendime yüklenmeyeceğim" dedi. Güven veren bir gülümsemeyle kocasına baktı.

Tom'un ona söylemesi gereken bir şey daha vardı; bundan kaçınmanın bir yolu yoktu. "Bir şey daha var." Tom duraksadı; bakışlarını tavadan kaldırıp ona baktı.

"Ne?"

"Bir avukattan randevu aldım." Tom, Karen'ın gözlerindeki ani korku ışığını gördü.

Karen endişeyle altdudağını ısırdı. "Ne zaman?"

"Bugün, saat onda."

Karen gözlerini kaçırdı. "Bu kadar çabuk mu?"

"Ciddi bir suçlamayla karşı karşıyasın Karen" dedi Tom.

Karen, "Bunu biliyorum, söylemene gerek yok" diye çıkıştı.

Bir anda ikisi de gerilmişti. Tom da avukata gitmeleri gerekmemesini diliyordu; hatta keşke, kaza da olmasaydı; Karen o gece evden kaçar gibi çıkmamış olsaydı... Tom içinde Karen'a karşı bir öfkenin parladığını hissetti, ama olan olmuştu ve şimdi bu meseleyi çözmek için ellerinden geleni yapmaları gerekiyordu. Çenesini sıktığını fark edip rahatlatmaya çalıştı. Duygularını kendisine sakladı.

Hukuk bürosu evlerinden çok uzak olmayan, büyük bir ofis binasındaydı. Karen kısa yolculuk boyunca sessiz kalmıştı. Tom da pek konuşmamıştı.

Hava şimdiden sıcaktı, ama park edecekleri gölge bir yer yoktu. Serin, klimalı binaya girdiklerinde rahatladılar. Asansörle altıncı kata çıktılar.

İçeri girdiklerinde bekleme odası boştu. Tom yan gözle Karen'a baktı. Karen hiçbir şey söylemiyor, sehpanın üzerinde duran dergilere uzanmıyordu. Gergin halde sandalyesinde oturmuş, bekliyordu. Fazla beklemediler.

"Bay ve Bayan Krupp, şimdi içeri girebilirsiniz" dedi resepsiyon görevlisi. Onları bir ofis kapısına götürdü, kapıyı açtı ve kendisi çıkarken kapıyı kapattı.

Ofisin içi, herhangi bir avukatın ofisine benziyordu; Karen'la tanışmadan önce Dogwood Yolu'ndaki evi satın aldığı gayrimenkul avukatının ofisi de böyleydi. Üzeri düzenli dosya yığınlarıyla dolu devasa bir masa vardı. Masanın arkasındaki avukat; kıvırcık ve kır saçlı, Tom'un kırklarının ortasında olduğunu tahmin ettiği Jack Calvin ikisiyle de el sıkışmak için ayağa kalktıktan sonra başıyla oturmalarını işaret etti.

"Size nasıl yardımcı olabilirim?" diye sordu. Avukat ikisine meraklı gözlerle bakıyordu. Dikkatli gözlerinin ardında keskin bir zekâsı olduğu belliydi. Tom onun *bu hoş çiftin burada, benim ofisimde ne işi var?* diye düşündüğünü neredeyse görebiliyordu.

Karen sessiz kalınca Tom, "Dün sizi, karımın geçirdiği trafik kazasının davası için aramıştım" dedi. Bir ceza avukatının ofisinde olmak, Karen'ı korkutmuş gibi görünüyordu.

"Hatırlatın lütfen" dedi adam kibarca. "Bir sürü trafik davası geliyor. Çoğunlukla bu işi yapıyorum. Özellikle de alkollü araç kullanma davaları. Sizin davanız da bu mu?" Karen'a çabucak, tepkisini ölçen bir bakış attı.

Tom "Hayır" deyip kazayı anlatmaya başladı. "Kazada alkol yoktu. Ama ne yazık ki, karım hız sınırının üzerindeydi ve..."

Avukat sözünü kesti. "Pardon, ama belki de eşiniz neler olduğunu kendi sözcükleriyle, kendisi anlatmak ister."

Tom, daha da gerilmiş görünen Karen'a baktı. Avukat Karen'a beklentiyle bakıyordu. Bir an için ikisi de hiçbir şey söylemeyince avukat bakışlarını ikisinin üzerinde dolaştırıp "Bir sorun mu var?" diye sordu.

"Evet" dedi sonunda konuşan Karen. "Kazayı hatırlamıyorum. Kaza hakkında hiçbir şeyi hatırlamıyorum." Özür diler gibi kaşlarını çattı.

"Gerçekten mi?" diye sordu Calvin.

"O gece olan hiçbir şeyi hatırlamıyorum" dedi Karen. "Koca bir boşluk."

"Bu doğru" dedi Tom. "Ciddi bir beyin sarsıntısı geçirdi. Hastaneden eve daha dün geldi."

Avukat şaşkın gözlerle onlara baktı. "Doğru mu söylüyorsunuz? Yoksa bu savunma olarak kullandığınız bir şey mi? Çünkü bunu yapmanıza gerek yok. Ben sizin avukatınızım. Savunma işini bana bırakın." "Bu, savunma için kullandığımız bir şey değil" dedi Tom sertçe. "Karım hafızasını kaybetti. Ama doktorlar bunun geçici olduğundan ve hafızasının geri geleceğinden oldukça emin." Yanında solgun bir yüzle oturan Karen'a baktı. Karısının yüzünde çimdiklenmiş gibi bir ifade belirdi; kazadan beri bu, ciddi bir baş ağrısının işaretiydi.

"Anlıyorum" dedi avukat. Merakla Karen'a baktı.

Tom ona polisin verdiği ceza kâğıdını uzattı. Calvin hızlıca okudu. Gözlerini kaldırdı. "Şehrin bu bölgesi pek sizin gibi kadınlara göre değildir" dedi Tom'un Karen'a bakarak.

Karen hiç kıpırdamadan, dimdik oturuyordu. Avukat Tom'a döndü. "Orada ne yapıyordu?"

Tom, "Bilmiyorum" dedi.

"Bilmiyorsunuz" diye tekrarladı avukat. Ne düşünmesi gerektiğine karar veremezmiş gibi ikisini inceledi. Uzun bir sessizlik oldu. Avukat sonunda, "Bu oldukça ciddi bir suç. Trafik Güvenliğini Tehlikeye Sokma Suçu'nu ciddiye almanız gerekir" dedi. Bir an için düşündükten sonra, "Bakın ne diyeceğim. Bugün sizden ön ödeme almam gerekecek. Sonra duruşmayı, karınız orada ne yaptığını ve neden öyle çılgın gibi araba kullandığını hatırlayana kadar erteleyeceğim. Çünkü arabayı öyle kullanmasının tamamen açıklanabilir bir sebebi olabilir; en azından hafifletici sebep olabilir. Ve bir açıklaması yoksa, bunu da bilmeliyiz" diye ekledi.

Tom karısına baktı ama o bakışlarını kucağına doğru indirmişti. Tom çek defterini eline aldı.

Avukat Karen'a doğru konuşarak "Herhangi bir şey hatırlarsanız lütfen onları yazın; böylece bir sonraki buluşmamızda unutmamış olursunuz. Ve bunu yaptığınızda, bana telefon edin" dedi.

Karen başıyla onayladı. "Tamam."

"Belki de, benimle kocanız olmadan görüşmek istersiniz..."

Karen, Calvin'e sert bir bakış attı. Başını iki yana sallayıp "Elbette hayır. Kocamdan sakladığım hiçbir şey yok" dedi.

Tom onu dikkatle izliyordu. *Bu doğru mu?* diye düşündü.

Ödemeyi yapıp gitmek için ayağa kalktıklarında Calvin Karen'a "Daha önce sabıka kaydınız yok, değil mi?" dedi.

Karen arkasını dönüp adamın gözlerinin içine bakarak "Hayır" diye yanıtladı.

Avukat da bu bakışa karşılık verdi ve Tom onun inceleyen gözlerinde, kendini rahatsız eden bir şey olduğunu hissetti. Avukatın karısına inanmadığını, hem de hiç inanmadığını fark etti.

Avukatın ofisinden eve giderken dönüş yolu cevaplanmamış soruların gerilimiyle yoğundu. Tom eskiden Karen'la birlikte arabayla dolaşmayı çok severdi; hayatındaki en mutlu anıların bazılarında, ikisi birlikte, arka koltuktaki çantalarıyla tatil beldelerine yaptıkları yolculuklarda kahkahalarla gülüyorlardı...

Tom cep telefonunun çalmasıyla neredeyse rahatladı. Telefonu açtı. Sonra özür diler gibi karısına dönüp "Biraz ofise gitmem gerekiyor" dedi.

"Elbette."

"Sen iyi misin?"

"Başım ağrıyor." Karen gözlerini kapatıp başının arkasını koltuğa dayadı.

Tom onu eve bıraktı. Karen arabadan inmeden önce eğilip onu öptü. "Kendini zorlama. Biraz uzan. Eve erken dönmeye çalışacağım."

Karen arabadan inip Tom'a el salladı. Tom arabayı garaj yolundan çıkarırken güneş yüzünden gözlerini kısıyordu. Tom da ona el sallayıp, onları bekleyen şeyler konusunda endişelenerek sokak boyunca ilerledi. Karısının sakladığı sırlar olabilir miydi?

10

Tom gidince Karen eve dönüp içeri girdi. Avukatla yaptıkları görüşme sinirlerini çok germişti; adamın yalan söylediğini düşündüğü çok açıktı. Parmaklarını yorgun gözlerinin üzerine bastırdı. Mutfağa gidip buzdolabını açtı ve hastaneden çıkarken yanına verdikleri buz torbasını aldı. Karen yüzündeki şişlikler için aralıklı olarak kullanıyordu bunu. Şimdi buz torbasını alnına koydu. Soğuk iyi gelmişti. Mutfak masasına oturup gözlerini kapattı ve yüzüne dayadığı buz torbasını yavaş hareketlerle ilerleterek başının ağrısını geçirmeye çalıştı.

Çok sıcak, bunaltıcı bir gündü. Klima açık olmasına rağmen terlediğini hissediyordu. Belki de klimanın ayarını yükseltmeliydi. Başındaki ağrı biraz hafifleyince gözlerini açtı. Buraya taşındığında yenilediği mutfak tezgâhına baktı. Tezgâha bakmayı hâlâ seviyordu; yumuşak, mat, siyah yüzeyi gümüş rengi lekelerle kaplıydı. Ama şimdi gördüğü şey, lavabonun yanındaki boş bir bardaktı.

Bardağa baktı, sonra bakışlarını hızla mutfakta dolaştırdı; ama her şey olması gerektiği gibi görünüyordu.

Karen, sabah avukatın ofisine gitmek için evden çıktıklarında lavabonun yanındaki bardağın orada olmadığından emindi. Çünkü çıkmadan önce Tom'la birlikte —işin çoğunu Tom yapmıştı— mutfağı toplamış, kahvaltı bulaşıklarını makineye yerleştirmiş ve tezgâhı silmişlerdi. Bulaşıkların tezgâhın üzerinde kalmasından nefret ederdi. Biraz fazla titizdi. Avukatla görüşmek için çıkmadan önce, ön kapıda Tom'la buluşmadan, mutfağa son bir kez göz attığını biliyordu, çünkü arkadaki cam kapının kilidini kontrol etmek için mutfağa dönmüştü. O kapının kilitli olup olmadığını her zaman kontrol ederdi; bu yüzden Tom'un, kazanın olduğu gece o kapıyı kilitlemediğini söylemiş olması onu çok tedirgin ediyordu. Işıkları söndürmemiş, cüzdanını yanına almamış olması da... Bir hatırlasaydı!

Bardağı tereddütle eline alıp içine baktı; burnuna götürüp kokladı. Bardak artık boştu ama Karen içinde daha önce su olduğuna emindi; sanki biri dışarıdan gelip musluktan bir bardak su içmiş, sonra da tekrar dışarıdaki sıcağa dönmüştü. Karen'ın başı zonkluyordu ve aniden başı döndü. Tezgâha tutunmaya çalışırken bardağı elinden düşürdü. Bardak büyük bir gürültüyle parçalandı.

Karen ayaklarının dibindeki cam parçalarına baktı; zorlukla nefes alıyordu ve bütün vücudu titriyordu. Sonra aceleyle arkasını dönüp oturma odasına gitti ve telefonu eline aldı. Hızlı arama listesinden Brigid'in numarasına bastı.

Brigid cevap verdiğinde, "Brigid! Buraya gelebilir misin? Acele et!" dedi. Hissettiği korku ve paniği bastırmaya çalışmamıştı bile. Brigid'in hemen yanına gelmesini istiyordu. Bu evde tek başına olmak istemiyordu.

"Tabii, hemen geliyorum" dedi Brigid.

Karen sabırsızlıkla ön verandada bekliyordu. Birkaç saniye sonra Brigid'in evinin kapısından aceleyle çıkıp karşıya geçtiğini gördü. *Tanrı'ya şükür ki Brigid var* diye düşündü.

"Tanrım, Karen, neler oluyor?" dedi Brigid. "Yüzün bembeyaz olmuş."

"Biri eve girmiş" dedi Karen.

"Ne?" Brigid çok şaşırmış görünüyordu. "Ne demek istiyorsun?"

Karen onu içeri götürdü. "Bu sabah, Tom'la ben dışarıdayken biri eve girmiş. Biraz önce döndüm. Mutfağa girdiğimde..." Sözlerini bitiremedi.

"Birini mi gördün? Mutfakta biri mi vardı?" diye sordu Brigid.

Karen başını iki yana salladı. "Hayır." Artık Brigid yanında olduğu için daha sakindi. Sokağın karşısında yaşayan, bu kadar iyi bir arkadaşı olduğu için çok şanslıydı. Karen, nasıl bir belaya bulaşmış olursa olsun, Brigid'in elindeki her şeyi bırakıp yardıma geleceğini biliyordu. Ona neden bu kadar korktuğunu söyleyebilmek isterdi. Ama ne en iyi arkadaşına ne de kocasına gerçeği söyleyemezdi.

Brigid'in mutfağa doğru gidip eşikte durmasını ve sonra sessizce içeriyi incelemesini izledi. Kısa süre sonra Brigid sessizce Karen'ın yanına döndü. "Karen, ne oldu?"

"Eve gelip mutfağa girdim. Tezgâhın üstünde boş bir bardak vardı. Sabah evden çıktığımızda orada değildi. Biri onu oraya koymuştu ama koyan Tom ya da ben değiliz."

"Emin misin?" diye sordu Brigid.

"Elbette eminim! Sence emin olmasaydım, bu kadar korkar mıydım?"

Brigid endişeyle ona baktı. Bakışlarını önce mutfağa, ardından tekrar Karen'a çevirdi. "Bardak nasıl kırıldı?"

"Bakmak için elime aldım, sonra başım dönünce onu düşürdüm."

Brigid huzursuzca ona baktı. "Belki de Tom'u aramalıyız."

Tom zihninde düşünceler birbirini kovalarken, elinden geldiğince hızlı eve doğru yola çıktı. Vardığında aceleyle arabasından inip ön kapıya giden basamakları atlayarak çıktı. Oturma odasına girdiğinde Karen alnında buz torbasıyla kanepede yatıyor, Brigid onun yanında ayakta duruyordu.

"Karen, tatlım, iyi misin? Ne oldu?"

Karen zorlanarak doğruldu. Buz torbasını Brigid'e verdi, o

da otomatik bir hareketle torbayı tekrar buzluğa koydu. "Bilmiyorum" dedi. "Eve geldiğimde tezgâhın üzerinde bir bardak buldum. Bu sabah evden çıktığımızda orada olmadığından eminim. Birinin eve girdiğini düşündüm."

Tom mutfağa doğru ilerledi ve kırık bardak parçalarını görünce eşikte durdu. Buzluğun kapağını kapatıp dikkatle cam parçalarının yanından geçen Brigid'le göz göze geldi.

Karen ayağa kalkıp Tom'un yanına gitti. "Bardağı ben düşürdüm" dedi.

Tom ona endişeyle baktı. "Daha önce orada olmadığından emin misin? Belki de oradaydı." O sabah bir bardak su içip, bardağı tezgâhta bırakıp bırakmadığını hatırlamaya çalıştı ama emin olamadı. Kafasında bir sürü şey vardı, bu tip ayrıntıları unutuyordu.

"Bilmiyorum" dedi Karen, başını iki yana sallayarak. "Kesinlikle emindim. Arka kapının kilitli mi diye bakmak için, çıkmadan önce burayı bir kez daha kontrol etmiştim. Her şeyi kaldırdığımızı düşünüyordum..."

"Gel, otur" dedi Tom, onu tekrar kanepeye götürürken. Bu arada Brigid kırık bardağın parçalarını süpürmeye başladı. Tom Karen'ı kanepeye bırakıp bütün evi aradı. Kaybolan hiçbir şey yoktu. Gördüğü kadarıyla, her şey yerli yerindeydi.

Oturma odasına döndüğünde Brigid, Karen'ın karşısındaki koltuklardan birine oturmuştu. Sıcağa uygun giyinmişti; üzerinde pamuklu bir kapri ve askılı tişört vardı; uzun, kahverengi saçları omuzlarına dökülüyordu. Tom izlerken Brigid saçlarını ensesinin arkasında topuz yaptı. Tom Karen'a döndü. "Bence içeri giren kimse olmamış" dedi yumuşak sesle.

Karen ona bakıp gözlerini kaçırdı. "Yani sence hayal mi görüyorum?"

"Hayır" dedi Tom sakince. "Bence hayal filan görmüyorsun. Bence, tezgâhta daha önce bardak olup olmadığını net olarak hatırlamıyorsun. Sıcak yüzünden ikimiz de çok su içiyoruz ve ikimiz de bardağı tezgâhın üzerinde bırakmış olabiliriz. Ben bırakmış olabilirim; hatırlamıyorum." Karısına nazikçe hatırlattı: "Daha iyileşmedin, Karen. Doktorun ne dediğini hatırla; kazadan sonra bir süre kısa süreli bellek sorunları yaşayabilirsin. Belki de bardak oradaydı ama sen hatırlamıyorsun."

"Belki de" dedi Karen şüpheyle.

Tom Brigid'e döndü. "Bundan sonrasını ben hallederim" dedi. "Hemen geldiğin için teşekkürler."

"Her zaman" dedi Brigid.

Brigid gitmek için ayağa kalkarken Karen şükranla "Evet" dedi. "Sen olmasan ne yapardım bilmiyorum Brigid."

Tom Brigid'in karısına nazikçe sarılışını izledi; Karen da ona sıcak bir kucaklamayla karşılık verdi.

"Kırılan bardağı temizlediğin için de teşekkürler" dedi Tom.

"Önemli değil." Brigid, Karen'a gülümsedi. "Yakında görüşürüz."

Brigid sokağın karşısındaki evine doğru ilerlerken, diğer ikisi eşikte durmuş onu izliyordu. Tom hafifçe Karen'ın arkasında duruyordu. Hem Brigid'i hem de karısını izliyordu.

11

Dedektif Rasbach, çevresini algılamak için bir an durak-sadı. Sokağın karşısında terk edilmiş bir iş merkezi vardı; bir market, bir çamaşırhane, bir ıvır zıvır dükkânı dışında hâlâ açık olan pek bir yer kalmamıştı. Böyle güneşli bir yaz gününde bile bu mahalle kasvetliydi. Önünde bir suç mahalli vardı; terk edilmiş bir restoran. Binanın pencereleri tahtalarla kapatılmıştı ama biri içeri bakmak için ön taraftaki tahtalardan birkaçını sökmüştü; zamanla tahtalar kendiliğinden düşmüş de olabilirdi. Rasbach terk edilmiş binanın etrafını dolaşarak arka tarafına geçti. Teknik ekipten birkaç kişiye başıyla selam verip sarı suç mahalli bandından içeri girdi.

İçeriye, ön kapıdaki gibi üzerine tahtalar çakılmamış, kirli arka kapıdan girdi; arka kapıya tahta çakıldıysa da, artık yerlerinde yoktu. İsteyen herkes binaya girip çıkabilirdi. Fark ettiği ilk şey koku oldu. Bunu umursamamaya çalıştı.

Sol tarafında modası geçmiş bir yemek tezgâhı vardı ama etrafta masa ya da sandalye yoktu; mekândaki her şey götürülmüştü, tavan lambaları bile yoktu. Ama duvara dayanmış, etrafında birkaç boş bira kutusu olan eski bir kanepe vardı. Tahtaları düşmüş pencerelerden odaya biraz gün ışığı girse de içeriyi aydınlatan ışık asıl olarak adli tıp ekibinin lambalarından geliyordu. Kirli muşamba zemin çatlamıştı; duvarlar koyu renkti ve üzerlerinde nikotin izleri vardı. Ve yerde ölü bir adam yatıyordu.

Koku oldukça kötüydü. Yazın sıcağında, bir ceset birkaç gün boyunca bulunmazsa böyle olurdu. Bu ceset, epeydir buradaydı.

Rasbach berbat kokulu restoranın ortasında hiç kıpırdamadan durdu. Üstünde şık ve pahalı takım elbisesi vardı; takımı kuru temizlemeye vermesi gerekeceğini düşündü, sonra cebinden bir çift plastik eldiven çıkarttı.

"Biri telefon etti. İsim vermedi" dedi yanındaki üniformalı memur.

Dedektif yorgun bir ifadeyle başını salladı. Yerdeki kanlı, üzerinde sinekler uçuşan tatsızlığa doğru ilerledi. Birkaç dakika boyunca orada durup cesedi inceledi. Yerdeki koyu renk saçlı, muhtemelen otuzlarının ortalarında bir adamdı; üzerinde pahalı görünen bir pantolon ve onun kadar pahalı görünen bir gömlek vardı; gömlek artık kurumuş, koyu renk kan pıhtısıyla katılaşmıştı ve üzerinde sinekler vızıldıyordu. Kurbanın yüzüne iki el, göğsüne bir el ateş edilmişti. Ayakkabıları yoktu; epeyce şık çorapları ortadaydı. Kemeri de yoktu. Rasbach, cesedin diğer yanında durup düşünceli bir tavırla onu inceleyen teknisyene, "Silahla ilgili bir gelişme var mı?" diye sordu.

"Hayır, henüz yok."

Rasbach dikkatle, nefes almamaya çalışarak cesedin üzerine doğru eğildi ve kısa süre önce çıkarılmış bir yüzüğün solgun izini fark etti. Bir zamanlar bir saat takılı olan bileğinde de benzer, solgun bir çizgi vardı. Adam soyulmuştu, ama Rasbach bunun öncelikli olarak bir soygun olmadığını düşündü. Adamın burada ne işi vardı? Bu adam, bu mahalleye ait değildi. Bu, daha çok bir infaza benziyordu. Ama adam başının arkasından değil, yüzünden ve göğsünden vurulmuştu. Ceset birkaç gündür, belki de daha uzun zamandır burada duruyormuş gibiydi. Yüzü şişmiş ve rengi bozulmuş.

"Adamın kim olduğunu biliyor muyuz?"

"Hayır. Üzerinde kimlik yoktu. Aslında, üzerinde giysileri dışında hiçbir şey yoktu."

"Görgü tanığı var mı?" diye sordu Rasbach, ama cevabı zaten biliyordu.

"Yok. En azından şimdilik."

"Tamam." Rasbach derin bir nefes aldı.

Ceset kısa süre sonra buradan alınıp otopsi yapılmak üzere adli tıbba götürülecekti. Cesetten parmak izi alıp sistemde kayıtlı olup olmadıklarını araştıracaklardı. Parmak izlerinden bir şey bulamazlarsa, kayıp bildirimlerini taramaları gerekecekti ve bu çok sıkıcı bir işti, ama polislerin yaptığı işlerin çoğu çok sıkıcıydı. Genellikle bu sıkıcı işlerle cevaplara ulaşırlardı.

Cinayet silahını aramaya devam edeceklerdi. Yaraların görünüşüne bakılırsa, muhtemelen 38'lik bir tabancaydı. Katilin silahı suç mahallinden çok uzak bir yere götürmüş olma ihtimali yüksekti veya silahı başka biri alıp sesini çıkarmamış olabilirdi. Bulundukları mahalle düşünüldüğünde, Rasbach kurbanın cep telefonunun, cüzdanının ve takılarının, hatta kemeriyle ayakkabılarının alınmasına şaşırmamıştı.

Cesetle işlerini bitirip daha geniş bir alanı taradıklarında buldukları tek şey, binanın yakınındaki bir otoparkta atılmış, dirseklere doğru çiçek deseni olan bir çift pembe plastik eldivendi. Rasbach, eldivenin restorandaki kurbanla ilgisi olmadığını düşünüyordu, ama yine de aldırmıştı. Bu işler hiç belli olmazdı.

Rasbach ile Jennings adındaki bir başka dedektif, yanlarında birkaç üniformalı polis memuruyla birlikte, akşamı bölgede kapı kapı gezip görgü tanığı arayarak geçirdiler.

Adli Tabip Perriera ertesi sabah onları bekliyordu. "Selam dedektif arkadaşlarım" dedi. Onları gördüğüne sevindiği belliydi.

Rasbach adli tabiplerin, kendilerini ziyaret eden dedektifleri sevdiklerini bilirdi. Rasbach, neredeyse yirmi yılın sonunda, işinin boğuculuğunun doktoru yıpratmamasına çok şaşırıyordu. Bıçaklanmalar, kurşun yaraları, boğulmalar, trafik kazaları... Hiçbir şey Doktor Perriera'nın sıcakkanlılığını ve her zamanki sosyalliğini engelleyemiyordu.

Bir kâsedeki paketli nane şekerlerini uzattı. Bunlar kokuyu bastırmaya yardımcı olurdu. İki dedektif de birer tane aldı. Dedektifler şekerlerini açarken paketler hışırdadı. Doktor Perriera şeker paketlerini almak için elini uzatıp kâğıtları çöpe attı.

"Bize ne söyleyebilirsin?" diye sordu Rasbach. Hepsi uzun, çelik masanın üzerinde yatan kadavraya bakıyordu. Rasbach, Jennings'in de kendisi gibi sağlam bir mideye sahip olmasından çok memnundu. Jennings dikkatli ve meraklı görünüyordu; masanın üstündeki bu katliam görüntüsünden hiç etkilenmemiş gibiydi ve nane şekeri yanağının içinde bir yumru gibi duruyordu.

"Ceset tek parça" diye konuşmaya başladı Doktor Perriera neşeyle. "Beyaz ırk, erkek, otuzlarının ortalarında, sağlığı yerinde. İlk kurşun göğse, ikinci kurşun yanağa girmiş, ama onu asıl öldüren, tam beynine giren kurşun olmuş. Ölümü hızlı olmuş. Kısa mesafeden vurulmuş; muhtemelen 2-3 metre mesafeden, 38'lik bir tabancayla öldürülmüş."

Rasbach başıyla onayladı. "Tam olarak ne zaman ölmüş?" diye sordu.

Doktor Perriera Rasbach'a döndü. "Ölüm zamanının belirlenmesine ne kadar meraklı olduğunuzu biliyorum ve bunun için elimden geleni yapacağım, gerçekten, ama bana birkaç gündür etrafta başıboş kalmış cesetler getirirseniz, tahmin edersiniz ki bu kesin sonuçlar almamı zorlaştırıyor."

Doktor Perriera'nın mükemmeliyetçi biri olduğunu biliyordu; her zaman, bulduğu her şeyi değerlendirirdi. "Bunu anlıyorum" dedi Rasbach sabırla. "Yine de herkesin fikrindense, senin tahminini tercih ederim."

Doktor gülümsedi. "Otopsiyi dün gece yaptım. Vücuttaki bozulmaya ve bulunan larvalara bakılırsa –ve havanın da çok sıcak olduğunu unutmamalıyız– adamın dört gün önce öldüğünü tahmin ediyorum; bir gün önce ya da sonra da olabilir."

Rasbach hesap yaptı. "Dün geceden dört gün önce; yani, 13 Ağustos akşamı."

Doktor Perriera başıyla onayladı. "Ama 12 Ağustos sabahından 14 Ağustos akşamına kadar öldürülmüş olabilir. Orada bir yerde."

Rasbach çelik masada yatan cesede baktı. Keşke adam konuşabilseydi.

Karakola döndüklerinde Rasbach departmanlarına verilen geçici toplantı odalarından büyük olanını seçti ve bir araya getirdiği ekibi oraya çağırdı. Bu davaya atanan dedektifler kendisi ve Jennings'di; ayrıca onlara yardımcı olması için Devriye Bölüğü'nden birkaç üniformalı memur seçmişti.

"Hâlâ adamın kim olduğunu bilmiyoruz" dedi Rasbach. "Parmak izleri hiçbir sistemde eşleşmedi; kayıp insanlar listesinde ya da diğer veritabanlarında yok. Güvenlik güçlerine ve medyaya bir açıklama yapıp fotoğraf verelim. Bakalım kim olduğunu bulabilecek miyiz? Hâlâ birileri onu tanıyabilir."

Rasbach 12 Ağustos gecesiyle 14 Ağustos gecesi arasındaki 48 saat içindeki tüm polis kayıtlarını kontrol etmeye karar verdi. Olağandışı bir şey arıyordu. Pek bir şey yoktu; birkaç küçük uyuşturucu baskını ve birkaç trafik kazası dışında bir olay olmamıştı. Trafik kazalarından biri oldukça sıradan görünüyordu; iş çıkışı trafiğinde, hafif hasarlı bir kaza. Ama diğeri... Bir Honda Civic, 13 Ağustos akşamı saat 20.45 civarında, suç mahalline oldukça yakın bir yerde aşırı hız yapıp bir elektrik direğine çarpmıştı.

Rasbach bunu gördüğünde, ensesindeki tüyler diken diken oldu.

12

"Sizin için ne yapabiliriz?" diye sordu Fleming Rasbach'a, fincanındaki kahvesini yudumlarken. "Cinayet dedektifleri, her gün binanın bu tarafına, bize gelmezler."

Rasbach elindeki cinayet kurbanının fotoğraflarını masanın üstüne bıraktı.

Fleming ile Kirton bakmak için öne eğildiler. Kirton başını iki yana salladı. Fleming bir süre daha dikkatle fotoğrafa baktı ama hiçbir şey söylemedi.

"Ceset birkaç gün bulunamamış" dedi Rasbach. "17 Ağustos. En azından, o zamana kadar kimse aramamıştı. Bence önce mahalledekiler tarafından soyulmuş."

"Onu tanımıyorum" dedi Kirton.

"Ben de onu daha önce görmemiştim." Fleming, Rasbach'a baktı. "Bunun bizimle ne ilgisi var?"

"Adam 13 Ağustos civarında, Hoffman Sokağı'ndaki terk edilmiş bir restoranda öldürüldü. Anladığım kadarıyla 13 Ağustos gecesi, o civarda bir trafik kazası oldu."

Fleming ile Kirton göz göze geldiler. Kirton başını sallayarak sandalyesinde dikleşti. "Evet, oldu."

"Bana bu konuda neler bildiğinizi anlatın" dedi Rasbach.

"Hız sınırını aşan bir kadın kırmızı ışıkta geçmiş. Bir arabaya çarpmamak için direksiyonu kırmış, kontrolü kaybedip bir elektrik direğine çarpmış" dedi Kirton.

"Yaşıyor mu?"

"Evet" dedi Fleming, masasının üstüne daha da eğilerek. "Yaşıyor, ama söylediğine göre hafızasını kaybetmiş."

"Dalga geçiyorsunuz, değil mi?" dedi Rasbach.

"Hayır. Herkes kadına inanıyor; hem doktorlar hem kocası" dedi Fleming.

"Ama sen inanmıyorsun."

"Bilmiyorum. Kocası aynı gece kayıp olduğunu bildirmek için 911'i aramış. Kadın evden aceleyle, cep telefonunu ve çantasını almadan çıkmış ve kapıyı kilitlemeyi unutmuş."

Rasbach, başını iki yana sallayan Memur Kirton'a döndü.

"Bence yalan söylüyor" dedi Kirton.

"Bu kadın hakkında neler biliyorsunuz?" diye sordu Rasbach.

"İsmi Karen Krupp" dedi Fleming. "O gece nerede olduğunu ve neler yaptığını düşünmezsek, sadece sıradan bir ev kadını."

"Bir ev kadını."

"Evet. Otuzlarının başlarında, muhasebeci olarak çalışıyor. Bir mali müşavirle evli. Çocukları yok. Banliyöde, Henry Park'ta hoş bir evleri var."

Rasbach aniden, suç mahalline yakın bir yerde bulunan ve aldırdığı pembe lastik eldivenleri hatırladı. Eldivenler ezilmişti ve üzerlerinde lastik izleri vardı. "Arabaya ne oldu?" diye sordu.

"Honda Civic. Hurdaya çıktı" dedi Kirton.

"O arabanın lastiklerini görmem gerekecek" dedi Rasbach. İçinde hafif bir heyecan dalgası hissediyordu. O araba —o kadın— ve cinayet kurbanı arasında bir bağlantı bulmak, ilginç olmaz mıydı?

"O zaman buradan sonrasını siz devralıyorsunuz Rasbach" dedi Fleming.

* * *

Tom ertesi sabah evden çıkarken gergin ve mutsuzdu. Hafta sonu biriken işleri toparlamak için birkaç saatliğine ofise giderken üzerine bir kot pantolon geçirmişti. Karen hastanedeyken çok iş birikmişti. Karen o sabah yorgun görünüyordu. Tom uyandığında o yataktan çıkmıştı bile; onu öperken yüzü solgundu. Yüzündeki şişlikler inmişti ve morluklar da geçmeye başlamıştı ama eski Karen'a benzemiyordu. Karen eve geldiğinden beri farklıydı. Eskiden çok sıcak ve sorunsuz biriydi. Şimdi, biraz mesafeliydi. Çok sessizdi. Bazen, Tom ona dokunmak için uzandığında irkiliyordu. Daha önce bunu hiç yapmazdı. Gergin ve ürkek görünüyordu. Tom bardak meselesinin rahatsız edici olduğunu düşünüyordu. Kimsenin eve girmediğinden emindi. Karen neden eve birinin girdiğinden bu kadar emindi? Bu konuda büyük bir paniğe kapılmıştı.

Tom'un da kafası karışıktı. Karısı o geceyi gerçekten hatırlamıyor muydu? *Yoksa sadece, ona mı söylemiyordu?*

Güvensizlik çok sinsi bir şeydi; daha önce görmezden gelmeyi başardığı bir şeylerden şüphelenmeye başlamıştı bile.

Karen'ın geçmişi konusunda şüpheler. Bu eve taşındığında, yanında çok az eşya getirmişti. O zamanlar Karen'a bir depoda başka eşyaları olup olmadığını sormuştu. Karen onun gözlerinin içine bakıp, "Hayır, hepsi bu. Eşyalara bağımlı olmayı sevmiyorum. Kalabalık sevmiyorum" demişti.

Tom birkaç kez karısının neden geçmişiyle hiçbir bağlantısı olmadığını merak etmişti. Ona ailesini sorduğunda Karen, ailesi olmadığını söylemişti. Tom bunu anlıyordu. Onun anne ve babası da ölmüştü, geriye sadece erkek kardeşi kalmıştı. Ama Karen'ın, hiç kimsesi yoktu. Tom'un üniversiteden arkadaşları vardı, ama Karen'ın üniversite arkadaşları da yoktu. Tom bu konuda ona sorular sorduğunda, insanlarla bağlantıyı sürdürmeyi beceremediğini söylemişti. Tom, küçük bir meseleyi çok büyütüyormuş gibi davranmıştı.

Tom onu seviyordu ve Karen da Tom'u seviyordu; birlikte mükemmellerdi. Karen ona tanışmadan önceki hayatına dair çok fazla şey anlatmak istemiyorsa, Tom bunu sorun etmezdi. Rahatsız edici bir şeyler olabileceğinden hiç şüphelenmemişti; sadece Karen'ın ketum ve paylaşmaktan hoşlanmayan biri olduğunu düşünmüştü.

Ama artık, bunun sorun olup olmadığından o kadar emin değildi. Karısı hakkında çok az şey bildiğini fark ediyordu.

Dedektif Rasbach ve Jennings suç laboratuvarındaydılar. Pazar sabahı olmasına rağmen, laboratuvar pembe eldivenleri alıp incelemeye başlamıştı.

Rasbach, o sabah delillerin üstünden geçmek için onunla buluşmayı kabul eden Stan Price'a yoğun kokulu bir duble espresso uzattı. Kahveyi alt tarafı Starbucks'tan almıştı ama Rasbach, Stan'in genellikle dışarı çıkamayacak kadar meşgul olduğunu biliyordu.

"Teşekkürler" dedi Stan. Kahveyi alırken yüzü aydınlandı. "İyi bir kahve, çok işe yarar." Burada, adli tıp laboratuvarının bulunduğu bodrumda berbat bir kahve makineleri vardı ve yaptığı kahvenin iğrençliğiyle ünlüydü. Bunun sebebi kimsenin makineyi temizlememesi olabilirdi, ama kimse makineyi temizleyip bu teoriyi test etmeye gönüllü olmamıştı. Rasbach zihninin bir kenarına, bu yıl Noel'de Adli Tıp Departmanı'na yeni bir espresso makinesi almayı not etti.

"Neler buldun?" diye sordu Rasbach.

"Eldivenler... Birinin üzerinden iyi bir lastik izi almayı başardım." Stan memnuniyetle kahvesinden bir yudum aldı. "Eldivenin üzerindeki lastik izi, söz konusu aracın yapım yılı ve modeliyle uyumlu. Aynı tipteler, ama bize getirdiğin lastiklerin izleri olduğunu kesin olarak söyleyemiyoruz. Eldivenin üzerinden geçenin o arabanın lastiklerinden biri olduğunu *kesin olarak* söyleyemiyoruz. Ama o arabaya ait olmaları gayet mümkün."

"Tamam" dedi Rasbach. Bu da bir adımdı. "Eldivenlerin içinden DNA alma şansınız nedir?"

"Muhtemelen yüksek, ama bu daha uzun sürer. Bunun için sıra var."

"Süreci benim için hızlandırabilir misin?"

"Bana yine bu harika kahveden getirebilir misin?"

"Elbette."

Karen çantasını, anahtarlarını ve cep telefonunu alıp evden çıkmaya hazırlandı. Markete gitmesi gerekiyordu.

Ön kapıyı açtığında tanımadığı bir adam öndeki basamaklarda duruyordu.

O kadar şaşırdı ki neredeyse çığlık atacaktı. Ama basamaklarda duran adam, beklenmedik olsa da, tehditkâr görünmüyordu. Üzerinde iyi kesimli bir takım elbise vardı. Kum rengi saçlara ve zeki, mavi gözlere sahipti. O anda, basamaklarda, yukarı doğru ilerleyen ikinci adamı fark etti. Önce ikinci adama korkuyla baktı, sonra bakışlarını hemen önünde duran adama çevirdi.

Adam, "Karen Krupp siz misiniz?" dedi.

"Evet" diye cevap verdi Karen şüpheyle. "Siz kimsiniz?"

"Ben Dedektif Rasbach." Bakışlarını, verandada yanına gelen diğer adama çevirdi. "Bu da Dedektif Jennings."

13

Karen dedektife bakarken kalbi çılgınca atıyordu. Bunu beklemiyordu.

"Sizinle birkaç dakika konuşabilir miyiz?" diye sordu Rasbach, dedektif rozetini çıkartıp Karen'ın görmesi için havaya kaldırırken.

Karen nabzını şakaklarında hissedebiliyordu. Onlarla konuşmak istemiyordu. Artık bir avukatı vardı. Avukat neden polisler tekrar onu sorgulamaya gelirse ne yapması gerektiği konusunda bir şey söylememişti? Karen bunu neden sormamıştı?

"Evden çıkıyordum" demeyi başardı.

"Uzun sürmeyecek" dedi Rasbach; yerinden kıpırdamamıştı.

Ne yapması gerektiğine karar veremeyen Karen tereddüt etti. Onlarla konuşmadan geri çevirmesi, polisleri kızdırabilirdi. Onları içeri almanın daha iyi olacağına karar verdi. Hiçbir şey hatırlamadığını söyleyecekti. Sonuçta, bu doğruydu. Onlara, o gece hakkında söyleyebileceği hiçbir şey yoktu.

Karen, "Tamam, sanırım birkaç dakika ayırabilirim" diyerek kapıyı açtı ve herkes içeri girdikten sonra kapattı.

Dedektifleri oturma odasına götürdü. Karen kanepeye oturdu; dedektifler onun karşısındaki tekli koltuklara geçtiler. Karen kanepenin üstündeki yastıklardan birini alıp göğsüne bastırma arzusuna direndi. Bunun yerine, özellikle bacak bacak üstüne attı ve sırtını kanepeye yasladı; oturma odasında iki dedektif olmasından etkilenmiyormuş gibi görünmeye çalışıyordu.

Ama dedektifin zeki olduğunu belli eden gözleri sinirlerini geriyordu; bu yüzden, gerektiğinden biraz erken, "Eminim bunu kazayı araştıran diğer memurlardan öğrenmişsinizdir, ama hiçbir şey hatırlamıyorum" dedi. Bunun kulağa ne kadar saçma geldiğini düşündü. Hafifçe kızardı.

"Evet, bunu duyduk" dedi dedektif.

Rahat, ama dikkatli görünüyordu. Karen bu adamdan hiçbir şey saklayamayacağını hissetti. Bir anda çok gerildi.

"Aslında ilgilendiğimiz şey, tam olarak kaza değil."

O an Karen yüzündeki bütün kanın çekildiğini hissetti. İki dedektifin de yüzündeki bu ani solgunluğu görebildiğinden emindi.

"Değil mi?" demeyi başardı.

"Hayır. Başka bir şeyi araştırıyoruz. Kaza yaptığınız yere yakın bir yerde, aşağı yukarı aynı saatlerde başka bir şey oldu."

Karen hiçbir şey söylemedi.

"Bir adam öldürüldü."

Öldürüldü. Karen yüzünü ifadesiz tutmaya çalıştı ama bunu hiç beceremediğinden şüpheleniyordu. "Bunun benimle ne ilgisi olabilir?" diye sordu.

"Biz de bunu bulmaya çalışıyoruz" dedi Dedektif Rasbach.

Karen, "O geceye dair hiçbir şey hatırlamıyorum" diye itiraz etti. "Üzgünüm, ama muhtemelen boşuna vakit kaybediyorsunuz."

"Hiçbir şey mi?" diye sordu dedektif. Ona inanmadığı çok belliydi. Karen, yanındaki diğer dedektife baktı. O da Karen'a inanmamıştı.

Başını iki yana salladı.

"Belki biz, hatırlamanıza yardımcı olabiliriz" dedi Rasbach.

Karen korkuyla adama baktı. Tom orada olmadığı için mutluydu. Sonra, orada olmasını diledi.

"Cinayet mahallinde olduğunuza inanıyoruz."

"Ne?" Karen kendini bayılacak gibi hissetti.

"Olay yerinde bir çift plastik eldiven bulduk" dedi diğer dedektif.

Karen'ın başı dönüyor, kalbi yerinden çıkacakmış gibi atıyordu.

"Bir çift pembe eldiven kaybetmiş olabilir misiniz; şu bulaşık yıkarken kullanılanlardan?" diye sordu Rasbach.

Karen başını yukarı kaldırdı, sırtını dikleştirdi. "Hayır, kaybetmedim" dedi inandırıcı bir sesle. Ama eldivenlerinin kayıp olduğunu biliyordu; dün onları aramıştı. Nerede oldukları konusunda hiçbir fikri yoktu. Tom'a sormuştu, ama o da bilmiyordu. Aniden, köşeye sıkıştırılmış birinin güçlü hayatta kalma içgüdüsüyle cesaretini topladı. "Neden benim olduklarını düşündünüz?" diye sordu sakince.

"Aslında çok basit" dedi dedektif. "Eldivenler cinayet mahalline yakın bir otoparkta bulundu."

Karen, "Hâlâ bunun benimle ne ilgisi olduğunu anlamıyorum. Benim hiç pembe eldivenim olmadı" dedi.

Dedektif "Otoparkta, bir araba eldivenlerin üzerinden geçmişti. Lastik izleri, neredeyse parmak izleri gibidir. Arabanızda, o otoparkta eldivenleri ezen lastiklerin aynısından var. Bence o otoparkta, o eldivenleri siz ezdiniz. Sonra hızla kaçtınız ve cinayet saati civarında, o arabayla bir kaza geçirdiniz" dedi. Duraksayıp hafifçe öne eğildi. "Bence bir sorununuz var."

Tom arabasını garaj yolunda bırakırken, evinin önünde duran arabanın kime ait olduğunu merak etti. Araba onunkinden daha yeni, düz bir sedandı. Tanıdığı birine ait değildi. Arabasından inip huzursuzca sokaktaki arabaya baktı. Karısını kim ziyaret ediyor olabilirdi? Hissettiği şüpheden nefret ediyordu. Endişelenen Tom, aceleyle basamakları tırmandı. Hızla kapıyı açtığında, oturma odasında oturan takım elbiseli iki adamı hemen gördü.

"Tom!" dedi Karen başını çevirerek; oldukça şaşırdığı belliydi. Yüz ifadesi kafa karıştırıcıydı; hem korkmuş, hem de rahatlamıştı. Karen onu gördüğüne sevinmiş miydi? Yoksa bu, onu dehşete mi düşürmüştü? Belki de ikisi de doğruydu.

"Neler oluyor?" diye sordu Tom, odadaki herkese doğru.

Takım elbiseli iki adam sessiz kaldı ve karısının ona ne söyleyeceğini görmek istermiş gibi, koltuklarından izlemeye devam ettiler. Tom huzursuzdu. Adamların kaza için gelen sigorta görevlileri olup olmadıklarını merak etti. Daha fazla kötü haber istemiyordu.

"Bu beyler, polis dedektifleri" dedi Karen, uyaran bir bakışla. "Şey için gelmişler... Geçen gece..." dedi.

İki adam aynı anda ayağa kalktı. "Ben Dedektif Rasbach" dedi uzun olan, rozetini havaya kaldırarak. "O da Dedektif Jennings."

"Bunu şu an yapmak zorunda mıyız?" dedi Tom biraz kaba bir tavırla; oturma odasının ortasına doğru ilerlemişti. Eski hayatını geri istiyordu. "Daha sonra yapamaz mıyız? Avukatımız, karım hafızasını geri kazanana kadar her şeyi erteleyeceğini söyledi."

"Ne yazık ki biz, kaza yüzünden burada değiliz" dedi Dedektif Rasbach.

Tom aniden bacaklarındaki tüm gücün çekildiğini hissetti. Kalbi hızla çarpmaya başladı. Oturması gerekiyordu. Kanepede, Karen'ın yanına çöker gibi oturdu. Böyle bir şey olmasını beklediğini fark etti. Kalbinin derinliklerinde, bu hikâyenin devamı da olduğunu biliyordu. Bir yerlerde yanlış bir kapıyı açıp sahte insanların yaşadığı, çok mantıksız başka bir hayata bulaştığını hissediyordu.

Tom ihtiyatla iki dedektife baktı. Huzursuzca bakışlarını Karen'a çevirdi, Ama Karen ona bakmıyordu.

Bir süre hiç kimse konuşmayınca Dedektif Rasbach, "Karınıza, kazayı yaptığı yere yakın bir yerde işlenen bir cinayetten bahsediyorduk" dedi.

Cinayet.

Karen aniden ona dönüp, "Kayıp plastik eldivenimiz olup olmadığını sordular, ben de olmadığını söyledim" dedi.

Kalbi deli gibi çarpan Tom, Karen'a baktı. Başını iki yana salladı. Zaman yavaşlamış gibiydi. "Plastik eldiven mi? Hayır, plastik eldiven kaybetmedik" dedi. Başı dönüyordu ve midesindeki safranın tadını boğazında hissedebiliyordu. Dedektife döndü. "Neden?" Tom çok kötü bir oyuncu olduğunu biliyordu. Keskin gözlü dedektifi kandırmak imkânsız gibi görünüyordu. Dedektif, Tom'un yalan söylediğini biliyordu.

"Cinayet mahallinin yakınında bir çift pembe, plastik eldiven bulduk" dedi Rasbach. "Dirseklere doğru çiçek deseni var" diye ekledi.

Tom bunu, çok uzaktan gelen bir sesi duyarmış gibi duyuyordu. Kendini orada değilmiş gibi hissediyordu. Kaşlarını çattı. Sanki her şey yavaş çekimde oluyordu. "Hiç pembe plastik eldivenimiz olmadı" dedi Tom. Karen'ın bakışlarını kendisinden dedektife çevirişini izledi. *Tanrım. Tom dedektiflere yalan söyledi. Neler oluyor?*

"Aslında, eldivenlerin nereden geldiği ya da kime ait olduğu çok önemli değil" dedi dedektif. "Önemli olan, eldivenin üstündeki lastik izi ve cinayet mahallindeki lastik izleri, karınızın lastik izleriyle uyuşuyor. Yani cinayet, karınız kazayı geçirmeden kısa süre önce işlenmiş." Tom'dan karısına dönüp "Anladığım kadarıyla çok hızlı gidiyormuşsunuz" dedi. Sonra öne doğru eğilip, "Hafızanızı kaybetmiş olmanız biraz manidar, değil mi?" diye ekledi.

"Bana hakaret etmeyin dedektif" dedi Karen. Tom ona inanamayan gözlerle baktı. Karen, Tom'a göre çok daha sakindi. Tom onun baskı altında bu kadar soğukkanlı kalabileceğini asla tahmin etmezdi. Tom kendini, hiç tanımadığı birine bakıyormuş gibi hissetti.

"Öldürülen kişinin kim olduğunu bilmek istemiyor musunuz?" diye sordu Dedektif Rasbach. Onlarla oynuyordu. "Yoksa zaten biliyor musunuz?" diye ekledi, Karen'a bakarak.

"Neden bahsettiğiniz konusunda hiçbir fikrim yok" dedi Karen. "Kocamın da bu konuda hiçbir bilgisi yok. O yüzden bizimle oyun oynamayı bırakın ve söyleyin."

Rasbach sakince Karen'a baktı. "Hoffman Sokağı'ndaki terk edilmiş bir restoranda, bir adam üç el –ikisi yüzüne, biri göğsüne– ateş edilerek vuruldu. Arabanızın cinayet mahalline yakın bir yerde olduğunu biliyoruz. Bu konuda sizin bize bilgi verebileceğinizi umuyorduk" dedi.

Tom'un midesi bulanıyordu. Evinin oturma odasında, bu konuşmayı yaptıklarına inanamıyordu. Birkaç gün önce, polis ona kaza haberini vermek için geldiğinde de aynı yerde oturuyordu. Kazanın nasıl olduğunu duyduğunda, şoförün karısı olabileceğine inanmamıştı. Ama şoför, karısıydı. Şimdi de bunlar oluyordu. Bu kez neye inanması gerekiyordu?

"Adam kimmiş?" diye sordu Karen. "Öldürülen adam?"

Tom, onun çok solgun göründüğünü düşündü; ama sesi güçlüydü. İnsanı şaşırtacak kadar soğukkanlıydı. Tom başka birini, karısının rolünü oynayan bir oyuncuyu izliyormuş gibi hissetti.

Dedektif "Bilmiyoruz" diye itiraf etti. Sonra bir zarfa uzanıp "Bir fotoğraf görmek ister misiniz?" dedi. Bu, aslında bir soru değildi.

Tom hâlâ, her şey yavaş çekimde oluyormuş gibi hissediyordu. Dedektif sehpanın üzerine bir fotoğraf koyup Karen'la Tom'un düz göreceği biçimde çevirdi. Bu, alnında ve yanağında kurşun delikleri olan, yüzü dağılmış bir adamın fotoğrafıydı. Ölü adamın gözleri açıktı ve şaşkın bir ifadesi vardı. Tom içgüdüsel olarak irkildi. Dedektif ilkinin yanına ikinci bir fotoğraf koydu. Bu fotoğrafta adamın şişmiş ve üzeri kan lekeleriyle dolu göğsü görünüyordu. Fotoğraflar rahatsız edici ve mide bulandırıcıydı. Tom elinde olmadan bakışlarını karısına kaydırdı; Karen o kadar hareketsizdi ki, nefesi durmuş gibi görünüyordu. Tom hızla bakışlarını çekti. Kendi karısına bakmaya dayanamıyordu.

"Bunlar, bir şeyler hatırlamanıza yardımcı oldu mu?" diye sordu dedektif, biraz küstahça. "Bu adamı tanıyor musunuz?"

Karen inceliyormuş gibi fotoğraflara baktı ve yavaşça başını iki yana salladı. "Hayır. Kesinlikle tanımıyorum."

Dedektif Karen'a baktı, ona inanmıyordu. "Arabanızın olay yerinin yakınında olmasını nasıl açıklıyorsunuz?" diye sordu.

"Bilmiyorum." Sonunda Karen'ın sesinde bir umutsuzluk tınısı belirmişti. "Belki de biri beni kaçırdı ve onu arabamla oradan götürmem için beni orada bekletti" dedi. "Belki de... Elinden kurtulmayı başardım ve o yüzden o kadar hızlı gidiyordum."

Dedektif Rasbach, Karen'ın yaratıcılık çabalarını takdir ediyormuş gibi başını salladı.

Tom umutsuzca, *Bu olabilir, değil mi?* diye düşünüyordu.

Karen, "Elinizde başka hangi kanıtlar var?" diye sordu cesurca.

"Ah" dedi Dedektif Rasbach. "Henüz bunu söylemeye hazır değilim." Fotoğrafları topladı, ortağına baktı ve ayağa kalktı. Tom ve Karen da ayağa kalktılar. Rasbach ceket cebinden bir kartvizit çıkartıp Karen'a uzattı. Karen kartı aldı, bakıp sonra cam sehpanın üzerine bıraktı.

Dedektif, "Zaman ayırdığınız için teşekkürler" dedi. İki adam dışarı çıkınca Karen kapıyı arkalarından kapattı. Dehşete düşen Tom kıpırdayamadan kanepenin yanında duruyordu. Karen oturma odasına döndüğünde, göz göze geldiler.

14

Jennings şoför koltuğunda karakola doğru giderlerken Rasbach yolcu koltuğunda, yaptıkları görüşmeyi düşünüyordu. Karen Krupp bir şey saklıyordu. Görünürde takdir edilecek kadar soğukkanlıydı, ama aslında paniğe kapılmış haldeydi. Rasbach cinayetin işlendiği saatlerde kadının orada, cinayet mahallinin çok yakınında olduğuna inanıyordu; ama bu, şu noktada büyük ölçüde bir varsayımdı, çünkü tam ölüm zamanını saptayamıyorlardı. Ama Rasbach, olayların zamanlamasının birbirini tuttuğuna ikna olmuştu. Kadının orada ne işi vardı?

Rasbach, kocanın görüşme sırasındaki tavırlarını hatırlayıp onun çok kötü bir yalancı olduğunu düşündü. Kruppların bir çift pembe, plastik eldiven kaybettiğinden emindi.

O gece Karen Krupp'ın evden çıktığını gören birileri olmalıydı. Kadının yalnız olup olmadığını öğrenmeleri gerekiyordu. Rasbach, komşularla konuşmak için o akşam daha geç saatlerde Henry Park'a dönmeye karar verdi. Ayrıca Kruppların bütün telefon kayıtlarına da ihtiyaçları olacaktı. Belki de biri kadını aramıştı. Karen Krupp'ı derinlemesine araştıracaklardı.

Yolcu koltuğunda keyifle arkasına yaslandı. Dava gitgide ilginçleşiyordu. Rasbach bunu severdi.

* * *

Dehşet içindeki Tom suçlayıcı gözlerle karısına bakıyordu. Az önce onun için polise yalan söylemişti. Sevdiği kadın için. *Karen ne yaptı?* Kalbi sancıyla sıkıştı.

Karen "Tom" dedi ve sustu; sanki bundan sonra ne söyleyeceğini bilmiyordu. Sanki hiçbir şeyi açıklaması mümkün değildi.

Tom merak etti; Karen gerçekten hiçbir şeyi açıklayamıyor muydu, yoksa numara mı yapıyordu? Tom başlangıçta Karen'ın hiçbir şey hatırlamadığına inanmıştı. Ama artık bundan emin değildi. Karen kesinlikle bir şeyleri saklamaya çalışıyormuş gibi görünüyordu. "Neler oluyor Karen?" diye sordu Tom. Sesi soğuk çıkmıştı, ama kendini çaresiz hissediyordu.

"Bilmiyorum" dedi Karen öfkeyle. Gözleri yaşla doldu.

Karen çok ikna ediciydi. Tom ikna olmak istiyor, ama Karen'a tam olarak inanamıyordu.

"Bence söylediklerinden daha fazlasını biliyorsun" dedi Tom. Karen tam önünde, dimdik omurgasıyla kıpırdamadan duruyor, sanki Tom'u gerçekten ne düşündüğünü söylemeye davet ediyordu. Ama Tom bunu yapamadı. Karısını cinayetle suçlayamazdı.

Tanrım, Karen ne yaptı?

"Dedektiflere yalan söyledin" dedi. "Eldivenler konusunda."

"Sen de" dedi Karen sertçe.

Bu Tom'u çok şaşırttı; suratına bir tokat yemiş gibi hissetti. Nasıl tepki vermesi gerektiğini bilmiyordu. Sonra öfkeyle, "Ben bunu seni korumak için yaptım! Başka ne yapabileceğimi bilmiyordum! Neler olduğunu bilmiyorum!" dedi.

"Ben de!" diye patladı Karen. Gözlerini Tom'unkilerden ayırmadan ona birkaç adım yaklaştı. Artık birbirlerine dokunabilecek mesafedelerdi. "Ben de aynı şeyi söylüyorum" dedi Karen; sesi artık daha yumuşaktı. "Ben de neler olduğunu bilmiyorum. Başka ne yapacağımı bilmediğim için eldivenler konusunda yalan söyledim, aynı senin gibi."

Tom, şaşkınlıktan aptala dönmüş halde ona baktı. Sonunda, "Hatırlasan da hatırlamasan da, onlar muhtemelen senin eldivenlerin ve ikimiz de bunu biliyoruz. Bir *cinayet mahallinde* bulundular. Bir cinayet mahallinde ne işin vardı Karen?" dedi. Karen cevap vermeyince, olanlar yüzünden afallamış halde devam etti. "Ellerinde kanıt var! Korkunç bir suç mahallinde olduğuna dair!" Bunları Karen'a, sevdiği kadına söylediğine inanamıyordu. Elini öfkeyle saçlarının içinden geçirdi. "O dedektif senin suçlu olduğunu düşünüyor; o adamı senin öldürdüğünü düşünüyor. Bunu yaptın mı? Onu vurdun mu?"

"Bilmiyorum!" diye bağıran Karen'ın sesi umutsuzdu. "Şimdilik söyleyebildiğim bu, Tom. Üzgünüm. Bunu yeterli olmadığını biliyorum. Ama neler olduğunu bilmiyorum. Bana inanmak zorundasın."

Tom ne düşüneceğini bilemeden Karen'a baktı. Şimdiye kadar yaşadığı hayatın elinden kayıp gittiğini hissediyordu.

Karen gözlerini Tom'a dikti. "Gerçekten birini öldürebileceğime inanıyor musun? Bir *cinayet* işleyebileceğime inanıyor musun?"

Hayır. Tom, Karen'ın kimseyi öldürebileceğini hayal edemiyordu. Bu... Çok saçma bir fikirdi. Korkunçtu. Ama...

"Adam senin peşinde Karen" dedi Tom yılgın bir sesle. "O dedektifin nasıl biri olduğunu gördün. Meseleyi en derinine kadar kazacak ve çözmeden vazgeçmeyecek. Hatırlayıp hatırlamaman önemli bile olmayacak. Hatırlamana gerek kalmayacak; polis neler olduğunu bulacak ve *bize söyleyecek!*" Artık neredeyse bağırıyordu. Karen'ı incitmeye çalışıyordu, çünkü çok korkmuştu, öfkeliydi ve artık ona güvenemiyordu.

Karen dedektifler gittikten sonra daha da solgunlaşmıştı. "Bana inanmıyorsan Tom..." Cümlesini burada kesip ucunu boşlukta bıraktı; Tom'un itiraz edip, ona inandığını söylemesini bekledi. Sessizlik uzadı, ama Tom hiçbir şey söylemedi. Sonunda Karen, "Bana neden inanmıyorsun?" diye sordu.

"Ne soru ama!" diye parladı Tom.

"Gayet geçerli bir soru" diye ısrar etti Karen. Artık o da öfkeliydi. "Bugüne kadar, birini soğukkanlılıkla öldürebileceğime inanmana sebep olacak ne yaptım?" Karen birkaç adım yaklaştı. Tom onu izlediyse de hiçbir şey söylemedi. "Beni tanıyorsun! Bir cinayet işleyebileceğimi nasıl düşünürsün? O gece neler olduğunu, senin bildiğin kadar biliyorum." Karen'ın yüzü artık çok yakında, hemen Tom'un yüzünün altındaydı; Tom Karen'ın tenindeki hafif parfüm kokusunu alabiliyordu.

Karen ısrar etti. "Hani herkes suçu ispatlanana kadar masumdu?" Nefesleri hızlanmıştı; yüzü Tom'un yüzüne çok yakındı. "Neler olduğunu bilmiyorsun, o zaman suçsuz olduğuma inanamaz mısın? Söylesene, benim birini vurup onu ölüme terk etmem kadar imkânsız bir şey olabilir mi?" Şimdi Karen neredeyse bağırıyordu.

Tom tekrar Karen'a baktı; kalbi sıkışıyordu. Onu tanıdığı ve sevdiği süre boyunca, hiçbir konuda ondan şüphelenmek için bir sebebi olmamıştı. Ta ki o geceye kadar. O gece neler olmuştu? Tom, ona tamamen güvenebildiği o yıllar hatırına, Karen'a inanmalı mıydı?

Tom başını iki yana salladı. Kısık bir sesle, "Polis buraya gelip seni suçluyor... Sen onlara yalan söylüyorsun... Bilmiyorum Karen" dedi. Duraksadı. "Seni seviyorum. Ama korkuyorum."

"Biliyorum" dedi Karen. "Ben de korkuyorum."

Bir an için ikisi de konuşmadı. Sonra Karen, "Belki de Jack Calvin'le tekrar görüşmenin vakti gelmiştir" dedi.

O akşam Karen kucağında bakmadığı bir dergiyle, sessizce oturma odasında oturdu. Ertesi gece, kazayı geçireli tam bir hafta olacaktı. Bir hafta geçmişti ve hâlâ hiçbir şey hatırlamıyordu.

Akşamüstü çok korkunçtu. Polis –o soğukkanlı dedektif– onu resmen cinayetle suçlamıştı. Ve Tom, bunu yapmış olabileceğine inanıyormuş gibi görünüyordu.

Karen polisten ve bulabilecekleri şeylerden korkuyordu. Doktor Fulton'ın onlara söyleyebileceklerinden korkuyordu. Dişlerini sıktığını fark edip çenesini rahatlatmaya çalıştı. Çenesi sızlıyordu.

Karen fotoğrafları, gördüğü o korkunç görüntüleri aklından çıkaramıyordu. Üst kattaki ofisine kapanmış, eve getirdiği işleri yapan Tom'u düşündü. Yoksa Tom da, onun gibi numara mı yapıyordu? Yoksa o da masasında oturmuş, ölü adamın görüntüsünü zihninden uzaklaştırmayı başaramadan duvara mı bakıyordu? Muhtemelen. Fotoğrafları gördüğünde Tom kusacakmış gibi görünüyordu. Ve ondan sonra, Karen'a bakmamıştı bile.

Karen ön pencereden dışarı bakıyordu. Sokağın karşısındaki evlerden birinin kapısında, takım elbiseli iki adam gördü. O karanlıkta bile iki dedektifi tanıdı. İçinde yükselen bir dehşetle, duvardan uzaklaşmadan pencereye doğru yürüdü. Pencereye ulaştığında perdenin ardından izlemeye başladı.

Komşularla görüşüyorlardı. Elbette.

15

Brigid dışarı, sokağa baktı. Karanlık çöküyordu. Burada oturup, penceresinin dışında olanları izleyip örgü örerek epey vakit geçiriyordu.

Brigid örgü konusunda becerikli ve yaratıcıydı; desenlerinden bazıları yayınlanmıştı. Eserlerinin bir kısmını sergilediği ve çok gurur duyduğu bir örgü blogu ve bir sürü takipçisi vardı. Blogunun üst kısmındaki şeritte *"Örgü örmek sadece yaşlı kadınların işi değildir!"* yazıyordu. Ve Brigid'in bir fotoğrafı da vardı. Brigid, profesyonel bir fotoğrafçıya çektirdiği bu fotoğraftan memnundu. O fotoğrafta çok çekici görünüyordu; fotojenik biriydi.

Bir keresinde Karen'a örgü örmeyi öğretmeyi denemişti, ama Karen'ın öğrenmeye hevesli olmadığı belliydi. Örgü için gereken sabıra da sahip değildi. Birlikte biraz gülmüş, sonra bunun muhtemelen Karen'a göre bir iş olmadığına karar vermişlerdi. İlgi alanları farklı olsa da Karen Brigid'le vakit geçirmek istiyor ve bundan keyif alıyormuş gibi görünüyordu. Karen'ın örgü örmekle ilgilenmemesi kötü olmuştu; örgü örerken birini konuşturmak çok daha kolay olurdu ve Karen hiçbir zaman kendini kolay açan biri olmamıştı.

Brigid o sabahın erken saatlerinde en sevdiği dükkân olan *Knit One Purl Too*'ya gitmişti. Geçen sefer aldığı, muhteşem, mor renkli yün bitiyordu. İçeri girip duvarlara dizilmiş, neredeyse tavana kadar uzanan o rengârenk yünleri gördüğünde neşelendiğini hissetti. Burada çok fazla renk, çok fazla doku, sınırsız olasılık vardı! Keyifle dükkânın içinde dolaştı; kolları dolana kadar, farklı ağırlık ve renklerdeki birçok yüne hayran kalıp dokundu. Kendini yünlerle şımartmayı seviyordu. Brigid harika, turuncu bir merinos yününü okşarken, uzaktan tanıdığı bir kadın ona yaklaştı.

"Brigid" dedi kadın. "Sana rastladığıma çok sevindim! Örgü hatalarını düzeltmek konusundaki son blog yazını çok sevdiğimi söylemek istiyordum."

Brigid çok keyiflendi; neredeyse yüzü kızaracaktı.

"Bir arttırma sırasını kaçırdım ve tığla yapmayı öğrettiğin o numara gerçekten çok işe yaradı."

"İşine yaramasına çok sevindim" dedi Brigid gülümseyerek. Deneyimlerini paylaşıp bunun için takdir edilmek onu mutlu ediyordu. Blogu hazırlarken harcadığı bir sürü emek ve zamana değiyordu.

Kasadaki Sandra da onu gördüğüne çok sevinmişti. "Brigid! Artık seni buralarda pek sık göremiyoruz. Örgü toplantılarımıza dönmelisin."

Brigid içgüdüsel olarak bakışlarını büyük vitrinin arkasına daire şeklinde yerleştirilmiş sandalyelere çevirdi. Henüz dönmeye hazır değildi. Bununla yüzleşemezdi. Burada çok fazla mutlu, bebek eşyaları ören kadın vardı; düzenli gelenlerin en az üçü hamileydi. Ve sürekli bundan bahsediyorlardı. Acısına ve hayal kırıklığına yenik düşüp hoş olmayan bir şeyler söylememeyi başarabileceğinden emin değildi. Hiçbiri bunu anlayamazdı. Uzak durmak daha iyiydi. "Yakında" diye yalan söyledi Brigid. "Bugünlerde işlerim gerçekten çok yoğun." Kısırlık tedavisi için işinden ayrıldığını kimseye söylememişti. Doğurganlık meselelerini onlara anlatmak istemiyordu. Brigid'in, onların acımasına ihtiyacı yoktu.

Kabarık, pahalı bir yumak torbasını alıp keyfi kaçmış halde, hızla dükkândan çıkmıştı.

Şimdi de takım elbiseli iki adamın sokak boyunca ilerleyerek kapıları çalışını izliyordu. Adamlar yan komşusunun evinde durdu. Sırada Brigid vardı.

Kapı zilini duyduğunda örgüsünü bir kenara koyup kapıyı açtı. Evde yalnızdı; Bob her zamanki gibi bir taziye ziyaretindeydi. İki adam evin eşiğinde durdu. Çarpıcı mavi gözleri ve uzun boyuyla daha yakışıklı olanı rozetini çıkartıp açtı.

"Ben Dedektif Rasbach" dedi. "Bu da Dedektif Jennings."

Brigid gerildi. "Evet?" dedi.

"Bir soruşturma yürütüyoruz. Acaba komşunuz Karen Krupp'ı, 13 Ağustos akşamı evden çıkarken görmüş olabilir misiniz? Kaza geçirdiği akşam."

"Anlayamadım." dedi Brigid, dedektifi gayet iyi duymuş olmasına rağmen.

"13 Ağustos akşamı Karen Krupp'ın evinden çıktığını gördünüz mü? O gece bir trafik kazası geçirmişti."

"Evet, kazayı biliyorum" dedi Brigid. "İyi arkadaşımdır."

"Onu, o akşam evden çıkarken gördünüz mü?" diye ısrar etti dedektif.

Brigid başını iki yana salladı. "Hayır."

"Emin misiniz? Sokağın hemen karşısında oturuyorsunuz. Dışarı çıktığını görmediniz mi?"

"Hayır, görmedim. O akşam ben de geç saatlere kadar evde değildim. Neden?" Bakışlarını iki dedektif arasında dolaştırdı. "Bu, tuhaf bir soru."

"Yalnız olup olmadığını merak ediyoruz."

"Üzgünüm, bilmiyorum" dedi Brigid kibarca.

"Kocanız o gece evde miydi? Şu an, burada mı?" diye sordu dedektif.

"Hayır, kocam evde değil. Çoğu gece eve geç döner. Sanırım o gece de dışarıdaydı."

Dedektif ona bir kartvizit uzatıp "Kocanız evdeyse ve o gece bir şey gördüyse, lütfen bizi aramasını sağlar mısınız?" dedi. Brigid iki dedektifin kaldırıma inip bir sonraki eve doğru ilerleyişlerini izledi.

Ne Karen ne de Tom uyuyabilmişti ama birbirlerine uyumuş numarası yapıyorlardı. Tom yan yatıp yüzünü duvara dönmüştü; midesi çalkalanıyordu. Kafasının içinde durmadan, o akşamüstü oturma odasında dedektiflerle yaşanan sahneyi tekrar tekrar izliyordu. Karısının nasıl kolaylıkla onlara eldivenler konusunda yalan söylediğini hatırlıyordu. Buna karşılık, Tom beceriksizce yalan söylemişti ve bunu hepsi biliyordu.

Yatağın diğer yanındaki Karen'ın huzursuzca kıpırdandığını hissetti; sonunda Karen ayağa kalkıp sessizce odadan çıktı. Tom artık Karen'ın gecenin bir yarısı yanından kalkıp gitmesine alışmıştı. Bu gece, bu durum onu rahatlatmıştı. Tom yatak odası kapısının Karen'ın ardından yumuşakça kapandığını duyduğunda sırtüstü dönüp, gözleri tamamen açık halde yattı.

Üst kattaki ofis penceresinden, akşamın erken saatlerinde sokakta bir aşağı, bir yukarı dolaşan dedektifleri görmüştü. Karen de onları fark etmiş olmalıydı. Ama ikisi de bundan bahsetmemişti.

Tom, polisin Karen'ı araştırdığını düşündüğünde midesi bulandı; Karen'dan şüphelendiği için kendinden nefret etti. Artık sürekli onu izliyor ve neler yaptığını merak ediyordu.

Ve bir konuda endişelenmeden edemiyordu: *Polis ne bulacak?*

16

Ertesi sabah Tom işe giderken Karen'ı Jack Calvin'in ofisinde bıraktı. Neyse ki Calvin'in onu araya sıkıştırabilecek kadar zamanı vardı. Tom'un kaçırmaması gereken önemli bir toplantısı olduğundan onunla gelemiyordu. Ya da öyle söylüyordu. Karen Tom'un belki de artık bunlarla baş edemediğini ya da baş etmek istemediğini düşündü. Belki de kendisi yanında olmazsa avukatla daha açık konuşabileceğini düşünmüştü. Ama Karen avukata da, kocasına söylediğinden fazlasını söylemeyecekti. Sadece ne yapması gerektiğini bilmek istiyordu.

Tom onu bırakırken eğilip yanaklarından öptü ama gözlerinin içine bakmadı. Karen ona eve taksiyle döneceğini söyledi. Bir an otoparkta durup kocasının arabayla uzaklaşmasını izledi. Sonra arkasını dönüp binaya doğru yürüdü. İçeri girdiğinde asansörlerin önünde kısa süre tereddüt ettiyse de sonra düğmeye bastı. Avukatın bürosuna geldiğinde, yutkunarak korkusunu bastırdı, kapıyı açtı ve içeri girdi.

Bu sefer daha uzun beklemesi gerekmişti ve sinirleri iyice gerilmişti. Sonunda Jack Calvin'le görüşmek için içeri alınırken, omuzlarındaki ve boynundaki gerilimi hissedebiliyordu.

"Geri geldiniz!" dedi avukat neşeyle. "Hem de bu kadar çabuk. Bu, bir şeyler hatırladığınız anlamına mı geliyor?" Karen'a gülümsedi.

Karen avukatın gülümseyişine karşılık vermedi. Oturdu. Şimdi tamamen ciddiyete bürünen Calvin, "Size nasıl yardımcı olabilirim?" diye sordu.

Karen ona, "Hâlâ o geceyle ilgili hiçbir şey hatırlamıyorum" dedi. Avukatın ne düşündüğünü tahmin edebiliyordu. Muhtemelen buraya, kocasının önünde söyleyemediği bir şeyi söylemeye, şehrin o berbat mahallesinde yapmak zorunda kaldığı keyifsiz bir işten bahsetmeye geldiğini düşünmüştü. Karen onu hayal kırıklığına uğratacaktı. "Tom'un bu sabah kaçırmaması gereken bir toplantısı var" dedi.

Avukat kibarca başıyla onayladı.

"Size söylediğim her şey, avukat-müvekkil gizliliği kapsamında, değil mi?" diye sordu Karen, doğrudan avukatın gözlerinin için bakarak.

"Evet."

Karen yutkunup, "Dün polis evime ziyarete geldi" dedi.

"Tamam."

"Kaza hakkında sorular soracaklarını düşündüm."

"Konu kaza değil miydi?"

"Hayır." Karen duraksadı. "Bir cinayet davasını araştırıyorlardı."

Avukatın kaşları havaya kalktı, gözleri keskinleşti. Çekmecesinden yeni sarı çizgili bir not defteri çıkardı, pahalı görünen bir kalemi eline aldı ve sakince "Bana her şeyi anlatmanız çok iyi olur" dedi.

"Korkunçtu." Karen bunu boğulur gibi söylemişti. Cesedin resimlerini hatırladığında midesinin bulandığını hissetti. Kucağındaki ellerinin titrediğini hissettiği için onları birbirlerine bastırdı. "Bize cesedin fotoğraflarını gösterdiler."

Karen ona hızlıca dedektiflerin ziyaretini anlattı. "Ölen adamı tanımıyorum" dedi. Bir şekilde kendisini kurtarabileceğini umduğu avukatı dikkatle izliyordu.

"Yani bir cinayet mahallinin yakınında, muhtemelen cinayetin işlendiği saatlerde, arabayla aşırı hız yapıyor ve kırmızı ışıklarda geçiyordunuz" dedi Calvin. "Neden sizinle konuşmak istediklerini anlayabiliyorum." Öne doğru eğilince sandalyesi gıcırdadı. "Ama sizi bu suça bağlayacak başka bir şey var mıydı? Çünkü başka bir şey yoksa, endişelenecek bir şey yok demektir. Orası riskli bir bölge; sizinle bir bağlantısı yok, öyle değil mi?"

Karen tekrar yutkunduğunu hissetti. Bir kez daha avukata bakıp kendini toparladı ve ona hikâyenin geri kalanını anlattı. "Bir çift eldiven bulmuşlar."

Avukat keskin gözlerle ona bakarak bekledi. "Devam edin" dedi.

Karen derin bir nefes alıp, "Cinayetin işlendiği yerin yakınındaki bir otoparkta, bir çift plastik eldiven bulmuşlar" dedi. Önce tereddüt edip, ardından ekledi: "Bana ait olduklarından neredeyse eminim."

Avukat ona bakmaya devam etti.

"Evdeki plastik eldivenlerimiz kayıp." Duraksadı. "Onlara ne olduğunu bilmiyorum. Oldukça belirgin özellikleri var; dirsek kısmına doğru çiçek desenleri bulunuyor."

"Onlara eldivenlerinizin kayıp olduğunu *söylediniz* mi?" diye sordu Calvin.

Karen avukatın ses tonundan, bu kadar aptal olup olmadığını düşündüğünü anlayabiliyordu. "O kadar aptal değilim" dedi sertçe.

"Güzel. Bu iyi" dedi belirgin biçimde rahatlayan avukat.

"Tom benim için yalan söyledi" dedi Karen. Sakin görüntüsünün dağıldığını hissedebiliyordu. "Onlara plastik eldivenlerimizin kayıp olmadığını söyledi. Ama onun yalan söylediğini anladılar."

"İlk kural" dedi avukat, "polise yalan söylememektir. Hiçbir şey söylemeyin. Hatta, beni arayın."

Karen, "O eldivenlerin bana ait olduğunu kanıtlamak zorunda olmadıklarını söylediler. Çünkü görünüşe göre arabamla, otoparkta onların üzerinden geçmişim; lastik izleri sayesinde kanıtları var. Benim ya da en azından arabamın, cinayet mahalline yakın bir yerde olduğunu kanıtlayabiliyorlar. Kanıtları var" dedi. Calvin ciddi bir ifadeyle ona baktı. "Bu davanın dedektifi kim? Bu kimin aklına gelmiş?"

"İsmi Dedektif Rasbach" dedi Karen.

"Rasbach" diyen Calvin düşünceli görünüyordu.

"Ne yapacağımı bilmiyorum" dedi Karen kısık bir sesle. "Dedektifler dün gece oturduğum sokakta dolaşıp komşularımla konuştu."

Avukat bilinçli olarak biraz daha öne doğru eğildi ve gözlerini Karen'ın gözlerine dikti. "Hiçbir şey yapmayacaksınız. Onlarla konuşmayacaksınız. Sizinle konuşmak isterlerse, beni arayacaksınız." Bir kartvizit daha çıkartıp arkasını çevirdi ve numarasını yazdı. "Diğer numaralardan ulaşamazsanız beni buradan arayın. Bu numaradan bana her zaman ulaşabilirsiniz."

Karen minnetle kartı aldı. "Sizce ellerinde beni suçlayabilecek kadar delil var mı?" diye sordu endişeyle.

"Söyledikleriniz bunun için yetersiz. Siz muhtemelen cinayet saati civarında, cinayet işlenen bir binaya yakın bir otoparktaydınız. Hız yapıyordunuz ve bir kaza yaptınız. Bir şeyler görmüş olabilirsiniz. Hepsi bu. Esas soru şu; başka neler bulacaklar?"

"Bilmiyorum" dedi Karen. "Hâlâ o geceye dair hiçbir şey hatırlamıyorum."

Calvin bir süre defterine bazı notlar aldı. Sonunda başını kaldırıp Karen'a baktı ve "Bunu dile getirmekten hoşlanmıyorum ama muhtemelen daha büyük bir ön ödemeye ihtiyacım olacak. Ne olur ne olmaz" dedi.

"Ne olur ne olmaz." Karen, cinayetle suçlanırsa neler olacağını düşündü. Çek defterini bulmak için çantasını karıştırdı.

"Şunu sormak zorundayım" dedi Calvin sakince, "Yanınıza neden bir çift plastik eldiven almış olabilirsiniz acaba?"

Karen çantasının içinde çek defterini ararken bilinçli olarak avukatın bakışlarına karşılık vermedi. "Hiçbir fikrim yok" dedi.

17

Rasbach, Karen Krupp'ın geçmişini derinlemesine inceliyordu. Aşırı hızdan aldığı bu son trafik cezası ve kaza dışında, örnek bir vatandaştı. Ehliyetine kayıtlı tek bir trafik cezası yoktu. Park cezası bile almamıştı. Oldukça istikrarlı bir çalışma kaydı vardı; önce birkaç geçici işte çalışmıştı; son iki yıldır Cruikshank Cenaze Evi'nde muhasebeci olarak çalışıyordu. Vergileri düzenli ödenmişti. Sabıka kaydı yoktu. Kadın New York'un kuzeyinde yaşayan, hoş, sakin bir ev kadınıydı.

Ama sonra, Rasbach biraz daha derinlere indi. Kadının kızlık soyadının Fairfield olduğunu, doğum tarihini ve Milwaukee, Wisconsin'de doğduğunu biliyordu. Basit taramalar yaparak başladı.

Ama Wisconsin'den Karen Fairfield hakkında çok bilgi toplayamadı; ilkokul ya da liseden mezun olduğuna, hatta okula gittiğine dair hiçbir kayıt yoktu. Bir doğum belgesi ve sosyal güvenlik numarası vardı. Ehliyetini New York'ta almıştı. Ama son birkaç yıldan geri gittikten sonra, Karen Fairfield hakkında, doğum tarihi dışında hiçbir bilgi yoktu. Kadın sanki 30 yaşında, yetişkin olarak, New York eyaletinde hayata başlamıştı.

Rasbach sandalyesinde arkasına yaslandı. Bunu daha önce de görmüştü. Bu düşünüldüğünden daha sık rastlanan bir durumdu. İnsanlar sürekli bir yerde "kaybolur", başka bir yerde, başka bir kimlikle yeni bir hayat kurardı. Karen Fairfield'ın uydurma olduğu çok belliydi. Bu kimlik, yeni bir hayata geçişti. Tom Krupp'un karısı, olduğunu söylediği kişi değildi.

O zaman kimdi?

Rasbach bunu bulacaktı; bu sadece zaman meselesiydi. Öğrendiklerini paylaşmak için Jennings'in masasına uğradı. Jennings hafif bir ıslık çaldı.

"Ben de bir şey buldum" dedi Jennings. "Kadına bir telefon gelmiş." Kruppların telefon kayıtlarının çıktısını Rasbach'a verdi.

Rasbach kâğıdı diğer dedektiften alıp üzerindeki bilgileri dikkatle inceledi. "Kaza gecesi, 13 Ağustos'ta, 20.17'de biri onu aramış" dedi Rasbach, bakışlarını Jennings'e çevirirken.

"Takip edilemeyen bir cep telefonundan" dedi Jennings. "Faturasız hat." Belirgin bir keyifsizlikle, "Onu kimin aradığını ya da nereden aradığını bilmiyoruz" diye ekledi.

Rasbach dudaklarını kısarak, "Faturasız hat kullanmak için iyi bir sebebi olmalı" dedi. "Bu bizim ev kadını, ne haltlar karıştırıyordu acaba?" diye mırıldandı. Kadının o gece evden fırtına gibi çıkmadan önce bir telefon almasına şaşırmamıştı. Bunu bekliyordu. Çünkü önceki gece, Karen'ı evden çıkarken gören iki şahit bulmuşlardı. Sokağın karşı çaprazında oturan üç çocuklu bir anne, Karen Krupp'ın öndeki basamakları koşarak inip bariz bir aceleyle arabasına bindiğini görmüştü. Kadın Karen'ın yalnız olduğunu söylemişti. Sokağın daha aşağısındaki bir komşu da onu hatırlıyordu; Karen'ın, çocuklarının oyun oynadığı sokakta bu kadar hızlı gitmemesi gerektiğini düşünmüştü. O da Karen'ın arabada yalnız olduğundan emindi.

Rasbach içinde tanıdık bir heyecanla, "Akşam 20.17'de ev telefonundan aranıyor, yemek yapmayı bırakıp evden çıkıyor; kapıyı kilitlemiyor ve yanına çantasını ya da cep telefonunu almıyor" dedi.

Jennings, "Arayan kişi cep telefonundan değil, ev telefonundan aramış. Kocası o akşam işten eve çok geç dönmüş. Arayan kişinin, hangisine ulaşmak istediğini bilmiyoruz. Belki ikisi de işin içindedir" dedi.

Rasbach dalgınca başını salladı. "Tom Krupp'u da daha yakından incelesek iyi olur."

Karen Krupp avukatın ofisinden sıcak güneşe çıktı. Artık yalnızdı; ne kocasına, ne de avukatına rol yapması gerekmiyordu ve müthiş bir paniğe kapıldığını hissediyordu. Az önce, *cinayetle suçlanma ihtimaline karşı*, bir avukata yüklü miktarda ön ödeme yapmıştı.

Karen çok korkuyordu. Ne yapmalıydı? İçgüdüsü ona kaçmasını söylüyordu.

Ortadan nasıl kaybolacağını biliyordu.

Ama bu kez durum farklıydı. Tom'u terk etmek istemiyordu. Onu seviyordu. Gerçi artık Tom'un kendisine karşı hislerinden çok da emin değildi.

Tom katlanılmaz derecede uzun bir sabah toplantısından sonra, sonunda ofisine dönebilmişti. Kapısını kapatıp ofis sandalyesine oturdu. İşe konsantre olması imkânsızdı; bütün işlerinden geri kalmıştı. Kapısı kapanabilen ve duvarları cam olmayan bir ofisi olduğu için çok mutluydu; yoksa herkes onun ne kadar az çalıştığını ve ne kadar çok vaktini, odasında volta atarak ve pencereden dışarı bakarak geçirdiğini görecekti.

Neredeyse girer girmez cep telefonu çaldı. Hızla telefonu kaptı, arayanın kim olduğunu gördü. Brigid. "Kahretsin." Brigid onu neden arıyor olabilirdi? "Brigid. N'aber?"

"Müsait misin?" diye sordu Brigid.

Tom meselenin acil olmadığını düşündü. Biraz rahatlamaya başladı. "Sayılırım. Ne oldu?"

"Sana söylemem gereken bir şey var" dedi Brigid.

Brigid'in ses tonundan, Tom'un bundan hoşlanmayacağı anlaşılıyordu. Tom bir anda gerildi. "Nedir?"

"Bunu sana daha önce söylemek istedim" dedi, "ama Karen'ın kazası yüzünden aklımdan çıktı."

Tom, Brigid'in bir an önce sadede gelmesini diledi.

"Dün gece polisler gelip bize sorular sordular." Tom derisinin üzerinde ter damlacıklarının birikmeye başladığını hissediyordu. Gözlerini kapattı. Brigid'in söylemesi gereken her neyse, onu duymak istemiyordu. Telefonu kapatmak istiyordu.

Brigid, "Bunu dedektiflere söylemedim ama bence senin bilmen gerekiyor. Karen'ın kaza geçirdiği gün, sizin evin etrafında dolaşan, tuhaf görünüşlü bir adam vardı" dedi.

"Ne demek istiyorsun?" diye sordu Tom sertçe.

"Adam sizin evin pencerelerinden içeri baktı, arka bahçeye gitti. Ben ön bahçedeki otları temizliyordum; gözümü ondan ayırmadım. Neredeyse polisi arayacaktım ama adam benim yanıma gelip, eski bir arkadaş olduğunu söyledi."

"Benim arkadaşım mı?" Tom, kim olabileceğini tahmin edemiyordu.

"Hayır. Karen'ın arkadaşı."

Tom, içinde bir dehşet dalgasının yükseldiğini hissetti. Kalp atışlarının sesini kulaklarında hissedebiliyordu. "İsmini söyledi mi?"

"Hayır, sadece onu, eskiden, *başka bir hayattan* tanıdığını söyledi" dedi Brigid, sözcükleri vurgulayarak.

Tom çok sarsılmıştı; hiçbir şey söylemedi.

"Seni korkutmak istemiyorum Tom, ayrıca Karen'la ne kadar yakın olduğumuzu da biliyorsun" dedi Brigid endişeli bir sesle, "ama bu sence de biraz tuhaf bir yorum değil mi?"

Başka bir hayattan. Tom, "Görünüşü nasıldı?" demeyi başardı.

"Orta yapılı, orta boylu biriydi. Koyu renk saçları vardı ve oldukça yakışıklı biriydi. Giysileri şıktı."

Koyu renk saçlı. Uzun bir sessizlik oldu; Tom hızla düşünüyordu.

Sonunda Brigid, "Biliyor musun, Karen'ın hiçbir zaman, en azından bana, geçmişinden bahsetmemesini tuhaf buluyorum. Belki geçmişini seninle paylaşıyordur?" Tom sessiz kalınca devam etti: "Bunu söylemek hiç hoşuma gitmiyor; kaza ve sonrasında bir sürü şey yaşadığını biliyorum, ama..."

"Ama, ne?" diye sordu Tom sertçe.

"Ya Karen'ın geçmişinde, bizden sakladığı bir şey varsa?"

Tom telefonu kapatmak istiyordu ama hareket edemiyordu. "Ne demek istiyorsun?"

"Bu sana çılgınca gelebilir ama bir süre önce televizyonda, geçmişlerinden kaçan insanları anlatan bir program izledim. Ortadan kaybolup yeni bir kimlikle yaşıyorlar. Belki Karen da böyle bir şey yapmıştır."

"Bu çok saçma" diye karşı çıktı Tom.

"Öyle mi?" diye ısrar etti Brigid. "Gördüğüm kadarıyla, bir sürü insan bunu yapıyormuş. İnternette, böyle insanlara ortadan kaybolmaları için yardım ederek hayatını kazanan insanlar var."

Tom telefonu sıkıca kavradı ve içinde gitgide yükselen panikle dinlemeye başladı.

"Yeni bir kimlik buluyor, ortadan kayboluyor, başka bir yere taşınıp her şeye yeniden başlıyorlar. Trafik kontrollerini ve fark edilmeyi sevmiyorlar."

Tom dehşetle, kaza gecesine kadar Karen'ın kanunlara ne kadar saygılı olduğunu hatırladı. Brigid haklıysa ve karısı sahte bir kimlik kullanıyorsa, ne olacaktı? Karısı böyle bir şeyi neden yapmış olabilirdi?

"Tom? Üzgünüm, belki de hiçbir şey söylememeliydim. Hepsi o lanet olası televizyon programı yüzünden! Adam

Karen'ı sorduğunda, sadece aklımdan geçti..."

Tom geçen hafta yaşananlardan sonra hiçbir şeyin onu daha fazla sarsamayacağını düşünmüştü, ama bu bambaşka bir şeydi. Karısı, başka biri olabilir miydi? Bu kaldıramayacağı kadar ağırdı. Tom aniden, "Brigid, kapatmam gerek" dedi. Sandalyesinden kalkıp odanın içinde yürüyerek bu yeni ve korkunç olasılığı anlamaya çalıştı. O sabah koyu renk saçlı, Karen'ı *başka bir hayattan* tanıdığını söyleyen bir adam evlerine gelmişti. Brigid haklıysa ve Karen söylediği kişi değilse ne olacaktı? Polis bunu öğrenecekti. O korkunç fotoğraftaki adamın saçları da koyu renkti. Tom bunu hatırlayınca midesi bulandı.

Belki de sadece paranoyakça davranıyordu.

Ama belki de, neler olduğunu görmeye daha yeni başlıyordu.

18

Tom o akşam eve döndüğünde, içinde negatif duygularla —öfke, güvensizlik, korku, kalp kırıklığı— dolu, kaynayan bir kazan taşıyordu adeta. Karen'ın, bir şeyin değiştiğini fark ettiğini biliyordu. Ama ona Brigid'le konuşmasından bahsetmeyecekti. Neredeyse hiç konuşmadıkları yemeğin sonunda Karen, "Ne var?" dedi.

"Koşulları düşündüğünde bu biraz aptalca bir soru" dedi Tom soğuk soğuk. "Belki de polisin karımı tutuklamak için kapıma geleceğinden korkarak yaşamayı sevmiyorumdur." Böyle demek istememişti. Sözler ağzından çıkıvermişti. Karen'ın yüzünün bembeyaz oluşunu izledi. Tom Karen'ı suçlamak, her şeyin onun suçu olduğunu söylemek istiyordu. Ama bunun yerine, sadece Karen'a sırtını döndü.

"Bu sabah avukatla yaptığım görüşmeyi sormadın" dedi Karen. Sesi Tom'unki kadar soğuktu. Tom bunu unutmamıştı, sadece bilmemeyi tercih ediyordu. "Nasıl geçti?" dedi, Karen'ın söyleyebileceklerinden korkarak.

"Ona daha fazla ön ödeme yapmak zorunda kaldım."

Tom acı bir sesle güldü. "Neden şaşırmadım acaba?"

"Parayı vermemiş olmamı tercih mi ederdin?" diye sordu Karen sertçe.

Tom, evliliklerinin sadece bir haftada ne kadar zarar gördüğünü düşündü. Daha önce bunun olabileceğine inanmazdı bile. Şimdi karısını duvara dayayıp "Yalan söylemekten vazgeç ve bana doğruyu söyle!" diye bağırmak istiyordu. Ama bunu yapmadı. Bunun yerine, arkasını dönüp odadan çıktı. Tom, Karen'ın o gece olanları hatırladığına dair şüpheyi içinden atamıyordu. Canının bu kadar çok yanmasına ve bu kadar kandırılmış olduğuna inanamıyordu. Ama yine de, Karen'a âşıktı. Ona âşık olmasaydı, işler çok daha kolay olurdu.

Brigid dalgın dalgın kucağındaki örgüsünü örerek, tek başına karanlıkta oturuyordu. Işıkları açma gereği duymamıştı. Bob yine bir taziye ziyareti için dışarıdaydı. Cenaze evi sahibi olmak demek, bir sürü veda konuşmasına katılmak demekti. Tanıdığı bazı kadınların kocalarının çalıştığı işlerde, kocalarına eşlik ettikleri toplantılar olurdu. Yeni bir elbise ve yeni ayakkabılar alırlardı ama bunlar, akşam yemekleri ve partiler gibi etkinliklerdi. O kadınlar her tarafı çiçeklerle ve çiçek kokusuyla dolu, bir kenarında kapağı açık bir tabut duran, yas tutan ailelerle dolu evlere gitmiyorlardı. Yok, almayayım.

Çiçeklerden, özellikle de çiçek *aranjmanlarından* hoşlanmamaya başlamıştı. Özellikle de *cenaze* aranjmanlarından. Eskiden yıldönümlerinde kocasının ona çiçek alması hoşuna giderdi, ama birkaç yıl sonra Brigid ona, bununla uğraşmamasını söylemişti. Çünkü Bob'un, cenaze evine gelen çiçekleri kullandığından şüpheleniyordu. Brigid bunu ona söylememişti ve bundan emin değildi. Ama bu, Bob'un yapabileceği bir şeymiş gibi görünüyordu. Bob, küçük şeyler konusunda biraz pinti olabiliyordu. Gerçi doğurganlık tedavilerinin fiyatından yakınmamıştı.

Brigid'in en çok hoşuna gidecek şey, Bob'un onu birkaç günlüğüne Venedik ya da Paris gibi hayat dolu bir yere, cenaze evinin, ya da onu meşgul eden bütün işlerin uzağında bir yere götürmesi olurdu. Ama Bob her zaman işten o kadar uzun süre uzak kalamayacağını söyleyerek itiraz ediyordu. Bu yüzden artık Brigid her yıl, yıldönümlerinde, takabileceği hiçbir yer olmayan, sıkıcı bir çift küpe sahibi oluyordu. Seyahat edebilecek paraları vardı. Cruikshank Cenaze Evleri büyümüştü; artık New York eyaletinin yukarı kısmında üç cenaze evleri vardı ve Bob her zamankinden de meşguldü. Ama Brigid değildi. İstese Bob'un şirketinde çalışabilirdi ama Bob bunu önerdiğinde, Brigid gözlerine iğne sokmayı tercih edeceğini söylemişti. Bob buna alınmıştı.

Brigid'in uğruna yöneticilik işinden ayrıldığı, bitmek bilmez doğurganlık tedavisi işe yaramamıştı ve şimdi, örgü blogu dışında günleri bomboştu. Umudunu evlat edinmeye bağlamıştı. Bob'un işinin, başvurularına zarar verebileceğinden korkuyordu ama sonuçta cenaze evinde yaşamıyorlardı. Onlar normal bir evi olan, normal bir çifti. İş, evden tamamen ayrıydı. Hatta bu konudan pek bahsetmezlerdi bile. Bob, Brigid'in bunları duymaktan nefret ettiğini bilirdi. Brigid'i asıl rahatsız eden şey şuydu; evlendiklerinde Bob sigorta satıyordu ve bu saygıdeğer bir işti. Ama Bob girişimci biriydi ve karşısına bir fırsat çıkmıştı. Brigid, bunun kârlı bir iş olduğunu inkâr edemezdi. Sadece, Bob'un başka bir konuda başarılı olmasını dilerdi.

Brigid dikkatle sokağın karşısındaki 24 numaraya, Karen ve Tom'un evine baktı. O sabah ettiği telefondan sonra Tom'un neler düşündüğünü merak ediyordu. O da Brigid gibi, Karen'ın geçmişindeki bir şeyleri sakladığına inanıyor muydu? Karen Brigid'in en yakın arkadaşı olduğunu söylüyordu. Ama Karen'ın bu kadar ketum olması Brigid'i hep şaşırtmıştı. Brigid'in, Karen'ı kendisi hakkında konuşmaya itme çabaları hep başarısız olmuştu.

Bir de Tom vardı; Brigid her akşam evin ön tarafında, üst

kattaki ofisinin ışığının yandığını görürdü. O da Bob gibi çok çalışıyordu ama en azından akşamları evden çalışıyordu. Karen kendisi gibi her gece evde tek başına oturmuyordu. Belki de onlara bir tabak kek götürmeliydi. O akşamüstü kek pişirmişti. Hepsini tek başına yemek istemiyordu. Ve saat henüz çok geç değildi. Kararını verince, üzerini değiştirmek için üst kata çıktı.

Omuzlarına inen kahverengi saçlarını fırçaladı, ortadan ayırdı, dudağına biraz kırmızı ruj sürdü ve beğeniyle aynaya baktı. En etkileyici gülümsemesini –gözlerinin aydınlanmasını sağlayan gülümsemesini– yüzüne oturtup mutfaktan keki aldı.

19

Karen kapının çaldığını duyduğunda mutfaktaydı. Donup kaldı. Kapı tekrar çaldığında, hâlâ yerinden kıpırdamamıştı. Tom'un üst katta dolaştığını duyabiliyordu. Muhtemelen Karen'ın kapıyı neden açmadığını merak ediyordu. Üçüncü kez çaldığında Karen kapıyı açmak için isteksizce mutfaktan çıktı. Alt kata inen Tom'la göz göze geldiler. Tom merdivenlerin yarısında durdu. Karen, Tom'dan etrafa yayılan huzursuzluğu fark edebiliyordu. Kapıyı açarken Karen da kendini rahat hissetmiyordu.

Gelenler Dedektif Rasbach ile yanında dolaşan, adını hatırlamadığı dedektifti. Karen'ın ağzı kurudu. Kendine sakin kalması gerektiğini söyledi. Kendine bir avukatı olduğunu hatırlattı. Cüzdanının içindeki kartviziti hatırladı. Gerekirse onu kullanabilirdi.

Karen, kapıyı dedektiflerin suratına çarpmak istiyordu.

"İçeri girebilir miyiz Bayan Krupp?" diye sordu Rasbach kibarca. Karen onun hızlıca, medivenlerde bir bekçi gibi duran kocasına göz attığını fark etti.

Bunu düşündü. Doğru kararı vermek için bir ya da iki saniyesi vardı. Calvin ona polisle konuşmamasını söylemişti. Ama Karen onları geri gönderirse, ellerinde bir tutuklama emriyle dönmelerinden korkuyordu. Tom'un merdivenleri inip arkasında durduğunu duydu.

"Ne istiyorsunuz?" dedi dedektife Tom, biraz saldırgan bir tavırla.

"Bunu kapının önünde yapmamayı tercih ederim" dedi Rasbach sakince.

Karen, Tom'la göz göze gelmemeye dikkat ederek kapıyı ardına kadar açıp iki dedektifin eve girmesine izin verdi. Daha önceki gibi oturma odasına geçtiler. "Lütfen oturun" dedi Karen. Hızlıca Tom'a baktı ve onun yüzünde gördüğü ifadeyle paniğe kapıldı. Tom, nasıl rol yapacağını bilmiyordu. Ve o an, dünyanın sonunun gelmesini bekliyormuş gibi görünüyordu.

Konuşma başlamadan önce, beklentili bir sessizlik oluştu. Rasbach acele etmiyordu. Karen, bunun onu etkilemesine izin veremezdi. Sabırla bekledi.

Rasbach, sonunda başladı. "Kaza gecesine dair bir şeyler hatırladınız mı?" diye sordu Karen'a.

Karen kibarca "Hayır" dedi. Kısa süre duraksadıktan sonra, "Bu, benim durumum gibi vakalarda rastlanmayan bir şey değilmiş" diye ekledi. Sonra, belki de bunu söylememesi gerektiğini düşündü. Kulağa, bunu bir kitaptan okumuş gibi geliyordu.

"Anlıyorum" dedi dedektif yumuşak bir tavırla. "Sadece meraktan soruyorum, hafızanızı geri kazanmak için neler yapıyorsunuz?"

Karen, bu beklenmedik soru karşısında, "Anlayamadım" dedi. Oturduğu yerde kıpırdandı.

"O akşam neler olduğunuzu hatırlayamadığınıza göre, bunu hatırlamak için bir çaba göstermeniz gerektiğini düşünmüştüm" dedi Rasbach.

"Ne gibi?" diye sordu Karen sertçe. Kollarını göğsünde kavuşturdu. "Bir ilaç alıp hafızamı geri getiremem."

"Bu konuda kimseyle görüşüyor musunuz?"

"Hayır."

"Neden?"

"Çünkü bir işe yarayacağını düşünmüyorum. Hafızam, zaman içinde geri gelecek."

"Siz buna inanıyorsunuz."

"Doktorumun söylediği bu." Karen savunma yapıyormuş gibi durduğunun farkındaydı. Derin, sessiz bir nefes aldı.

Aslında bir uzmanla, örneğin bir hipnoz uzmanıyla görüşmeye cesaret edememesinin sebebi, o gece neler olduğunu başka birinin duymasını göze alamamasıydı. Bunu kendi başına ortaya çıkarmak zorundaydı.

Dedektif yaklaşımını değiştirdi. "Kaza gecesi evden tek başınıza çıktığınızı biliyoruz. Evden çıkarken sizi gören tanıklarımız var."

"Peki" dedi Karen. Tom'un dikkatle kendisine baktığını hissediyordu.

Rasbach, "Ayrıca o gece, 20.17'de birinin telefonla sizi aradığını da biliyoruz."

"Öyle mi?" dedi Karen.

"Evet, öyle. Ev telefonunuzdan arandınız. Telefon kayıtlarınızı inceledik" dedi Rasbach.

"Bunu yapmak için izniniz var mı?" diye sordu Tom.

"Evet, var" dedi Rasbach. "Yoksa bunu yapmazdık. Araştırma iznimiz var." Dikkatini tekrar Karen'a yöneltti. "Sizce sizi o saatte kim aramış olabilir?"

"Hiçbir fikrim yok."

"Fikriniz yok" diye tekrarladı Rasbach.

Tom, artık gerilime dayanamıyormuş gibi patladı. "Arayanın kim olduğunu bildiğiniz belli, o yüzden neden oyun oynamayı bırakıp bize de söylemiyorsunuz?"

Rasbach dikkatini tekrar Karen'ın kocasına çevirdi. "Aslında kimin aradığını bilmiyoruz" dedi. "Arama, tek kullanımlık bir telefondan yapılmış. Bu tip aramaların kaynağını belirleyemiyoruz" diye ekledi. Dedektif dikkatini tekrar

Karen'a yöneltip sandalyesinde öne doğru eğildi; Karen bunun pek de iyiye işaret olmadığını düşündü. "Ama sizin bildiğinizi tahmin ediyorum."

Karen bu yeni bilginin ışığında, dedektiflerin ve kocasının bakışlarını üzerinde hissediyordu. Kalbi iki kat hızlı atmaya başlamıştı.

"Bu biraz sıra dışı" diye devam etti Rasbach, "Sizce de öyle değil mi?"

Karen cüzdanındaki kartviziti düşündü. Onları içeri alarak hata etmişti.

"Arayanın cep telefonunuzdan değil ev hattından aramış olması ilginç" dedi dedektif.

Karen ona baktı, ama hiçbir şey söylemedi. Ne söyleyebilirdi ki?

"Belki de telefon size bile değildi" dedi Rasbach.

Bu fikir Karen'ı şaşırttı.

Rasbach dikkatini, bu cümlenin üzerine kafası Karen kadar karışmış görünen Tom'a çevirdi.

Tom, "Ne demek istiyorsunuz?" diye sordu.

Rasbach, "Yani belki de telefon sizeydi ama onu sizin yerinize karınız açtı" dedi.

"Ne?" dedi Tom; şaşkına dönmüş gibiydi.

"Telefon 20.17'de edilmiş; o saatte genellikle evde oluyorsunuz, değil mi?" diye sordu dedektif.

Karen Rasbach'ı izliyordu; bir an için bile olsa, ilginin kendisi ve o tek kullanımlık telefondan onu arayan kişiden başka bir yere kayması onu rahatlatmıştı. "Bırak Tom'u araştırarak vakit kaybetsinler" diye düşündü; "Orada hiçbir şey bulamayacaklar." Birazcık rahatlamaya başladığını hissediyordu. Dedektiflerin, aslında hiçbir şey *bilmediği* belliydi. Şanslarını deniyorlardı. Az sonra, ellerinde olandan daha fazlasını öğrenememiş halde, evlerinden gideceklerdi.

"Evet, genellikle sekizde, hatta daha erken evde olurum.

Ama son zamanlarda işlerim çok yoğundu" dedi Tom savunmaya geçerek. Dedektif bekledi. "Ne yani, birinin beni takip edilemeyen bir telefondan aradığını mı düşünüyorsunuz?" "Bu mümkün" dedi Rasbach.

Tom, "Bu çok saçma" diye itiraz etti. Rasbach keskin, mavi gözleriyle onu izleyerek sessiz kaldığında Tom, "Yani birinin *beni* takip edilemeyen bir telefondan aradığını, telefonu karımın açtığını ve koşarak evden çıktığını mı söylüyorsunuz? Bunu neden yapsın?" dedi.

Karen, konuşmanın gittiği yöne şaşırarak Rasbach ve Tom'u izliyordu.

"Evet, neden?" diye soran Rasbach, sessizce bekledi.

Tom'un sabrı taştı. "Beyler, korkarım ki burada boşuna zaman kaybediyorsunuz. Ve biz de zaman kaybediyoruz. Belki de gitmelisiniz."

"Saklayacağınız bir şey mi var Bay Krupp?" diye sordu Rasbach; sanki cevabı zaten biliyordu.

Karen şaşkın bakışlarını kocasının yüzüne çevirdi.

Brigid elindeki keklerle, Kruppların evinin garaj yolundaki arabayı gördüğünde, kendi evinin eşiğinde tereddütle durdu. O arabayı tanıyordu. O iki dedektif, yine gelmişti.

Brigid neler olduğunu öğrenmeyi çok istiyordu.

Evin arkasına geçip kekleri arka kapının içine bırakmaya karar verdi. Kimseyi rahatsız etmek istemiyordu. Sıcak bir geceydi; Brigid'in umduğu gibi, rüzgârın içeri girmesi için arkadaki cam, kayan kapı açık bırakılmıştı. Sadece tel kapı kapalıydı. Karanlıkta, çok sessiz dururd, belki oturma odasındaki konuşmaları duyabilirdi; özellikle de kekleri mutfak masasına bırakmak için kapıyı sessizce açarsa...

20

Tom çirkin bir kızarıklığın boynundan yüzüne doğru yayıldığını hissetti. Bir sürü kurnazca suçlamayla evlerine gelen dedektife kızgındı. Buna katlanması gerekmiyordu. "Hayır, dedektif" dedi Tom. "Saklayacak hiçbir şeyim yok." Rasbach bir süre sonra, "Öyle diyorsanız, öyledir" dedi. "Neden böyle bir şey düşündünüz?" diye sordu Tom. Sonra da hemen, bunu sormamış olmayı diledi.

Rasbach dikkatle onu inceliyordu. "Kaza gecesindeki olayların zamanlamalarını inceledik. Karınız, 20.45 civarında, cinayet mahalline yakın bir yerde kaza geçirdi. O gece 911'i aradığınızda arabayla işten eve döndüğünüzü, saat 21.20 civarında eve vardığınızı ve karınızın kayıp olduğunu, kapıları kilitlemediğini ve ışıkları açık bıraktığını söylediniz." "Evet" dedi Tom.

Rasbach bir an duraksadıktan sonra devam etti. "Ofisinizdeki güvenlikle konuştuk ve bize, oradan 20.20'de ayrıldığınızı söyledi. Ofisinizden buraya gelmek yaklaşık on beş dakika sürüyor. O bir saat boyunca neredeydiniz? 20.20 ile 21.20 arası, cinayetin işlenmiş olabileceği bir zaman dilimi."

Tom bir anda başının döndüğünü hissetti. Şaşkına döndüğü belli olan Karen ona bakıyordu, Tom bakışlarını kaçırdı. Terlediğini, gömleğinin kollarının nemlenmeye başladığını hissediyordu.

"Ayrıca bu konuda," diye ekledi Rasbach, "eve 21.20'de geldiğinizi siz söylüyorsunuz. Karınızın arkadaşlarını aramaya başladığınızda saat" dedektif notlarına baktı, "sanırım 21.40'tı. Bundan kısa süre sonra da 911'i aradınız." Dedektif bekledi, ama Tom hiçbir şey söylemedi. "Neredeydiniz?" "Arabayla dolaşıyordum" dedi Tom tekleyerek.

"Kırk beş dakika boyunca arabayla dolaştınız" dedi Rasbach; gözleri çelik gibi sertti. "Neden?"

Tom, adamın boğazını sıkmak istiyordu. Bunun yerine derin bir nefes alıp kendini toparlamaya çalıştı. "Zihnimi toparlamak için düşünmem gerekiyordu. Zor bir gün geçirmiştim."

"Eve, karınızın yanına gitmek istemiyor muydunuz?"

Tom dedektife baktı, neler bildiğini merak etti ve bir an için adamdan ölesiye nefret etti. Yumuşaklığı, kendine hâkimliği, sinsi imaları. "Evet, elbette istiyordum" diye çıkıştı Tom. "Ama... Araba kullanmak, zihnimi netleştirmeme yardımcı oluyor. Rahatlamama yardımcı oluyor. Çok stresli bir işim var." Bu açıklamayı Tom bile yavan buldu. Tom, Rasbach'ın kaşlarının havaya kalktığını gördü. Bu dedektifin karşısındakini etkilemek için yaptığı bir şeydi ve Tom bu yüzden ondan nefret ediyordu.

"Bir yerde durdunuz mu? Kimse sizi gördü mü?"

Tom başını iki yana sallamaya başladı; sonra durup, "Nehir kenarındaki piknik masalarında oturmak için birkaç dakikalığına durdum. Biraz temiz hava almak için. Kimsenin beni gördüğünü sanmıyorum" dedi.

"Tam olarak nerede olduğunu hatırlıyor musunuz?"

Tom düşünmeye çalıştı. "Sanırım Branscombe yakınlarında; orada bir sürü otopark var." Bakışlarını Karen'a çeviremiyordu.

Rasbach bunu defterine not etti, Tom'a son bir kez, delici gözlerle baktı ve ayağa kalkıp not defterini kaldırdı.

Tom, sonunda gidiyorlar diye düşündü. Bir gece için yeterince zarar verdiler.

Karen dedektifleri kapıya kadar geçirirken Tom oturma odasında oturup zemine bakarak, karısıyla yüzleşmeye hazırlandı.

Karen Tom'un araba kullanmayı sevmediğini biliyordu. Araba kullanmak Tom'u rahatlatmaktan çok strese sokardı. Ayaklarının altındaki zeminin kaydığını hissediyordu. Bunu Tom'a sormak zorundaydı. "Neden o gece bir saat boyunca arabayla dolaştın?"

Tom, "Sen neden arabayla o elektrik direğine çarptın?" diye parladı.

Karen'ın ağzı şaşkınlıkla açıldı.

Tom aniden, "Ben dışarı çıkıyorum" dedi.

Karen onun gidişini izledi. Tom kapıyı arkasından çarparak kapattığında irkildi.

Tom o gece ne yapıyordu? O dedektif, aptal bir adam değildi. Tom ona yalan söylüyor olabilir miydi? Kendisinden bir şey saklıyor olabilir miydi?

Keyfi kaçan Karen bir bardak buzlu su almak için mutfağa girdiği an, mutfak masasının üzerindeki kekleri gördü. Olduğu yerde kaldı. Tabağı tanıyordu. Brigid'in tabağıydı. Brigid buraya gelmiş ve imzası haline gelen keklerini bırakmıştı. Dedektifler gelmeden önce, kekler orada değildi. Brigid kekleri, Karen ve Tom oturma odasında dedektiflerle konuşurken bırakmış olmalıydı. Karen ürperdiğini hissetti. Bir şeyler duymuş olabilir miydi?

Karen her şeyin bu kadar kontrolden çıkmasından nefret ediyordu. Gözlerini kapatıp derin bir nefes aldı ve kendini rahatlatmaya çalıştı.

Ertesi gün Brigid'i arayıp kekler için teşekkür edecekti. Brigid'e güvenebilirdi. Onunla konuşup, konuşmanın ne kadarını duyduğunu öğrenecekti.

Karen dolaptan aldığı suyla bardağını doldurdu, kek tabağını yanına aldı ve oturma odasına geçip Tom'un dönmesini beklemeye başladı. *Sakladığı şey ne?* Tom her zaman okuması kolay, açık bir kitap gibiydi. Karen, Tom'un ondan bir şeyler sakladığına inanamıyordu. O süre boyunca neredeydi ve neden bunu Karen'a söylemek istemiyordu?

Tom arabasına binip mahalle sakinlerinin dostane bir beysbol maçından sonra birer bira içmek için gittiği bara gitti. Kafasını toparlamaya ihtiyacı vardı. Boş bir masaya oturdu, bir bira ısmarlayıp bardağın üzerine kapandı; kimseyle konuşmak istemiyordu.

Ufak bir derdi vardı. Aslında, şimdi bunu düşündükçe, bu derdin göründüğünden büyük olduğunu fark ediyordu. Dedektiflere, özellikle de Karen'ın önünde, o gece ne yaptığını söylemek istememişti. Çünkü bunun nasıl görüneceğini biliyordu. Şimdi her şey ortaya çıkacaktı.

Tom o akşam 20.30'da, şehir merkeziyle banliyölerin arasında kalan, nehrin kenarındaki buluşma yerlerinde, Brigid'le buluşacaktı. Orada nehir kıyısı daha tenha olurdu ve ağaçlar da gözlerden uzak kalmanı sağlardı. Tom ve Brigid kısa, yanlış ve karmaşık ilişkilerini sürdürürken bazen burada buluşurlardı.

Brigid kazanın olduğu gün Tom'u ofisinden aramış ve onunla buluşmasını istemişti; sebebini söylememişti. Ama Brigid onu ekmişti. Tom karanlıkta yarım saatten fazla beklediyse de Brigid gelmemişti.

Hâlâ Brigid'in o gece neden buluşmak istediğini bilmiyordu. Tom Karen'ı bulmaya çalışırken Brigid'i ilk aradığında, ona ne istediğini ve neden nehir kenarına gelmediğini sormuştu. Brigid bu soruyu geçiştirmiş, kız kardeşinin bir sorunu olduğunu, konuşacakları şeyin bekleyebileceğini söylemişti. Zaten Tom daha çok, Karen'ı bulmakla ilgileniyordu.

Tom, Karen'a Brigid'le arasında geçenleri en başından söylemesi gerektiğini biliyordu. Şimdi bunu dedektiflere söylemesi gerekecekti ve durum, sanki Tom o gece Brigid'le buluşmak istemiş ve bunu Karen'dan saklamış gibi görünecekti.

Tom, hemen Karen'a her şeyi anlatması gerektiğini biliyordu, ama kendini bir şeyleri açıklayabilecekmiş gibi hissetmiyordu. Belki de Karen gerçekleri onunla paylaşsa, o da konuşmaya daha istekli olurdu.

Tom eve döndüğünde karısı onu dikkatle izledi. Birbirlerinden çekinmeye başlamışlardı.

Bir süre sonra Karen, sehpadaki kekleri göstererek "İster misin?" dedi.

Tom otururken "Bunlar nereden geldi?" diye sordu.

"Brigid'in keklerine benziyor. Tadı da onunkilere benziyor."

"Brigid buraya mı geldi?" diye sordu Tom.

"Gelmiş olmalı."

Tom cevap bekleyerek Karen'a baktı. "Ne demek istiyorsun?"

"Sen çıktıktan sonra mutfağa gittim; masanın üstünde duruyorlardı."

"Ne?" dedi Tom. "Brigid onları oraya ne zaman koymuş?"

"Herhalde biz burada dedektiflerle konuşurken" dedi Karen.

"Kahretsin" dedi Tom. Rahatsız olmuştu.

"Yarın onunla konuşurum. Açıklamaya çalışırım."

Tom eliyle yüzünü ovuşturdu. "İki dedektifin oturma odamızda bize bir cinayet soruşturmasıyla ilgili sorular sormasını nasıl açıklayacaksın?"

Karen ona bakmıyordu bile. "Ona gerçeği söyleyeceğim. O gece, kazayı yaptığım yere yakın bir yerde, bir cinayet işlendi. Benimle hiçbir ilgisi yok. Ama polis bu konuda umutsuz ve ellerinde hiçbir delil yok. Hiçbir şey bulamadıklarında, vazgeçecekler" dedi.

Tom, Karen'ın eldivenleri ve lastik izlerini unutmuş gibi göründüğünü düşündü. Ve gizemli telefon konuşmasını. Kendinden göründüğü kadar emin olması mümkün değildi.

Aralarında uzun, rahatsız edici bir sessizlik oluştu. Tom sonunda, "Belki de bir doktora gitmelisin" dedi. "Neden?" Karen'ın sesi sertti. "Dedektifin söylediği doğruydu; hafızanın yerine gelmesi için hiçbir şey yapmıyorsun." Karen Tom'a sert sert bakıyordu, ama Tom gözlerini kaçırmadı. "Belki de bir şeyler yapmalısın."

Karen, "Doktor ne işe yarayacak?" dedi.

"Bilmiyorum" diye cevap verdi Tom. "Belki hipnozu deneyebilirsin." Tom Karen'ı zorluyor, kışkırtıyordu. *Haydi, o gece neler olduğunu öğrenelim. Gerçekten bilmek istiyorum. Sen bilmek istiyor musun?*

Karen zorla güldü. "Hipnoz tedavisi istemiyorum. Bu çok saçma."

"Öyle mi?" Tom ona meydan okuyordu ve Karen'ın bundan hiç hoşlanmadığı çok belliydi.

Karen ayağa kalkıp odadan çıktı; kekleri mutfağa götürüyordu. Tom, korkunç bir yalnızlığın ağırlığıyla ezilmiş halde, oturma odasındaki kanepede kaldı. Mutfaktaki kapının yana kayarak açıldığını ve kapandığını duydu; Karen dışarı çıkmıştı.

21

Karen kapıyı arkasından kapatıp bir süre arka verandada durdu. İçinden yükselen ağlama isteğini bastırması gerekiyordu. Bunların hiçbiri olmamalıydı. Tom'u kaybediyordu. Tom'un yanına gelmesini umarak, hasır sandalyelerden birine oturdu. Ama Tom gelmedi. Karen kendini üzgün, yalnız, öfkeli ve korkmuş hissediyordu.

Bir de, içinde beliren bu yeni şüphe vardı; Tom o bir saat boyunca neredeydi? Karen'a söylemediği şey neydi? Karen, o gece neler olduğunu hatırlamayı çok istiyordu. Neler yapmıştı?

Tom'la arasındaki gerilimden, evden kaçmak istiyordu. Sandalyeden kalktı, evin arkasından dolaşarak garaj yoluna indi. Brigid'e uğrayabilirdi.

Ama o an Brigid'le konuşmayı kaldıramayacaktı. Hızlı adımlarla kaldırımda ilerleyerek evden uzaklaştı. Düşünmesi gerekiyordu.

Karen dışarı çıktı, Tom ise evde yalnızdı. Brigid birkaç dakika önce Tom'un eve döndüğünü görmüştü. Orada bir şeyler oluyordu.

Brigid dışarı çıkıp hızlıca karşıya geçti. Karen dönmeden ne kadar vakti olduğunu bilmiyordu. Merdivenleri çıkıp ön kapıyı çaldı.

Tom kapıyı hemen açmadı. Brigid kapıyı tekrar çaldı. Tom sonunda kapıyı açtığında yorgun ve çok sinirli görünüyordu. Yakışıklı yüzü çökmüş ve rengi solmuştu.

Brigid, "Selam" dedi.

Tom da "Selam" dedi. Sol eli, her an kapatabilirmiş gibi, hâlâ kapının üzerindeydi. "Karen evde değil, biraz dışarı çıktı."

"Biliyorum" dedi Brigid. "Sokağın aşağısına doğru yürüdüğünü gördüm." Tereddüt etti. "Aslında bir süre seninle yalnız konuşabilmeyi umuyordum."

Tom'un yanından geçip oturma odasına girdi; artık Tom'un ya ona gitmesini söylemesi ya da kapıyı kapatması gerekiyordu.

"Sana Karen'ı sormak istiyorum" dedi Brigid, yüzünü Tom'a çevirerek. "Karen nasıl? İyi mi?"

Tom ona soğuk bir ifadeyle baktı. "İyileşiyor."

"Geçen gün buraya geldiğimde, gerçekten çok sarsılmış görünüyordu" dedi Brigid. "Bardak yüzünden. Bu, hiç ona göre bir davranış değildi."

Tom başıyla onayladı. "Sadece... Son zamanlarda çok fazla şey oldu."

"Biliyorum" dedi Brigid. "Kısa süre önce, o iki dedektifin yine burada olduğunu gördüm." Duraksadı. Tom hiçbir şey söylemeyince, "Ne istiyorlardı?" diye sordu.

Tom gergin bir tavırla, "Kaza hakkında bir şeyler hatırlayıp hatırlamadığını öğrenmek istemişler. Ama Karen hatırlamıyor. O gece neler olduğunu bilmediğini söylüyor."

"Sen de ona inanıyorsun" dedi Brigid.

"Elbette ona inanıyorum" dedi Tom öfkeyle.

"Ama polis inanmıyor, öyle mi?"

"Polisin neye inandığını bilmiyorum. Söyledikleri her şey çok saçma."

Brigid dikkatle Tom'u izledi. Karen hakkında telefonda

anlattıkları, aralarında konuşulmayı bekliyordu. Brigid dayanamayıp konuyu açtı. "Kazanın olduğu akşam, sana evin etrafında gezinen ve Karen'ın geçmişi hakkında imalarda bulunan adamdan bahsedecektim; bu yüzden benimle buluşmanı istedim. Sana bunu telefonda söylemeye çalışırsam, telefonu yüzüme kapatacağını düşündüm. Ama sonra kız kardeşim aradı ve..."

"Artık bu konuyu konuşmak istemiyorum" dedi Tom aniden. Aralarında tuhaf bir sessizlik oluştu. Sonra Tom, "Belki de Karen'la yarın sabah görüşmelisin" dedi.

Brigid başıyla onayladı. "Tabii. Ona telefon ederim." Sonra, "Çok yorgun görünüyorsun Tom" diye ekledi.

Tom elini saçlarının arasından geçirip "Çünkü çok yorgunum" dedi.

Brigid "Yardımcı olabileceğim herhangi bir şey olursa" dedi ve elini hafifçe Tom'un kolunun üstüne koydu, "istemen yeter."

"Teşekkürler" dedi Tom ciddi bir sesle. "Ama ben iyiyim."

Brigid, Tom'un çıplak kolunun ısısını elinde hissedebiliyordu. Tom Brigid'den uzaklaşarak bu teması kesti.

Brigid "İyi geceler" deyip evine gitmek üzere döndü ve merdivenlerden indi. Bahçenin ve sokağın ilerisindeki evine baktı; ev boş ve ön kapının üzerinde yanan ampul dışında tamamen karanlıktı.

Tom Brigid'in arkasından kapıyı kapatırken rahatladı; kapıya dayadığı vücudunun yorgunluktan çöktüğünü hissetti. Brigid'in yanında kendini her zaman tuhaf ve gergin hissediyordu. Brigid'le karısı arasında gelişen bu yakın arkadaşlıktan hoşlanmıyordu. Bunun bencilce olduğunu biliyordu. Brigid'in ne düşündüğünü merak ederek oturma odasına gitti. Brigid, dedektifleri tanımıştı. Dedektifler, araba kazalarını soruşturmazdı. Başka şeyler döndüğünden şüphelendiği çok açıktı. Ayırca Brigid'in, Karen'ın geçmişi konusunda da soruları olduğunu biliyordu. Tom, şüphelerini onunla paylaşmamış olmasını diliyordu. Brigid'in şüpheleri doğruysa bu, Karen'ın onu kandırmaya, kaza gecesinden çok daha önce başladığı anlamına gelirdi.

Ama buna inanmak çok zordu. Birlikte geçirdikleri bütün o mutlu günleri hatırlıyordu; sonbaharda ormanda yürüyüş yaparken el ele tutuşur, yazın arka bahçede birlikte kahve içer, kışın yatakta, örtülerin altına sarışırlardı. Tom Karen'a hep âşıktı ve birbirlerine tamamen sadık olduklarına inanmıştı.

Ama şimdi... Şimdi, neye inanması gerektiğini bilmiyordu. Karen o geceyi gerçekten hatırlayamıyorsa, neden dedektifin söylediği gibi, hafızasının geri gelmesi için bir şeyler yapmıyordu?

Tom mutfağa gidip raftaki viski şişesine uzandı. Neredeyse iki yıl öncesindeki düğünlerinden kalan bir sürü içkileri vardı. Tom bir biradan ya da yemekle birlikte bir kadeh şaraptan fazlasını nadiren içerdi. Şimdi kendine sert bir içki doldurdu ve karısını bekledi.

22

Karen hızla, kedi gibi ürkek bir tavırla yürüyordu. Hem sarf ettiği fiziksel güç hem de yoğun duygulardan nefesleri sıklaşmıştı. Dağılmak üzereymiş gibi hissediyordu. Çok uzun zamandır korkuyla yaşıyordu. İlk kez işten eve gelip bazı şeylerin tam olarak bıraktığı yerde olmadığını hissettiği günü düşündü. Önceki gece okuduğu romanın gece lambasının solunda olduğunu fark etmişti; onu lambanın sağ tarafına, yatağa en yakın yere koyduğundan emindi çünkü hemen ardından uykuya dalmıştı. Kitabı lambanın diğer tarafına koymazdı. Orada durup, inanamayarak kitaba bakmıştı. Telaşla odanın geri kalanını aramıştı. İlk bakışta, her şey olması gerektiği gibi görünüyordu. Ama iç çamaşırı çekmecesini açtığında, oranın düzensiz olduğunu gördü; sanki biri külotlarını ve sutyenlerini karıştırmıştı. Karen bundan emindi. Hiç kıpırdamadan, iç çamaşırı çekmecesine bakarak durdu ve nefesini tuttu. Kendine, birinin eve girip iç çamaşırlarımı karıştırmış olması imkânsız, dedi. Belki de o sabah acele etmiş ve orayı dağınık bırakmıştı. Ama bunun doğru olmadığını biliyordu. Sıradan bir gündü.

Bundan Tom'a bahsetmemişti.

Bundan kısa süre sonra bir gün, eve gelmiş ve üstünü değiştirmek için yatak odasına girmişti. Karen her sabah yaptığı gibi, o sabah da yatağı örtmüştü. Bunu her zaman, gençken oda temizlikçisi olarak çalıştığı beş yıldızlı otelde öğrendiği biçimde yapardı; tüm köşeler iyice sıkıştırılmış ve üstü dümdüz olurdu. Küpelerini çıkartırken tuvalet masasının aynasından yatağı gördüğünde donup kalmıştı. Sonra arkasına dönüp bakmıştı. Uçuk yeşil yatak örtüsünün üzerinde çok hafif bir vücut izi vardı. Sanki biri yatağın üzerine uzanmış, sonra da örtüyü özensizce düzeltmişti. Bu Karen'ı korkutmuştu. Bunu hayal etmediğini biliyordu. Tom her sabah, Karen evi toparlayıp yatağı toplamadan önce işe gidiyordu. O kadar telaşlanmıştı ki, Tom'u ofisinden arayıp ona o gün eve uğrayıp uğramadığını sormuştu. Tom eve uğramamıştı. Ona eve geldiğinde bir pencereyi açık bulduğunu, işe gitmeden önce kapattığını düşündüğünü, ama muhtemelen kapatmayı unuttuğunu söylemişti. Tom bu konuyu önemsemiş gibi değildi.

Bundan sonra Karen, her gün işe gitmeden önce cep telefonuyla odaların fotoğrafını çekmeye ve onları, eve geldiğinde gördüğü manzarayla karşılaştırmaya başladı. Her zaman işe Tom'dan sonra gidiyor ve hep daha erken geliyordu. Temizlikçileri ya da ev hayvanları yoktu. Yani eşyalar Karen'ın onları bıraktığı yerde değillerse...

Bu olay son kez, kazadan birkaç gün önce tekrarlanmıştı. Karen birinin eve girdiğini seziyor, bir şekilde bunu hissedebiliyordu. Elinde cep telefonuyla evin içinde dolaşıp telefonundaki fotoğrafları, önündeki odada gördükleriyle kıyasladı. Her şey olması gerektiği gibiydi. Yine de Karen birinin eve girdiğinden emindi. Biraz rahatlamaya başlamıştı ki, üst kattaki ofise gitti. Tom'un masasına baktı. Cep telefonunda ofisin o sabahki fotoğrafını bulana kadar resimleri parmağıyla yana itti. Tom'un açık ajandası sümenin üstünde, tam o sabah olduğu yerde değildi; ajanda sümenin üstünde, on beş santim yukarıda duruyordu. Karen önce fotoğrafa, sonra masaya baktı. Artık şüphesi yoktu. Biri evlerine girmişti.

Biri evlerine girip eşyalarını karıştırmıştı. Yataklarında yatmıştı.

Bunu Tom'a söylemedi.

Karen, artık bu kişinin kim olduğunu biliyordu. En başından beri eve giren, o adamdı. Evlerine geliyor, istediği gibi girip çıkıyordu. İzliyor ve bekliyordu. Bunu düşünmek, Karen'ı hasta ediyordu.

Ama artık adam ölmüştü. Cesedin korkunç görüntüleri zihnine doluşurken Karen onları uzaklaştırmaya çalıştı.

Tezgâhın üzerindeki bardak konusunda yanılmış olmalıydı; sinirleri zaten çok gergin olduğu için paniğe kapılmıştı. Bardak daha önce orada olmalıydı, muhtemelen Karen geçirdiği beyin sarsıntısı yüzünden unutmuştu.

Şu an lanet olası dedektiften korkuyordu sadece.

Eve doğru adımlarını hızlandırırken kalbi gümbürtüyle atıyordu.

Korka korka eve girdi. Ardından kapıyı sağlamca kapatıp kilitledi. Arkasını döndüğünde oturma odasındaki Tom'un onu dikkatle izlediğini gördü. Tom şöminenin yanında, ayakta duruyordu ve elinde bir viski kadehi vardı.

"Bana da bir kadeh koyar mısın?" dedi Karen. Ağrı kesici almaktan bıkmıştı; bir içkiye ihtiyacı vardı.

"Tabii."

Karen, Tom'un arkasından mutfağa gitti. Tom şişeyi almak için dolaba uzanırken Karen onu izledi. Aralarındaki bu güvensizlik ve gerilimi aşabilmelerini diledi. Artık bunun mümkün olup olmadığından emin değildi.

Tom döndü ve Karen'a kısa bir bardakta, tek shot viskisini verdi.

"Teşekkürler" dedi Karen. İçkiden bir yudum alır almaz sıvının boğazını yakarak aşağı inişini hissetti ve biraz kendine geldi.

"Neredeydin?" diye sordu Tom.

Sorgular gibi olmasın diye o kadar uğraşınca çok sesi hiç doğal çıkmamıştı. Karen'ın evlendiği kaygısız, düşünmeden mutlu olan adam gitmişti. Çabucak gülen ve onu sürpriz kucaklamalar ve öpücüklere boğan adam. Karen onu değiştirmişti. "Yürüyüş yaptım" dedi Karen doğal bir sesle. Tom başını salladı. Sanki Karen'ın hava karardıktan sonra, tek başına, Tom olmadan yürüyüşe gitmesi çok normal bir şeymiş gibi.

Sanki birbirini hiç tanımayan yabancılarız diye düşündü Karen, viskisinden bir yudum daha alırken.

"Brigid uğradı" dedi Tom. Tezgâhın üzerine eğilmiş, Karen'a bakıyordu.

Karen'ın kalbi sıkıştı. "Öyle mi? Ne dedi? Bir şey duymuş mu?" diye sordu.

"Duymuş olmalı" dedi Tom öfkeyle.

"Sormadın mı?"

"Yarın sen sorarsın" dedi Tom. "Zaten senin sorman daha iyi olur."

Karen başıyla onayladı. Kocasına baktı ve Tom bakışlarını ondan uzaklaştırırken kalbi tekledi. İkisinin de, Karen'ın zihninin bloke ettiği şeyleri bilmeye ihtiyacı vardı.

"Tom" dedi tereddütle. "Beni arabayla cesedi buldukları yere götürür müsün?"

"Ne? Şimdi mi?" dedi Tom; hazırlıksız yakalanmıştı.

"Neden olmasın?" Tom'un ona nasıl saldırdığını, onu nasıl hafızasının geri gelmesi için hiçbir şey yapmamakla suçladığını hatırlıyordu. Karen da şimdi, bu konuda yapabilecekleri bir şey öneriyordu. Keşke Tom, Karen'ın olanları nasıl umutsuzca hatırlamak istediğini bilseydi. "Belki hatırlamama yardım eder." Karen adresi biliyordu; bir gazete haberinden kesmişti.

"Tamam" dedi Tom içkisini bırakırken. Kapıdan çıkarken anahtarlarını aldı; Karen da onu takip etti.

23

Tanıdık mahallelerinden çıkıp güneye yöneldiklerinde Karen gitgide kendini daha da rahatsız hissetmeye başladı. Bu tekinsiz sokaklardan bir Lexus'la geçmek, bela aramak gibiydi. Tom'a, *Görüyor musun? Deniyorum* demek istiyordu ama hiçbir şey söylemedi. Pencereden dışarıdaki kasvetli manzarayı izleyip bir şeyler hatırlamaya çalıştı, ama hiçbir şey gelmedi.

"Sanırım burası" dedi Tom arabayı bir alışveriş merkezinin boş otoparkında bırakırken. Sokağın hemen karşısında da sürekli adı geçen şu terk edilmiş restoran vardı. Karanlıkta oturup üzerine tahtalar çakılmış, çirkin binaya baktılar. Karen bu mahallede arabadan inmek istemiyordu. Artık sadece eve gitmek istiyordu. Hiçbir şey tanıdık görünmüyordu. Daha önce burayı hiç görmemişti. Buraya hiç gelmemişti. Titremeye başladı.

"Gidip yakından bakalım mı?" dedi Tom duyarsızlıkla.

Karen arabadan inmeyi hiç düşünmemişti. Sadece mekâna uzaktan bakmak istemişti. Tekrar koltuğuna gömüldü. "İstemiyorum" dedi.

Tom yine de arabadan indi. Karen'ın onu takip etmekten başka seçeneği yoktu. Orada tek başına oturmak istemiyordu. Arabadan inip kapıyı öfkeyle kapattı. Karen, sokağı geçip karşı taraftaki restorana doğru ilerleyen Tom'u takip edebilmek için hızla yürümeye başladı. Etrafa kaygıyla bakındı ama civarda kimse varmış gibi görünmüyordu. Birlikte hiçbir şey söylemeden, binanın önünde durdular. Karen, Tom'un omuzlarının duruşundan ve yüzündeki soğuk ifadeden, onu suçladığını anlayabiliyordu. Karen'ın burada olduğunu biliyordu ve bunun için onu affedemiyordu. Tom hiç konuşmadan binanın arkasına doğru yöneldi. Karen da, karanlıkta ayaklarının üstünde durmakta zorlandığı için biraz sendeleyerek onu takip etti. Nefesi hızlanmıştı ve başı dönüyordu. İçinde şiddetli bir korku hissetti. Ama hiçbir şey tanıdık değildi. Hiçbir şey hatırlamıyordu.

Arka taraftaki sarı polis şeridi büyük ölçüde yerindeydi, ama bazı yerleri sarkmıştı ve rüzgârda kıpırdanıyordu.

"Bu bir işe yarıyor mu?" diye sordu Tom, Karen'a dönerek. Karen başını iki yana salladı. Korkmuş göründüğünü biliyordu. "Haydi, dönelim Tom" dedi.

Tom onu umursamadı. "İçeri girelim."

Karen Tom'un onu böyle zorlamasından, ne kadar korktuğunu umursamamasından nefret ediyordu. Arkasını dönüp tek başına arabaya dönmeyi düşündü. Anahtarı yanında olsaydı, arabayı alıp onu burada bırakırdı.

Ama bunun yerine öfkesi, Tom'un peşinden, polis şeridinin altından geçip arka kapıya ulaşmak için cesaretini toplamasını sağladı. Tom dirseğiyle kapıyı itti. Şaşırtıcı olsa da kapı açıldı. Karen muhtemelen polisin buradaki işinin bittiğini ve her şeyi buldukları gibi bıraktıklarını düşündü.

Tom, Karen'ın önünden içeri girdi. Ön taraftaki sokak lambasından gelen ışık tahta çakılı penceredeki bir boşluktan süzülerek içeri doluyordu. Restoranın içini yeterince iyi görebilecek kadar ışık vardı. Zeminde, muhtemelen cesedin durduğu yerde koyu renk bir leke vardı ve içerisi havada asılı kalmış, çürüyen bir hayvan kokusuna benzer, iğrenç bir kokuyla doluydu. Karen yerdeki lekeye baktığında kaskatı kesildi. Elleri sanki kusacakmış gibi, otomatik olarak ağzına gitti. Tom ona baktı.

"Bir şey var mı?" dedi.

"Göreceğimi gördüm" dedi Karen. Arkasını dönüp sendeleyerek restorandan çıktı. Dışarı çıktığında öne eğilip temiz havadan derin nefesler çekti. Tekrar kafasını kaldırdığında, çok yakındaki bir otoparka bakıyordu. Tom da onun yanına gelip aynı yere baktı.

"Sanırım lastik izlerini orada buldular. Ve eldivenleri" diyen Tom otoparka doğru yürüdü. Karen onu izliyordu. Tom birkaç adım sonra arkasını dönüp "Geliyor musun?" dedi.

"Hayır. Arabaya dönüyorum." Karen Tom'a bakmadan arabaya doğru ilerlemeye başladı. Yaptıkları şey onu sadece korkutmuştu. Bir şeyleri hatırlamasına yaramadığı gibi gösterdiği çaba, Tom'un güvenini ya da sempatisini kazanmasını da sağlamamıştı.

Tom, Karen'ın tekrar arabaya yönelişini izledi. Karen Tom'a kızgındı, ama bu Tom'un umurunda değildi. Hatta bu durum, Tom'a çirkin bir tatmin duygusu bile veriyordu. Sonuçta, bunların hepsi Karen'ın suçuydu. Karen'ın sokağı geçip arabanın yanında beklemeye başladığını gördü. Anahtar Tom'daydı; Karen arabaya binemiyordu.

Tom otoparkın etrafında dolaşıp karısının arabasının tam olarak nerede durduğunu bulmaya çalıştı. Polisin eldivenleri nerede bulduğunu. Acele etmedi. Ama yan gözle, pahalı arabalarının yanında tek başına duran karısının iyi olup olmadığını görmek için onu kontrol ediyordu.

Sonunda arabaya döndü, kilidi açtı ve sessizce arabayı eve sürdü. Bu kısa yolculuğun, zaten çatlakları olan ilişkilerindeki sorunları daha fazla göstermekten başka bir işe yaramadığını düşündü.

Eve vardıklarında saat geç olmuştu. Kapıdan giren Tom anahtarlarını sehpaya atıp "Çok yorgunum, sanırım yukarı çıkıp yatacağım" dedi. Karen'a arkasını dönüp üst kata yöneldi. Attığı her adımda, umutsuzluğu daha da derinleşiyordu.

Bob sessizce eve girdi. Oturma odasına göz attı; Brigid'i orada, karanlıkta otururken bulacağını biliyordu. Kendisini beklediği için uyanık kalmadığını biliyordu. Brigid eskiden bunu yapardı, ama artık Bob'la ilgilenmiyordu; ilgilendiği tek şey, şu lanet komşulardı. Bob'un da canı yanıyordu. Brigid, çocukları olmaması konusundaki üzüntüsünü atlatabilse, Bob onu tekrar sevebilirdi. Bu durum onları birbirinden koparmıştı ve Brigid'in duygusal sağlığını etkiliyordu. İkisi arasında Brigid her zaman daha duygusal olandı. Bob daha istikrarlı olandı, Brigid'in dayanağıydı. Ama Bob da ne yapacağını bilemiyordu. Yas tutan ailelerle nasıl konuşması gerektiğini biliyordu, bunu her gün yapıyordu ama bu konuda kendi evinde çok başarısızdı. Ne yaşadıkları kayıp duygusuyla baş edebiliyor, ne de karısının bununla baş etmesine yardımcı olabiliyordu.

Bob, karısının sandalyenin arkasına dayanmış, koyu renk başını görüp yumuşak bir sesle, "Brigid?" dedi. Brigid bir an için o kadar hareketsiz kaldı ki Bob onun uyuduğunu düşündü. Oturma odasında birkaç adım daha ilerledi. Brigid konuştuğunda, bu Bob'u ürküttü.

"Selam" dedi Brigid.

"Senin yatakta olman gerekmiyor mu?" diye sordu Bob, Brigid'e doğru yaklaşıp ona endişeyle bakarken. Brigid Bob'a bakmak için gözlerini kaldırmamıştı; gözleri, sokağın karşısındaki eve sabitlenmişti.

Brigid, "O dedektifler bu gece tekrar geldi; Karen ve Tom'la konuştular" dedi.

Bob, Karen ile Tom Krupp'un hayatında neler olup bitti-ğini bilmiyordu. Karen'ın başı bir çeşit beladaymış gibi gö-rünüyordu. Aslında onları pek tanımıyordu ama Brigid ve Karen'ın yakın arkadaş olduğunu biliyordu. "Sence neler olu-yor?"

Brigid başını iki yana salladı. "Bilmiyorum."

"Karen bir şeyler hatırlamaya başladı mı?"

"Hayır." Brigid sonunda dönüp Bob'a baktı. "Kek yaptım. İster misin?"

Karen Tom'un uzaklaşmasını izledi; onu kendinden uzak-laştıran her adımda kalbi sızlıyordu.

Hâlâ titreyen Karen mutfağa gidip kendine bir kadeh da-ha viski koydu. Sonra içkisiyle oturma odasına gidip kanepe-nin üzerine kıvrıldı ve bardağı titreyen elleriyle sardı. İçki-yi içip bakışlarını duvardaki boş bir noktaya sabitledi; ne ka-dardır bu halde durduğunu bilmiyordu. Etraf tamamen ses-sizdi. Aniden, mutfaktaki telefonun çaldığını duydu. Bütün vücudu gerildi. Telefon ikinci çalıştan sonra aniden sustu; Tom yatak odasındaki telefonu açmış olmalıydı; ama bir an-da, Karen diğer telefonu hatırladı...

Gözlerini kapattı. Tekrar salata yaptığı, bir kesme tahta-sının üstünde domates dilimlediği akşamdaydı... Tom'un kı-sa süre sonra gelmesini bekliyordu. Onu görmek için sabır-sızlanıyordu. Telefon çaldığında arayanın Tom olabileceğini düşündü; muhtemelen, eve düşündüğünden de geç döneceği-ni söyleyecekti. Ama arayan Tom değildi. Hatırlamaya başlı-yordu; konsantre oldu. Karen bilmek istiyordu.

Arayanın sesini neredeyse üç yıldır duymamıştı ve bir da-ha duymayacağını düşünüyordu. O sesi nerede olsa tanırdı.

"Merhaba, Georgina."

Karen'ın kalp atışları hızlandı, ağzı kurudu. Hiçbir şey söylemeden telefonu kapatmayı düşündü ama bu, bir çocuğun gözlerini kapatıp çömeldiğinde, kimsenin onu görmediğine inanmasına benzerdi. Telefonu kapatamazdı; bu sadece gözlerini yummasına benzerdi. Adam onu bulmuştu. Karen bunu zaten biliyordu; adam evine girmişti. Karen, bu an hiç gelmeyecekmiş gibi davranarak, öylece beklemişti. Ama o an gelmişti. Karen o hayattan kaçmıştı. Başka biri olarak, yeni bir hayata başlamıştı. Tom'la beklemediği bir mutluluk yakalamıştı. Ve tek bir telefon konuşmasıyla, yeni hayatının milyonlarca parçaya ayrıldığını hissediyordu.

Adam ona, başka türlü asla adım atmayacağı bir mahalledeki terk edilmiş bir restoranın adresini verdi. Karen telefonu kapattı. Düşünebildiği tek şey kendini korumak ve kimsenin Tom'la yakaladığı mutluluğu mahvetmesine izin vermemekti. Tezgâhın üzerinde duran pembe eldivenleri görüp onları aldı. Kalorifer odasındaki gizli yerinden, Tom'un varlığından bile haberdar olmadığı silahını alıp onu eldivenlerle birlikte kumaş bir çantaya koydu. Sonra, sehpanın üzerinden hızla araba anahtarını alıp basamakları koşarak indi; ne kapıyı kilitlemeyi ne de Tom'a bir not bırakmayı düşünmüştü.

Sıkı sıkıya kavradığı direksiyonla hız sınırını aşmadan, bomboş bir zihinle ilerliyordu.

Bir an için, her şey durdu. Karen bundan sonra ne olduğunu hatırlayamıyordu. Viskiden bir yudum daha alıp gevşemeye çalıştı. Sonra bir anda, o otoparkta durduğunu hatırladı. Eldivenleri kumaş çantadan çıkartıp taktığını hatırlıyordu. Çok tuhaf görünüyorlardı. Silahı çantadan çıkardı. Titriyordu. İzleyen kimse olup olmadığını görmek için etrafa baktı; burada kimse yoktu. Sonra arabasından inip, adamın gitmesini söylediği, binanın karanlık arka tarafına doğru telaşla ilerledi. Vardığında, arka kapının hafifçe aralık bırakıldığını gördü ve eldivenli parmaklarıyla onu itti; ama hafızası onu yarı yolda bıraktı. Karen bekledi, zorlamaya çalıştı ama hiçbir şey olmadı. Hayal kırıklığıyla yükselen gözyaşlarını bastırmaya çalıştı. Hâlâ o restoranda neler olduğunu bilmiyordu. Adamın nasıl öldürüldüğünü bilmiyordu. Neler olduğunu bilmek zorundaydı! Gerçeği bilmeden, ne yapacağına nasıl karar verebilirdi? Ama daha fazlasını hatırlayamıyordu.

Artık o akşam Tom'la gördüğü şeyler, onun için çok tanıdıktı. Artık bunu düşünmeye katlanamıyordu. İçkisini büyük bir yudumla bitirdi, bardağı sehpaya bıraktı ve yüzünü ellerine gömdü.

24

Ertesi sabah Tom işe gittiğinde Karen evde yalnız kaldı. Duvarlar üzerine geliyormuş gibi hissediyordu. Önündeki kahve fincanını umursamadan, kaskatı halde mutfakta oturdu.

Rasbach'ın geri gelmesinden çok korkuyordu ama aynı zamanda, onu etrafta dolaştığını, sağı solu kurcalayıp bir şeyler bulduğunu hayal ediyordu. *Onun* hakkında bir şeyler bulduğunu. *Ölü adamın kim olduğunu bulduğunu.* O zaman, yakalanması an meselesi olurdu.

Tom'a hatırladığı şeylerden bahsetmemişti. Bunu yapamazdı. Önce düşünmesi, bu işten bir çıkış yolu bulması gerekiyordu. Ama normalde planlama işlerinde çok iyi olan keskin zihni, şu an pek iyi çalışmıyormuş gibiydi. Bunun sebebi, geçirdiği beyin sarsıntısı olabilirdi.

Karen daha önce de kaçmıştı; o adamdan, Las Vegas'tan kaçıp her şeye baştan başlamıştı.

Karen o gün adama, Vegas'ın hemen dışındaki Hoover Barajı'nı gezmeye gideceğini söylemişti. Önceki akşam, birkaç hafta önce nakit parayla satın aldığı ikinci el arabası gelmişti. Arabanın bir süre satıcıda kalmasını sağlamıştı. İnternetten bulduğu biri sayesinde edindiği yeni kimliğiyle aracı üzerine kaydettirmişti. Sonra arabayla Hoover Barajı'na gidip onu Hoover Barajı Köprüsü'nün altındaki otoparka bırakmıştı. Daha önce bir eczaneden, nakit parayla alınmış telefonu kullanarak bir taksi çağırmış, şoföre onu oteller bölgesine götürüp Belaggio'nun önünde bırakmasını söylemişti. Taksiyi de nakit parayla ödemişti. Başka bir taksiye binip adamdan önce eve varmıştı. O akşam geç döneceğini biliyordu. Karen o gece çok az uyuyabilmişti; çok gergindi ve bir yerlerde sorun çıkmasından çok endişeleniyordu.

Ertesi sabah çok erken saatlerde tekrar, Las Vegas'tan geçen US 93 South Otobanı'nı kullanarak aynı yere gitmişti. Arabayı kullanırken çok gergindi. Onu köprünün altındaki aynı otoparka park etti. Otoparkın diğer ucunda onu bekleyen kaçış arabasını gördüğünde, ilk defa bunu gerçekten yaptığını hissetti. Cüzdanını içindeki bütün kimlikleriyle torpido gözünde bırakmıştı. Köprüye gitti. Etrafta birileri vardı; onu görecekleri kesindi. Köprünün parmaklıklarında durup aşağı baktı. Colorado Nehri üç yüz metre aşağıda akıyordu. Aşağı bakarken başının döndüğünü hissetti. Buradan atlamak ya da düşmek, insanı kesinlikle öldürürdü. Cep telefonunu çıkartıp bir fotoğraf çekti. Sonra fotoğrafla birlikte, adama bir mesaj gönderdi. *Artık canımı yakamazsın. Buraya kadar. Ve bu senin suçun.* Mesaj gönderildiğinde, Karen cep telefonunu köprüden attı.

Bundan sonra hızlı hareket etmesi gerekiyordu. Köprüden aşağıdaki otoparka yürüdü ve kimse görmeden portatif tuvaletlerden birine girdi. İçeride, sutyeni ve külotu dışında üzerindeki her şeyi çıkarttı. Çantasındaki yazlık elbiseyi üzerine geçirdi ve yeni satın aldığı topuklu sandaletleri giydi. Şortunu, tişörtünü, spor ayakkabılarını ve beysbol şapkasını toplayıp çantasına koydu. Saçlarını açıp büyük güneş gözlüklerini taktı. Küçük bir aynayı açıp ruj sürdü. Taşıdığı çanta dışında bambaşka biri gibi görünüyordu.

Otoparkın diğer ucunda, torpido gözündeki yeni ve pahalı Karen Fairfield kimliğiyle birlikte ikinci el arabası onu bekliyordu. Toplayabildiği bütün nakit para üzerindeydi. Kaçış arabasına doğru ilerlerken elbisesi çıplak bacaklarının çevresinde uçuşuyordu; Karen neredeyse havalanacağını hissetti. Arabaya bindi, camları açıp arabayı sürmeye başladı. Geride kalan her kilometreyle, biraz daha rahat nefes alabildiğini hissediyordu.

"Kaldırımda yürüdüğünü gördüm" dedi Brigid kapısını açarken. "İçeri gel. Brigid, kendisini gördüğüne belli ki memnun olmuştu ve bir an için, her şeyin eskisi gibiydi. Karen Brigid'e bulaştığı belayı anlatabilmek istiyordu. Bu yükü biriyle paylaşabilmek onu çok rahatlatırdı ama bunu en yakın arkadaşından bile saklaması gerekiyordu. Kocasından bile. Çünkü kaza gecesi neler yapmış olabileceğini bilmiyordu.

İkisi birlikte alışkanlıkla arka taraftaki mutfağa yöneldiler.

"Kahve yapmak üzereydim. Sen de ister misin? Kafeinsiz."

"Tabii." Karen, Brigid'in mutfak masasında sık sık oturduğu sandalyeye yerleşti ve kahveyi hazırlayan Brigid'i izledi.

"Kendini nasıl hissediyorsun?" diye sordu Brigid, omzunun üstünden Karen'a bakarak.

Karen "Daha iyiyim" dedi.

"Olanları düşünürsek, iyi görünüyorsun" dedi Brigid.

Karen kederli bir tavırla gülümsedi. Kısa süre için bile olsa, hayat eskisi gibiymiş gibi davranmak ona kendini iyi hissettirmişti. Dikkatlice yüzüne dokundu. Şişkinlikler inmiş, morluklar da hafifleyip sarıya dönmüştü.

"Burnumu sokmak istemem ama..." Brigid tekrar omzunun üstünden Karen'a baktı. "Konuşmak istersen, ben buradayım. Veya konuşmak istemezsen, konuşmamıza da gerek yok. Bunu anlarım."

Karen Brigid'in konuşmasını çok istediğini görebiliyordu.

"Sorun şu; bu çok tuhaf ama o gece olan hiçbir şeyi hatırlamıyorum" diye yalan söyledi Karen. "Akşam yemeğini hazırladığım zamandan, hastanede uyandığım zamana kadar neler olduğu hakkında söyleyebileceğim bir şey yok."

"Bu çok tuhaf bir his olmalı" dedi Brigid anlayışla. Elinde iki fincan kahveyle masaya dönmüştü. Sütü ve şekeri çıkarıp Karen'ın karşısına oturdu. "Dedektiflerin evinize girip çıktığını gördüm. Buraya gelip bana da sorular sordular."

"Buraya mı geldiler?" dedi Karen şaşkınlıkla. "Neden buraya geldiler ki? Sana ne sordular?"

"Kaza gecesi evden çıkarken seni görüp görmediğimi, yanında biri olup olmadığını sordular. Bunun gibi şeyler."

"Ah." Karen başını salladı. Bu mantıklıydı. 20.17'de, telefondan sonra aceleyle evden çıktığını biliyorlardı. Karen dedektiflerin başka neleri bildiğini ya da nelerden şüphelendiğini bilebilmeyi çok isterdi.

"Onlara hiçbir şey görmediğimi söyledim. Evde değildim."

Karen kahvesinden bir yudum aldı. "Bu arada, kek için teşekkürler" dedi. "Her zamanki gibi çok lezzetliydi."

"Rica ederim. Zaten hepsini kendim yiyemezdim."

"Keki, polis bizdeyken bırakmış olmalısın" dedi Karen.

Brigid başıyla onayladı. "Sizi rahatsız etmek istemedim" dedi. "Sadece bırakıp gitmemin daha iyi olacağını düşündüm."

Karen ilk kez, Brigid'in neden buradaki herkesin yaptığı gibi, keki ön kapıya bırakmadığını merak etti. Biri hastalandığında, bebeği olduğunda ya da bir evde biri öldüğünde, komşular bunu yapardı. Ön kapının dışına bir tabak yemek bırakırlardı. Asla arka kapıya bırakmazlardı.

"Onları neden öndeki basamaklara bırakmadın?"

Brigid tereddüt etti. "Bölmek istemedim. Ön kapıya gidersem duyup gelebileceğinizi düşündüm."

"Mutfaktayken bir şeyler duymuş olmalısın" dedi Karen.

"Hayır, hiçbir şey duymadım" dedi Brigid. "Sadece keki bırakıp gittim." Endişeli bir yüzle Karen'a doğru eğildi. "Ama dedektiflerin genellikle araba kazalarını soruşturmadığını biliyorum. Neler oluyor Karen?"

Karen tekrar Brigid'e bakıp kafasında hızlıca bir hesap yaptı. Brigid'e bir şeyler söylemesi gerekiyordu. "Bir cinayeti araştırıyorlar."

"Cinayet mi!" Brigid dehşete düşmüş gibi görünüyordu. "Bunun seninle ne ilgisi var?"

"Bilmiyorum." Karen başını iki yana salladı. "Bir adam vurulmuş. Bildikleri tek şey, arabamın o bölgede olduğu. Arabayı çok hızlı kullandığım ve kaza yaptığım için orada neler olduğunu biliyor olabileceğimi düşünüyorlar. Belki de bir görgü tanığı olabileceğimi. Bu yüzden bir şeyler hatırlamamı sağlamak için sık sık geliyorlar. O adamı öldüren kişiyi yakalamalarına yardım etmemi istiyorlar. Ama ne yazık ki, onlara pek yardımcı olamadım." Karen, yalanların nasıl da kolayca akıverdiğini düşündü.

"Doktorlar hatırlamanın ne kadar süreceği konusunda bir şey söylüyor mu?"

Karen tekrar başını iki yana salladı. "Yaşadığım travma yüzünden, hiçbir zaman hatırlamayabilirim; korkunç bir şey görmüş olabileceğimi düşünüyorlar."

"Senin, polislerin yapacağı işler dışında yapman gereken şeyler var. Bırak cinayeti onlar çözsün" dedi Brigid. Ayağa kalkıp dolaptan bir kutu kurabiye alıp masaya getirdi. "İster misin?" Karen paketten bir kurabiye aldı. Brigid de bir kurabiye aldı, kahvesini yudumladı ve "Yani evden neden öyle aceleyle çıktığın hakkında hâlâ hiçbir fikrin yok" dedi.

Karen tereddütle "Biri evi aramış, ama kim olduğunu hatırlamıyorum" dedi.

"Polis kim olduğunu bulamıyor mu?" diye sordu Brigid kahvesinin ardından, kocaman açılmış gözleriyle.

Karen Brigid'e bunları anlattığına pişman olmuştu. Ona

tek kullanımlık telefondan bahsetmek istemiyordu. Polisin, onu arayan kişiyi neden bulamadığını Brigid'e nasıl açıklayacaktı?

"Hayır, bulamıyorlar" dedi Karen aniden. Bu konuşmanın bitmesini istiyordu. Kurabiyesinin son parçasını yutup gitmek için ayağa kalktı. "Gerçekten gitmeliyim. Yürüyüşe çıkmıştım."

Birlikte masadan kalktılar. Oturma odasından geçerlerken Brigid, "Sen tehlikede olduğunu düşünüyor musun?" diye sordu.

Karen aniden arkasını dönüp ona baktı. "Neden böyle bir şey sordun?" Belki de Brigid, Karen'ın gözlerindeki korkuyu görüyordu.

"Sadece, polis tanık olabileceğini, bir şeyler bildiğini düşünüyorsa... Başkaları da bunu düşünebilir."

Karen hiçbir şey söylemeden ona baktı.

"Üzgünüm, seni endişelendirmek istememiştim" dedi Brigid. "Bunu söylememeliydim."

"Hayır, sorun değil. Bunu ben de düşündüm" diye yalan söyledi Karen.

Brigid başını salladı. Artık ikisi de dışarıda, ön verandadaydı. "Ama Tom, senin başına bir şey gelmesine izin vermez."

25

Tom, erkek kardeşi Dan'le öğlen yemeğinde en sevdikleri ucuz lokantada buluşmak için sözleşmişti. Dan de şehir merkezinde çalışıyordu; ofisleri birbirinden uzak değildi. Kardeşi sabah telefon ettiğinde, sesi endişeli geliyordu. Tom ona neredeyse hiçbir şey söylememişti. Aniden, kardeşiyle daha yakın bir ilişkisi olmadığı için kendini suçlu hissetti. Güvenebileceği biriyle konuşmaya da ihtiyacı vardı. Ve şu an, bu tanıma uygun tek kişi, erkek kardeşiymiş gibi görünüyordu.

Tom lokantaya vardığında arka köşedeki bir masaya oturdu ve kardeşini bekledi. Dan geldiğinde, el sallayarak onu yanına çağırdı.

"Selam" dedi Dan. "Pek iyi görünmüyorsun." Gözleri endişeliydi.

"Eh, evet" dedi Tom bakışlarını kardeşine doğru kaldırarak. "Otursana."

"Neler oluyor?" diye sordu Dan otururken. "Son birkaç gündür sizden hiç haber alamadım. Karen nasıl?"

Tom, "Karen iyi" dedi. Ama sesindeki gerginlik çok açıktı. Dan onun neler hissettiğini hep kolayca anlardı.

"Bana söylemediğin şey ne, Tom?" dedi Dan, ona doğru eğilerek. "Neler oluyor?"

Tom derin bir nefes alıp öne eğildi. Garson mönüleri bırakıp onları duyamayacağı mesafeye uzaklaşana kadar bekledi. Sonra Dan'e her şeyi –ölü adamı, eldivenleri, tek kullanımlık telefondan gelen aramayı– anlattı.

Dan inanamayarak ona bakıyordu. "Kim *Karen*'ı tek kullanımlık bir telefondan arar ki?"

"Bilmiyoruz" dedi Tom. "Ama bu polisin şüphelenmesine sebep oldu."

"Ciddi misin?" dedi Dan. "Peki, sence Karen o gece neler yapıyordu?" Dan endişeli görünüyordu.

Tom "Bilmiyorum" deyip gözlerini kaçırdı. "Hâlâ hatırlamadığını söylüyor." Tom, Dan'in içindeki şüpheyi görüp görmediğini merak etti. Aralarında uzun bir sessizlik oldu, sonra Tom, "Sipariş versek iyi olur" dedi.

"Evet."

Tom mönüye bakarken, Dan'e hikâyenin geri kalanını anlatıp anlatmamaya karar vermeye çalışıyordu. Kardeşine, Karen'ın geçmişi hakkında kendisinden sakladığı bir şeyler olduğundan şüphelenmeye başladığını söylemeli miydi? Bu konuda yanılıyorsa ne olacaktı? Ama öncelikle, Dan'le konuşması gereken başka bir şey vardı. Garson siparişleri aldı ve Tom mönüyü bir kenara bıraktı. "Polis benim hakkımda da sorular soruyor."

"Senin hakkında mı? Sen neler diyorsun?" diye sordu Dan. Artık tamamen dehşete kapılmış gibi görünüyordu; bundan sonra duyabileceği şeyler onu çok korkutmuştu.

Tom öne eğilerek kardeşine yaklaştı ve sesini daha da alçalttı. "Karen kazayı yaptığında ve cinayet saatinde nerede olduğumu soruyorlar."

Dan Tom'a bakarken aralarında uzun, beklenti dolu bir duraklama oldu. "Bunu sana neden soruyorlar?" dedi Dan.

Tom yutkundu. "Bunu daha önce sana söylemedim ama... Brigid'i tanıyor musun? Sokağın karşısında yaşayan komşularımızdan biri. Sanırım onunla tanışmıştınız."

"Evet, tabii. Ne olmuş ona?"

Tom, az sonra itiraf edeceği şeyden utanarak başını masaya doğru indirdi. "Karen'la tanışmadan önce, onunla bir ilişkim olmuştu."

Dan, "Brigid evli değil mi?" diye sordu sertçe.

"Evet, ama..." Bir an için Dan'in gözlerine bakıp gözlerini kaçırdı sonra. "Beni kandırdı, evliliğinin zaten bitmiş olduğunu, ayrılacaklarını söyledi. Ama yalan söylüyordu."

Brigid onu kandırıp bu ilişkiye girmesini sağlamıştı. Bunu, Bob bir akşam onu içki içmeye davet ettiğinde anlamıştı; Tom'la karısı arasında geçenlerden haberi olmadığı çok belliydi; hatta evliliğinin tehlikede olduğunun bile farkında değildi. Brigid yalan söylemişti.

Tom'u yönlendirmek kolay olmuştu. Brigid'e karşı müthiş bir çekim duyuyordu. Brigid'in sınır tanımaz havasını çok heyecan verici buluyordu. Brigid onun çılgın hayata yaptığı yolculuktu.

Ama Tom, Brigid'in evliliği konusunda yalan söylediğini anladığı an, bu ilişkiyi bitirmişti. Tahmin ettiği gibi, Brigid bunu pek hoş karşılamamıştı. Tatlı sözlerle onu ikna etmeye çalışmış, ağlamış ve bağırmıştı. Tom onun aceleyle yanlış şeyler yapmasından korkmuştu. Kocasına ilişkilerinden bahsedebilirdi. Lastiklerini kesebilirdi. Ama sonra Brigid sakinleşip Bob'a bundan bahsetmemeyi kabul etmişti. Bundan kısa süre sonra Tom, Karen'la tanışmıştı. Karen'la ilişkileri ciddileştiğinde, Brigid'e, aralarındaki ilişkiden Karen'a bahsetmemesi konusunda söz verdirmişti. Kandırılmış olsa da, başka birinin karısıyla sevişmiş olmaktan utanıyordu. O zamanlar Brigid'le Karen'ın bu kadar yakın arkadaş olacaklarını bilmiyordu. Bu süreci, canı gitgide daha çok sıkılarak izlemişti. Rahatsız anlar yaşadığı olmuştu; Brigid'in hiçbir şey söylemeyeceğine tam olarak güvenemiyordu ama Brigid anlaşmanın kendi tarafına sadık kaldı. Uzun zamandır

Brigid'le arasındaki tek ilişki, Karen'ın arkadaşı olmasıydı. Brigid o gün ona telefon edene kadar. "Peki" dedi Dan yavaşça, "Bana ne söylemeye çalışıyorsun, Tom? Onunla yine mi görüşüyorsun? O gece onunla mıydın?" Yemekler geldi; kardeşler aniden susup, tekrar yalnız kalana kadar konuşmadılar.

Tom, yaptıkları konuşmadan çok rahatsızdı. Ciddi bir ifadeyle kardeşine bakıp sertçe "Hayır, onunla yeniden görüşmüyorum. Söylediğim gibi, o ilişki Karen'la tanışmadan önce bitti. Ve Karen'ın bundan haberi yok. Sadece komşumuz olduğunu düşünüyor. Bu konuda sessiz kalmaya karar verdik" dedi.

"Sence bu akıllıca bir karar mıydı?" diye sordu Dan.

"Şimdi baktığımda, değilmiş."

"O zaman neden polise nerede olduğunu söyleyemiyorsun, Tom? Tanrım, lütfen başka bir şeylere bulaştığını söyleme." Dan perişan görünüyordu.

Tom onun sözünü kesti. "Ben yanlış bir şey yapmadım. Karen'ın bulaştığı her neyse, benimle ilgisi yok. Bundan emin olabilirsin." Tereddüt etti. "Ama kazanın olduğu gün Brigid beni aradı ve o akşam onunla buluşmamı istedi. Benimle bir şey konuşmak istediğini söyledi. Önemli olduğunu söyledi." Elini saçlarının arasından geçirdi. "Ama buluşmaya gelmedi. Onu yarım saat bekledim. Ve şimdi, polis nerede olduğumu bilmek istiyor. Onlara işim çok stresli olduğu için, etrafta arabayla dolaşarak rahatlamaya çalıştığımı söyledim. Karen'ın önünde yalan söyledim."

"Ne kargaşa ama" dedi Dan.

Tom başını salladı. "Evet. Öyle değil mi?"

"Polise doğruyu söylemelisin. Karen da bunu öğrenecek."

Tom keyifsizce suratını astı. "Biliyorum."

"Peki Brigid seninle ne konuşmak istiyormuş?"

Tom huzursuzca erkek kardeşine bakıp ona evin etrafında

dolaşan koyu renk saçlı adamı ve Brigid'in, Karen'ın geçmişi konusundaki şüphelerini anlattı. "Televizyonda bir program izlemiş ve gördüğü adamın sözleri yüzünden, Karen'ın başka bir hayatı geride bırakıp sahte bir kimlikle yaşıyor olabileceğinden şüphelenmiş" dedi.

"Ciddi misin?"

Tom başıyla onayladı. "Biliyorum, kulağa çok saçma geliyor, değil mi? Bana bunu yüz yüze söylemek istediği için o gece buluşmak istediğini, telefonda söylerse telefonu kapatabileceğimi düşündüğünü söyledi."

"Neden telefonu kapatacağını düşünmüş?"

Tom bakışlarını kaçırdı. "Eskiden beni arardı ve ben de telefonu kapatırdım. Ama bu uzun süre önceydi."

"O zaman neden buluşmaya gelmedi?"

Tom tekrar Dan'in gözlerinin içine baktı. "Kız kardeşinin ona ihtiyacı olduğunu söyledi; kız kardeşinin hayatında sürekli birtakım krizler olur. Her neyse, Karen'ın geçmişi hakkında ne kadar az şey bildiğimizi, nasıl hiç tanıdığı ya da akrabası olmadığını anlatmaya başladı."

"Bu konuda haklı" dedi Dan yavaşça.

"Ben de bunu düşünmeye başladım. Tanrım, Dan. *Ya Brigid haklıysa?*"

26

Tom yemekten sonra ofise döndü ama çok geçmeden ön kapıdaki resepsiyonist onu arayıp "iki beyefendinin" onu görmeye geldiğini söyledi. Bu "iki beyefendi", ancak o lanet dedektifler olabilirdi. Onları daha dün gece görmüştü. Neden bugün tekrar onunla konuşmak istiyorlardı ki? Tom gömleğinin altında, sırtının terlemeye başladığını hissetti. Bir an kendini toparlamak için durdu, kravatını düzeltti ve "İçeri gönder" dedi. Dedektif Rasbach ile Jennings ofisine girerken masasından kalktı. "İyi akşamlar" dedi, arkalarından kapıyı kapatırken. Dan'in ona, polisle işbirliği yapması gerektiğini söylediğini hatırladı. Onlara Brigid'i anlatması gerekiyordu.

"İyi akşamlar" dedi Dedektif Rasbach, keyifli gibiydi.

Tom Rasbach'ın keyifli halinden hiç hoşlanmamıştı. Deneyimlerine göre bu, rahatsız edici bir şeyler sakladığı anlamına geliyordu. Tom masasına dönüp endişeyle dedektiflerin patlatacağı yeni bir bomba olup olmadığını merak etti. Önce, cinayet mahallindeki eldivenlerden bahsetmişlerdi. Sonra tek kullanımlık telefon gelmişti. Bu kez ellerinde ne vardı?

Hepsi oturduğunda Rasbach, "Size birkaç sorumuz daha var" diye konuşmaya başladı.

"Olduğuna eminim" dedi Tom.

Dedektif sakince ona baktı. "Karınızla nerede tanıştınız?" diye sordu Rasbach.

"Bunun ne önemi var?" dedi Tom şaşkınlıkla.

"Lütfen işbirliği yapın" dedi Rasbach nazikçe. "Soruya cevap verin."

"Burada, benim ofisimde geçici görevle çalışıyordu. Sadece birkaç haftalığına gelmişti. Aslında bir muhasebeciydi ama şehre yeni gelmişti, o yüzden geçici işlerde çalışıyordu. Bir muhasebe şirketinde iş bulmak istiyordu. İki hafta boyunca bizim katta çalıştı. Görev süresi dolduğunda, ona çıkma teklif ettim."

Rasbach başını sallayıp yana doğru eğdi. "Karınız hakkında çok şey biliyor musunuz?"

"Onunla evliyim; sizce biliyor muyum?" dedi Tom ters ters. Zihni son sürat çalışıyordu. Polis ne bulmuştu? Kalbi hızla çarpmaya başladı. Dedektifler, bunun için gelmişti. Ona karısını aslında kim olduğunu söyleyeceklerdi.

Rasbach bir an için bekledi, sonra öne doğru eğilip yüzüne daha sempatik bir ifade oturttu. "En sevdiği diş macununu bilip bilmediğinizi sormuyorum. Nereden geldiğini biliyor musunuz? Geçmişini?"

"Elbette."

"Geçmişte neler yapmış?" diye sordu Rasbach.

Bir tuzağa doğru ilerlediğinden şüphelense de Tom'un aklına söyleyebileceği başka bir şey gelmiyordu; bu yüzden dedektiflere, Karen'ın kendisine söylediği şeyleri anlattı. "Wisconsin'de doğup büyümüş. Anne ve babası ölmüş. Kardeşi yok."

"Başka neler biliyorsunuz?"

"Bir sürü şey biliyorum." Tom dedektife ateş saçan gözlerle baktı ve aralarındaki gerilime daha fazla dayanamadığı için, "Sadede gelsenize" dedi.

"Pekâlâ" dedi Rasbach. "Karınız, söylediği kişi değil."

Tom bilinçli olarak hiçbir tepki vermeden ona baktı.

"Şaşırmış görünmüyorsunuz" dedi Rasbach.

"Artık sizin söylediğiniz hiçbir şey beni şaşırtmıyor" dedi Tom.

"Gerçekten mi?" dedi Rasbach. "Ortadan kaybolup yeni bir kimlikle yaşamaya başlamış bir kadınla evlenmiş olmanız sizi şaşırtmadı mı?" Rasbach öne eğilip gözlerini Tom'un üzerinde sabitledi ve Tom bakışlarını kaçıramadığını fark etti. "Karınızın adı Karen Fairfield değil."

Tom hiç kıpırdamadan oturdu. Ne yapması gerektiğini bilmiyordu. Karen hakkındaki şüphelerini itiraf mı etmeliydi? Yoksa bunu hiç tahmin etmemiş gibi mi davranmalıydı? Sessizlik uzayınca Rasbach, "Karınız, kimliği konusunda size yalan söyledi" diye bastırdı.

"Hayır, söylemedi" dedi Tom inatla.

"Korkarım söyledi" dedi Rasbach. "Karen Fairfield kimliğini yarattı ve sahte bir geçmiş düzenledi. Oldukça iyi bir iş çıkarttı, ama gerçek bir incelemede yakalandı. Beladan uzak dursaydı, başına bir şey gelmezdi. Belaya bulaşmasaydı, muhtemelen kimse bunu bulamazdı. Ama bir cinayet mahallinde görünmek, pek akıllıca bir hareket değildi."

"Buna inanmıyorum" diye karşı çıktı Tom. Kızgın görünmeye çalışıyordu, ama daha çok çirkin gerçeği reddetmeye çalışan umutsuz bir adam gibi göründüğünü biliyordu.

"Haydi ama" dedi Rasbach. "Karınıza benim güvendiğimden daha çok güvenmiyorsunuz."

"Ne?" diye patladı Tom. "Ne demek istiyorsunuz? Elbette karıma güveniyorum." Tom saç diplerine kadar kızardığını hissediyordu. "Bu kadar zekiyseniz" dedi Tom kendini durduramadan, "karımın kim olduğunu biliyor musunuz?" Sonra alacağı cevaptan korkup hemen bu soruyu sorduğuna pişman oldu.

Rasbach sandalyesinde arkasına yaslanıp "Henüz bilmiyoruz. Ama öğreneceğiz" dedi.

"O halde, eminim bulduğunuzda bana da haber verirsiniz" dedi Tom acı bir sesle.

"Elbette veririz" dedi Rasbach. Gitmek için ayağa kalkarken ekledi: "Bu arada, o gece nerede olduğunuzu düşünme fırsatınız oldu mu?"

Pislik herif. Tom kendini toparlamaya çalıştı; bunun canını yakacağını biliyordu. "Dün akşam size her şeyi anlatmadım" dedi. Ayağa kalkmış olan Rasbach tekrar ona bakıp bekledi. "Size söylemek istemedim, çünkü yanlış anlayacaktınız."

Rasbach tekrar oturdu. "Biz gerçeklerle ilgileniyoruz Bay Krupp. Neden bize bir şans vermiyorsunuz?"

Tom sert gözlerle ona baktı. "Biriyle buluşacaktım. Brigid Cruikshank; sokağın karşısından bir komşumuz." Rasbach devam etmesini bekleyerek ona baktı. "Bana telefon edip 20.30'da buluşmak istedi. Nehir kenarında. Oraya gittim, ama Brigid gelmedi."

Rasbach not defterini ceketinin cebinden çıkarttı. "Neden?"

"Kız kardeşinin yardıma ihtiyacı olduğunu söyledi."

"Sizinle neden buluşmak istemişti?"

"Bilmiyorum" diye yalan söyledi Tom. Polislere, Brigid'in o sabah evin etrafında dolaştığını gördüğü koyu renk saçlı adamdan bahsetmek istemiyordu. Brigid dedektiflere ondan bahsetmediğini söylemişti.

"Ona sormadınız mı?"

Tom, onlara söylemesi gerektiğini biliyordu. "Madem bilmek zorundasınız, karımla tanışmadan önce, Brigid'le aramızda bir ilişki vardı."

Rasbach gözlerini hiç ayırmadan ona bakıyordu. "Devam edin" dedi.

"Çok kısa sürdü. Karen'la tanışmadan hemen önce ilişkiyi bitirmiştim."

"Karınız bunu biliyor mu?"

"Hayır, ona söylemedim."

"Neden?"

"Sizce neden?"

"Ve o gece Brigid'in neden sizinle buluşmak istediğini bilmiyorsunuz, öyle mi?"

Tom başını iki yana salladı. "Hayır. Karen'ın kaza geçirmesi, bunun tamamen aklımdan çıkmasına sebep oldu."

"Hâlâ onunla görüşüyor musunuz?"

"Hayır. Kesinlikle hayır."

"Anlıyorum."

Tom her şeyden çok dedektife bir yumruk savurmak istiyordu. Ama bunu yapmadı. Dedektifler giderken ayağa kalkıp gidişlerini izledi. Kapıyı arkalarından öfkeyle çarpmamak için kendini zor tuttu.

27

"Sence karısının gerçek kimliğini biliyor mu?" diye sordu Jennings, arabaya oturup kemerlerini bağlarlarken. '

Rasbach başını iki yana salladı. "Sanmıyorum. Ona, karısıyla ilgili bilmek istemeyeceği bir şey söylememizden çok korkuyordu." Biraz duraksayıp ekledi: "Şu an hayatı cehennem gibi olmalı."

Jennings başıyla onayladı. "Her gece katil olma ihtimali olan bir kadınla aynı yatağa girdiğini düşünebiliyor musun? Bu insanı çok yıpratır."

Rasbach, Karen'ın profiline uygun bir kayıp ilanı bulamadığı için sinirliydi. "Kim bu kadın?" diye düşündü yüksek sesle. "Sorgulamak için onu merkeze götürmek isterdim, ama onu korkutmak istemiyorum." Bir an için düşündü. "Onu tutuklayabilsek, parmak izlerini alıp kimliğine oradan ulaşmaya çalışabilirdik. Bir şekilde bu işe bulaştığını biliyoruz. Ama şu an elimizde ona karşı yeterince delil yok."

"Kimliğini saptamaya çalışmak, samanlıkta iğne aramaya benziyor" dedi Jennings. "Ülkede her yıl kaç kişinin ortadan kaybolduğunu biliyor musun?" Rasbach ona bakıp kaşlarını kaldırdı. "Bu soruya cevap vermeni beklemiyorum" dedi Jennings.

"Bence bu davanın kilit noktası, kurbanımız" dedi Rasbach. "Kimliği bilinmeyen bir kadın, muhtemelen kimliği bilinmeyen bir adamı öldürdü. Kim bu insanlar?"

"Organize suçlardan olabilirler mi? Ya da tanık koruma programından?"

"Olabilir. Bilmiyorum. Ama birinin kimliğini bulduğumuzda, diğerininkini de bulacağımızı düşünüyorum." Bir an sessiz kaldı. "Kadın biliyor" dedi düşünceli bir sesle. Arabayı karakolun önüne bırakırken, "Onu buraya çağıralım. Bu konuyu sessizce halledeceğiz" dedi.

Karen duşa girip, su üzerinden akarken gözyaşlarının da akmasına izin verdi. Kaçmak istemiyordu; Tom'u terk etmek istemiyordu, ama işler hızla kötüleşirse, tek seçeneği bu olabilirdi.

Bir süre sonra kendini topladı, çünkü bunu yapmak zorundaydı. Şu an dağılamazdı. Şu an durum oldukça kötü görünse de, polis davayı destekleyecek yeterli kanıt bulamayabilirdi. Kocası olmadan, tekrar Jack Calvin'le konuşması gerekiyordu. Seçeneklerinin neler olduğunu bilmesi gerekiyordu.

Çünkü ölen adamın kimliğini öğrendikleri anda —adının Robert Traynor olduğunu buldukları anda— onun hayatını derinlemesine araştıracaklardı.

Ve üç yıl önce, karısının trajik biçimde öldüğünü görecekler di.

Georgina Traynor'ken çektirdiği fotoğraflar vardı. Dedektifin onu tanıyacağını biliyordu. Her şeyi birleştirip kocasından kaçmak için intihar etmiş numarası yaptığını, kocasının onu bulduğunu ve o gece o tek kullanımlık telefonla aradığını anlayacaktı. Ve onu Karen'ın öldürdüğünü düşünecekti.

Korkuyla midesinin bulandığını hissetti. Artık bunların olması an meselesiydi.

Ve Tom. Karen'ın kimliğinin sahte olduğunu, onunla evlendiğinize zaten başka birisiyle evli olduğunu öğrendiğinde Tom ne düşünecekti? Dedektifler ona karısının bir katil olduğunu söylemeye çalışırken ne düşünecekti?

Hızla giyinip cüzdanından Jack Calvin'in kartını aldı. Arka taraftaki acil durum numarasına baktı. Calvin, bu numaradan onu istediği zaman arayabileceğini söylemişti. Oturma odasındaki kanepeye oturup telefona uzandı, ama daha ahizeyi eline alamadan telefon çalmaya başladı. Karen, şaşkına dönmüş halde telefonu açtı. "Alo?"

"Ben Dedektif Rasbach."

Polis, biliyordu.

"Evet, dedektif?" demeyi başardı, göğsü sıkışarak.

"Karakola gelip birkaç soruyu yanıtlamanızı istiyoruz. Bu tamamen gönüllü bir durum, bunu yapmak zorunda değilsiniz."

Karen bir an donup kaldı. Ne yapması gerekiyordu. "Neden?" diye sordu.

"Size birkaç sorumuz daha var" diye tekrarladı dedektif.

"Ölen adamın kimliğini saptayabildiniz mi?" diye sordu Karen.

"Henüz saptayamadık" dedi dedektif.

Karen'ın nabzı hızlandı. Dedektife inanmıyordu. "Tamam. Ne zaman gelmemi istiyorsunuz?" Sesini elinden geldiğince normal tutmaya çalışıyordu; polisin ne kadar korktuğunu anlamasını istemiyordu.

"Bu akşamüstü, istediğiniz saatte gelebilirsiniz. Karakolun yerini biliyor musunuz?" Dedektif ona kendisini nerede bulabileceğini anlattı, ama Karen dinlemiyordu.

Telefonu kapattıktan sonra hızla yatak odasına gidip aceleyle bir bavul hazırlamaya başladı.

28

Tom cep telefonunu masasından alıp, henüz akşamüstü olmasına rağmen işten çıkmaya hazırlandı. Resepsiyon görevlisine bakmadan, kısaca "Bugün ofise dönmeyeceğim" deyip binadan çıkarak otoparka yöneldi. Nehir kenarına gidip bir süre önünden akıp giden suyu izledi. Bu onu hiç yatıştırmıyordu. Karısının kim olduğunu bilmiyordu. Yalanlar nerede başlıyordu ve nerede son bulacaktı? Gözyaşlarının gözlerini yaktığını hissedip gözlerini ovuşturarak sildi. Bir anda karısıyla yüzleşmeye ihtiyaç duydu. Artık aralarındaki gerilime, polisin hayatlarını incelemesine ve o korkunç dedektifin her şeyi eşelemesine dayanamıyordu. Tom tekrar arabasına binip içindeki öfkeyi besleyerek eve yöneldi; böylece karısıyla yüzleşecek cesareti toplayabilecekti. Arabayı garaj yoluna park ederken kalbindeki korkuyu hissetti. Acaba bu kez evde onu ne bekliyordu?

Karısı henüz eve dönmesini beklemiyordu; akşamüstünün erken saatleriydi. Sessizce eve girdi. Karısına sürpriz yapmak, Tom'un evde olduğunu bilmediğinde neler yaptığını görmek istiyordu.

Yumuşak adımlarla alt katı dolaştı; karısı orada değildi. Sonra halı kaplı merdivenleri tırmanıp yatak odasına giden koridorda ilerledi. Tom, yatak odasının kapısında durdu; gördüğü şey, kalbini çok kırmıştı.

Karısının sırtı dönüktü ve kendini tamamen küçük bir yol çantası hazırlamaya kaptırmıştı. Hareketleri aceleydi. *Kaçıyor. Bunu bana söyleyecek miydi?*

Karısının adını söylemek için ağzını açtı, ama ağzından hiçbir şey çıkmadı. Orada, yenilgiye uğramış halde durup, sevdiği kadının veda bile etmeden gitmeye hazırlanışını izledi. Karen aniden dönüp onu gördü. Şaşkınlık ve korkuyla hafifçe irkildi. Sonra uzunca bir süre, hiçbir şey söylemeden birbirlerine baktılar.

Karen, "Tom" diye fısıldayıp sessizliğe gömüldü. Tom karısının gözlerinde gözyaşlarının birikip akmaya başladığını gördü. Karen sarılmak için ona yönelmemişti; Tom da ona yaklaşmamıştı.

"Nereye gidiyorsun?" diye sordu soğuk bir sesle. Gerçi bunun önemli olmadığını biliyordu. Karen gidiyordu ve nereye gittiğinin önemi yoktu. Cinayetle suçlanmamak için onu terk ediyordu. O an Tom, onu durdurmak isteyip istemediğinden bile emin değildi.

"Biraz önce Dedektif Rasbach aradı" dedi titreyen bir sesle. "Beni sorgulaması için karakola gitmemi istiyor."

Tom Karen'ın devam etmesini bekleyerek ona baktı. *Anlat haydi* diye düşündü. *Bana gerçeği söyle.*

Karen "Gitmek istemiyorum" deyip bakışlarını yere indirdi. "Seni terk etmek istemiyorum." Gözyaşları artık yanaklarından aşağı dökülüyordu.

"O adamı sen mi öldürdün?" diye sordu Tom kısık ve umutsuz bir sesle. "Söyle bana."

Karen korkuyla ona baktı. "Göründüğü gibi değil" dedi.

"O zaman bana, gerçeği anlat" dedi Tom sertçe. Bir an için içindekilerin yarısı hâlâ dışarıda olan çantaya bakıp gözlerini Karen'a dikti. "Neler olduğunu bilmek istiyorum. Bunu senden duymak ve *gerçeği öğrenmek istiyorum.*"

Tom, Karen'ın kendisini aklamasını istiyordu. İstediği tek

şey buydu; sonra onu kollarına alıp ne yapılması gerektiğini düşünebilirdi. Elinden geldiğince, onun yanında kalmak istiyordu. Karısını seviyordu; bu değişmemişti. Ona artık güvenmemesine rağmen onu hâlâ sevebilmesine şaşıyordu. Ona tekrar güvenebilmek istiyordu. Karısının kendisine karşı dürüst olmasını istiyordu.

"Artık çok geç" dedi Karen, yatağın üstüne yığılıp elleriyle yüzünü kapatırken. "Biliyorlar. Biliyor olmalılar!"

"Neyi biliyorlar? Bana neyi bildiklerini söyle!" diye bağırdı Tom.

"O adam, benim kocamdı" dedi Karen, donuk gözlerle Tom'a bakarken.

"Kim?" dedi Tom, başta Karen'ın ne dediğini anlamayarak.

"Ölen adam. Benim kocamdı."

Hayır diye düşündü Tom. *Hayır. Bu gerçek olamaz.*

Karen gözyaşlarıyla dolu gözlerle ona baktı. "Ondan kaçtım. Ondan çok korkuyordum" dedi Karen. "Bana çok kötü davranıyordu. Onu terk edersem, onu terk etmeye *çalışırsam* beni öldüreceğini söylüyordu."

Tom onu dinlerken dehşet hissi içini uyuşturdu. Çok korkuyordu. Ama aynı zamanda, kalbi karısını rahatlatma ve koruma arzusuyla dolmuştu.

"Adı Robert Traynor'dı" dedi Karen monoton bir sesle. "Altı yıl önce evlendik. Las Vegas'ta yaşıyorduk."

Las Vegas mı? Karen'ı Las Vegas'ta hayal edemiyordu.

"Evlenir evlenmez değişti. Sanki bambaşka birine dönüştü." Omuzları öne doğru çöktü; bakışları zemine indi. Tom olduğu yerde durup ona bakmaya devam etti. "Ondan hiçbir zaman uzaklaşamayacağımı anladım; onu terk edemez ya da ondan boşanamazdım. Uzaklaştırma emrinin bir işe yaramayacağını biliyordum. Kaçarsam dünyanın öbür ucuna kadar beni takip edeceğini biliyordum." Bunu çatallı bir ses tonuyla ve acıyla söylemişti.

Karen pişmanlık dolu gözlerle Tom'a baktı. "Çok üzgünüm" diye fısıldadı. "Asla canını yakmak istemedim. Seni seviyorum Tom. Bunların hiçbirinin seni etkilemesini istememiştim." Gözyaşları yüzünden aşağı dökülüyordu; saçları karmakarışıktı. "Ondan kaçtıktan sonra, hayatımın o bölümü hiç yaşanmamış gibi davranmaya çalıştım." Umutsuzca arkasını döndü. "Geçmişi silmek istemiştim." Burada duraksadı.

Tom ona kalbi acıyarak baktı, ama aynı zamanda temkinliydi. Karen'ın söyleyeceklerinin bitmediğini biliyordu.

Karen gücünü toplayıp tekrar konuşmaya başladı. "Ölmüş numarası yaptım. Peşimden gelmeyeceğinden emin olmanın tek yolu buydu."

Tom hiç kıpırdamadan duruyor ve onu içinde gitgide büyüyen bir umutsuzlukla dinliyordu. Karen ona her şeyi anlattı; sahte kimliğini alışını ve kendini Hoover Barajı Köprüsü'nden atlamış gibi gösterişini. Tom artık Karen'ın kendisine doğruyu söylediğinden emindi, ama işlerin nereye varacağını bilememekten çok şaşkındı.

"Ve bundan birkaç hafta önce, beni korkutan bir şeyler fark etmeye başladım."

"Ne gibi şeyler?"

Karen başını kaldırıp ona baktı. "Biri evimize girmişti. Seni işten arayıp gün içinde eve uğrayıp uğramadığını sorduğumu hatırlıyor musun? Sana pencereyi açık bıraktığımı söylemiştim. Ama bu doğru değildi. Biri eşyalarımı, çekmecelerimi karıştırmıştı. Bunu anlamıştım. Ne kadar düzenli olduğumu bilirsin. Bir şeylerin yeri değiştiğinde anlarım. Çok korkmuştum. O olduğunu düşündüm."

Karen ona korkunç bir pişmanlıkla bakıyordu. "Haftalardır evimize geldiğini, biz yokken gizlice içeri girdiğini düşünüyordum." Titredi. "Bir keresinde, birinin yatağımıza uzanmış olduğunu fark ettim. Sabah işe gitmeden önce telefonumla fotoğraflar çekmeye başladım. Bazen bir şeylerin yerinin değiştiğini fark ediyordum. Ne yapacağımı bilmiyordum. Sana söyleyemedim." Tom'a yalvaran gözlerle bakıyordu. "Bana neden söyleyemedin Karen?" diye sordu Tom umutsuzca. "Seni anlardım. Sana yardım ederdim. Ne yapacağımıza birlikte karar verirdik." Karen, Tom'a bu kadar mı güveniyordu? Karen kendisine karşı dürüst davransa, Tom onun yanında dururdu. "Birlikte polise gidebilirdik. Onun sana zarar vermesine izin vermezdim." *Böylece katil olmazdın ve hayatlarımız mahvolmazdı* diye düşündü Tom.

Karen, "Hatırlamaya başladım" diye itiraf etti. "Dün gece, olayın olduğu yere gittiğimizde değil, daha sonra, telefon çaldığında, bir şeyleri hatırlamaya başladım." Elinin tersiyle gözlerini sildi. "O akşam beni arayan oydu." Tom'a hikâyenin gerisini anlatırken yüzü iyice solgunlaştı. "Bana, 'Merhaba Georgina' dedi, sesi hiç değişmemişti; hâlâ aynı anda hem ikna edici, hem de tehditkârdı. Sanki tekrar onunla yaşadığım günlere dönmüştüm."

Tom, Karen'ın gözlerinin donuklaştığını, sesinin dümdüz çıktığını fark etti.

"Kapatmak istedim, ama ne yapacağını öğrenmem gerekiyordu. Beni bulduğunu, evimize geldiğini biliyordum. Çok korkmuştum." Titremeye başladı.

Tom yatakta onun yanına oturup kollarını Karen'ın omuzlarına doladı. Vücudunun titrediğini hissedebiliyordu. Kendi kalbi de çılgınca atıyordu. Bütün hikâyeyi duyması gerekiyordu. Ne yapacaklarına karar vermeden önce, tam nerede durduklarını bilmesi gerekiyordu.

"Herkesi kandırabilecek kadar zeki olduğumu düşündüğümü söyledi. Ama onu kandıramadığımı söyledi. Beni aramaya devam etmiş. Nasıl bulduğunu bilmiyorum. Bana o sahip olamayacaksa, kimsenin sahip olamayacağını söyledi. Onunla restoranda buluşmamı söyledi." Karen gözlerinde korkunç bir dehşetle Tom'a bakıyordu. "Onu görmeye gitmezsem, seni öldüreceğini söyledi Tom! Senin hakkında her şeyi biliyordu! Nerede yaşadığımızı biliyordu!"

Tom artık Karen'ın söylediği her şeye inanıyordu. Onu kollarına alıp ağlamasına izin verdi. Karen içini çektikçe Tom'un göğsüne çarpıyordu. Tom Karen'ın başının üstünü öpüp öfkeyle ne yapmaları gerektiğini düşündü. Sonunda Karen ondan biraz uzaklaşıp bakışlarını yere dikerek ona hikâyenin kalanını anlattı. "Silahımı aldım. Beni bir gün bulursa diye, gizli bir silahım vardı. Sonra onunla buluşmaya gittim. Arabayı o otoparka bırakıp restoranın arka tarafına gittim." Telaşla Tom'a baktı. "Tom, yemin ederim ki onu öldürmeyi planlamamıştım. Silahı kendimi korumak için yanıma aldım. Ona polise gidip her şeyi anlatacağımı söyleyecektim; artık ondan korkmadığımı söyleyecektim. O zaman net düşünemiyordum; şimdi, önce polise gitmiş olmam gerektiğini biliyorum. Oraya gittiğimde, arka kapı açıktı. Üzerine elimi koyduğumu hatırlıyorum ama hepsi bu. Ondan sonrası, tamamen boşluk." Karen bakışlarını kaldırıp Tom'a baktı. "Ondan sonra ne olduğunu bilmiyorum Tom, yemin ederim."

Tom Karen'ın darmadağın yüzüne baktı. Gerçekten hatırlamıyor muydu?

Karen bitkin halde Tom'un kollarına yığıldı. Tom, o ağlarken bir süre ona sarıldı.

İşte artık biliyordu. Karen'ın yaptığı şey için iyi bir sebebi vardı. Bunun için onu suçlayamazdı. Belki de gerçekten hatırlamıyordu. Belki de bununla yüzleşmek onun için çok zordu. Silahı almıştı. Tom bunu anlıyordu. Ama eldivenleri de almıştı. Bu, onu öldürmeye niyeti olduğu anlamına geliyordu. Şimdi ne yapacaklardı?

Karen geri çekildi. Yüzü ağlamaktan kızarmış, gözleri şişmişti. "Paniğe kapılmış olmalıyım. Çok hızlı gittim, o kırmızı ışıklarda geçtim ve sonra o direğe çarptım."

"Silaha ne oldu?" diye sordu Tom hızla düşünürken.

"Bilmiyorum. Orada bırakmış olmalıyım. Arabada olmadığı açık. Herhalde biri onu bulup aldı."

Tom'un kalbi, Karen'ın yaptıkları ve durumlarının korkunç belirsizliği karşısında duyduğu korkuyla hızlandı. Biri silahı polise teslim ederse ne olacaktı? Ne olacaktı? Tom, "Tanrım" dedi.

"Üzgünüm" dedi Karen acınacak halde. "Sana söylemek istemedim. Seni kaybetmek istemedim. Ve senin başını da derde sokmak istemedim. Bu benim sorunum. Bunu ben düzeltmeliyim. Bunun seni de etkilemesine izin veremem."

"Bu zaten beni etkiledi, Karen." Tom onu kollarından tutup yaşlarla dolu gözlerine bakıp hızla konuştu. "Bu işi düzeltmek, avukatının işi. Her şey yoluna girecek. Öldürülmekten korkuyordun. Yaptığın şeyler için geçerli sebeplerin var."

"Ne demek istiyorsun?" dedi Karen geri çekilerek. "Hâlâ onu öldürmediğimi düşünüyorum, Tom. Bunu yapabileceğimi sanmıyorum."

Tom ona inanamayarak baktı. "O zaman kim yaptı?"

"Bilmiyorum." Tom'a, ona inanmaması onu incitiyormuş gibi baktı. "Ondan nefret eden tek kişi ben değildim."

Tom gözlerine bakmamak için Karen'a sarılıp "Kaçma. Burada kalıp, bununla yüzleş. Beni bırakma" diye fısıldadı.

29

Bir saat sonra Karen ile Tom bir kez daha Jack Calvin'in ofisindeydiler. Karen yüzünü yıkayıp makyajını tazelemişti. Artık kendini sakin ve her şeyden uzak hissediyordu; bu felaket karşısında neredeyse tepkisizdi. Tom'un kendisini desteklemesiyle rahatlamıştı. Ama bundan sonra olacaklardan hâlâ çok korkuyordu.

"Gelin" dedi Calvin, canlı ve profesyonel bir sesle. Bu görüşme için randevularını değiştirmesi gerekmişti. Bugün havadan sudan konuşmayacaklardı. "Oturun."

Otururlarken Karen, bu ofise her geldiklerinde işlerin daha kötüye gittiğini düşündü.

"Ne oldu?" diye sordu Calvin, ikisini de dikkatle incelerken.

Karen bakışlarını ona doğru kaldırıp "Dedektif Rasbach bu akşamüstü karakola gidip bazı soruları cevaplamamı istedi. Orada, yanımda olmanızı istiyorum" dedi.

Calvin dikkatle önce Tom'a, sonra tekrar Karen'a baktı. "Neden gidiyorsunuz ki? Gitmek zorunda değilsiniz. Tutuklu değilsiniz" dedi.

"Kısa süre sonra olabilirim" dedi Karen.

Jack Calvin'in beklediği kadar şaşırmadığını düşündü. Calvin sarı bir not defterini ve Karen'ın önceki ziyaretinden hatırladığı aynı pahalı kalemi eline alıp beklemeye başladı.

"Muhtemelen en baştan başlamam en iyisi olur" dedi Karen. Derin bir nefes alıp verdi. "Kendimi intihar etmiş gibi gösterip bana çok kötü davranan kocamdan kaçtım. Yeni bir kimlikle yaşıyordum."

"Pekâlâ" dedi Calvin yavaşça.

"Bu bir suç mu?"

"Duruma göre değişir. Kendini ölmüş gibi göstermek başlı başına bir suç değildir, ama bunu yaparak başka suçlar işlemiş olabilirsiniz. Ve sahte kimlik kullanmak dolandırıcılığa girer. Ama buna daha sonra döneriz. Önceki isminiz neydi?"

"Georgina Traynor. Robert Traynor'la evliydim. O gece öldürülen, kimliğini bulmaya çalıştıkları adamla." Destek almak için Tom'a baktı ama Tom ona bakmıyor, avukatı izliyordu.

Calvin endişelenmiş gibiydi. Karen durumun ne kadar kötü göründüğünü biliyordu.

Tom, "Adamın kimliğini tespit ettikleri an, her şeyi anlayacaklar. Karısının ölmüş olduğunu görecekler. Karen'ın sahte kimlikle yaşadığını, Karen Fairfield'in söylediği kişi olmadığını zaten biliyorlar. Ofisime gelip bunu söylediler" dedi sinirli sinirli.

Karen şoke olmuştu; Tom zaten biliyordu. Dedektifler biliyordu. "Bunu bana söylememiştin" dedi. Ama Tom yüzünü Calvin'e çevirdi.

"Önemli olan, neleri kanıtlayabilecekleri" dedi Calvin, sakince. Masasının üstüne eğildi. "Şimdi bana o gece neler olduğunu anlatın" dedi. "Ve lütfen, mahkemeye yalan söyleyemeyeceğimi unutmayın; yani beni zor durumda bırakacak hiçbir şeyi bana anlatmayın."

Karen tereddüt etti. "Henüz her şeyi hatırlamıyorum ama size hatırladıklarımı anlatabilirim" dedi. Calvin'e de, Tom'a anlattıklarını anlattı; sadece silahtan bahsetmedi. Ama Calvin'e restoran kapısını açtığı ana kadar olan her şeyi anlattı.

Calvin Karen'a, anlattıklarına inanıp inanmamaya karar

veremiyormuş gibi baktı. Ofisi huzursuz bir sessizlik doldurdu. "Acaba yanınızda bir silah olma ihtimali var mıydı?"

Karen tereddüt ederek ona baktı. Dikkatlice, "Yanımda bir silah olması mümkündü" diye cevap verdi.

"Bu varsayımsal silah bulunursa, sizinle bağlantı kurulabilir mi?" Calvin dikkatle ve büyük bir endişeyle Karen'a bakıyordu.

Silah yasa dışı yollarla satın alınmıştı ve Karen'ın üzerine kayıtlı değildi. Bulunsa bile onu Karen'a bağlayamazlardı. Ve Karen, üzerinde parmak izi olmadığından da emindi. Silaha hiç eldivensiz dokunmamıştı. "Hayır" dedi net bir sesle.

Calvin arkasına yaslanırken sandalye hafifçe gıcırdadı. Avukat sessizdi; düşündüğü çok belliydi. Sonra tekrar öne eğilip iki elini de masaya koydu. "Şöyle yapacağız" dedi Calvin. "Ellerinde sizi suçlayacak kadar delil olup olmadığını görene kadar bekleyeceğiz. Cesedin kimliğini tespit ettiklerinde bu delilleri de elde edeceklerine eminim. İkinci derece kanıtlar çok güçlü; yeterli olacaktır. Ama bunu mahkemede kanıtlamak, başka bir şeydir."

"Ama..." diye lafa girdi Karen.

Calvin ona merakla baktı. "Ama, ne?"

"Onu öldürmüş olamam" dedi net bir tavırla. "Bunu yapmış olamam" diye tekrarladı. "Bunu yapabileceğimi sanmıyorum."

Avukatı ve kocası Karen'a baktı. Tom, neredeyse Karen onu utandırmış gibi, hızla gözlerini kaçırdı. Ama avukat Karen'a bakmaya devam etti.

Calvin, "Sizce onu kim öldürmüş olabilir?" diye sordu.

"Bilmiyorum."

"Tahminde bulunabilir misiniz?"

Karen bir an için Tom'a bakıp tekrar avukata döndü. "Bazı düşmanları olabilir."

"Ne tip düşmanlar?"

"İş hayatından düşmanlar."

"Ne tip bir işle uğraşıyordu?" diye sordu avukat.

"Antika satıcısıydı" dedi Karen. "Bütün iş anlaşmalarının kanuni olduğundan emin değildim, ama onu bir şey sormayacak kadar iyi tanıyordum. Karanlık adamlarla ilişkileri vardı." Odada, sonsuza dek uzayacakmış gibi görünen bir sessizlik oluştu. Karen hiç kıpırdamadan sandalyesinde oturuyordu. Bir cinayet davasında mahkemeye çıkma düşüncesi korkuyla midesinin bulanmasına sebep oluyordu. Avukatın ofisinde otururken, artık bunun için çok geç olduğunu fark etti. "Kaçmalıydım" diye düşündü.

Sonunda, "Dedektif Rasbach bu akşamüstü karakola gitmemi bekliyor" dedi.

"Gitmeyeceksiniz" dedi Calvin. "Bırakın, ellerinde yeterince delil olduğunu düşündüklerinde, sizi tutuklasınlar. Şimdi bana, Robert Traynor'dan nasıl kaçtığınızı anlatın."

Karen avukata her şeyi anlattı; aylarca süren planlama safhasını, nasıl kenara para attığını, tüm bunlar olurken nasıl gizlice bir kadın sığınağıyla görüştüğünü ve sonunda, o gün Hoover Barajı Köprüsü'nde yaptığı şeyi. Sonra düz bir sesle, "Bir açıdan bu kolaydı, çünkü arkamda bırakacağım bir ailem yoktu. Annem ve babam öldü, kardeşim yok. Benim üzerime hayat sigortamız yoktu, bu yüzden sigorta şirketlerinin de araştırmayacağını biliyordum. Bunu becerebileceğimi düşündüm, umutsuz haldeydim. Kaybedeceğim hiçbir şey olmadığını düşündüm" diye ekledi.

Karen sustuğunda, uzun bir sessizlik oldu.

Sonra Calvin, "Çantayı ne yaptınız?" diye sordu.

"Evet, o mesele." Karen hatırlamaya çalışarak duraksadı. "Ondan kurtulmam gerekiyordu, ama onu öylece pencereden dışarı fırlatamazdım. İçindeki her şey, izimi sürmelerini sağlayabilirdi. Bu yüzden içine biraz taş doldurup, bir gece yarısı bir gölün üstündeki köprüden onu suya attım."

Karen bunları söylerken Tom ona baktı, sonra Karen'ın

bunu yaptığını hayal etmeye dayanamıyormuş gibi bakışlarını kaçırdı.

"Böyle anlatınca soğukkanlıymışım gibi göründüğünü biliyorum" dedi Karen neredeyse meydan okuyarak ikisine bakarken. "Ama benim yerimde olsaydınız, siz ne yapardınız?" İki adam da cevap vermeyince, "Doğru, siz hiçbir zaman benim yerimde olamazsınız. Ne güzel; erkek olmak harika bir duygu olmalı" diye ekledi.

Tom, dünyadaki bütün kötü erkeklerin yaptığı şeyleri düzeltmek istermiş gibi Karen'a baktı.

Karen "Sürekli, bir gün bunu sana söyleyeceğimi düşünüyordum" dedi. Sonra avukat odada değilmiş gibi onu umursamadan Tom'a şunu sordu: "Sana ne zaman söylemeliydim? En başında mı? Hayatını terk edip sahte bir kimlikle yaşayan bir kadını ister miydin? Daha sonra mı? O zaman da incinecek, sana yalan söylendiğini hissedecektin; aynı şu andaki gibi. Yani aslında bunu sana söylemem için doğru bir zaman yoktu." Karen, gerçekleri sıralıyor, tam olarak özür dilemiyordu. O, yapması gerekeni yapmıştı. Ve sonuç, bu olmuştu.

Tom onun elini sıktı. Ama Karen'a bakmıyordu. Aşağı, Karen'ın, elinin içindeki eline bakıyordu.

30

Calvin'in ofisinden çıkarlarken avukat onlara, "Muhtemelen kurbanın kimliğini tespit etmeleri uzun sürmez, ondan sonra ortam daha da gerilecek. Buna hazırlıklı olmalısınız" dedi. İkisinin de gözlerine baktı. İkisi arasında, olacaklara daha az hazırlıklı olanın Tom olduğunu sezmiş gibi, bakışları Tom'un üzerinde daha uzun süre durdu.

Tom, onun haklı olduğundan şüpheleniyordu. Karısı fark ettiğinden çok daha güçlü bir kadındı. Tom, soğukkanlılıkla, kendini ölmüş gibi göstererek bir manyağın elinden kaçmayı ve başka bir yerde, başka birisi olarak yeni bir hayata başlamayı hayal bile edemiyordu. Karen'ın çelik gibi sinirleri olduğunu düşündü. Onun hakkında böyle düşünmekten hoşnut olup olmadığından emin değildi.

Otoparktaki arabalarına doğru ilerlerken, Tom dehşete düşmüş haldeydi. Hayatları yepyeni ve çok korkunç bir döneme giriyordu. Karen muhtemelen cinayetle suçlanacaktı. Mahkemeye çıkması gerekecekti. Hüküm bile giyebilirdi. Tom bunu kaldıracak kadar güçlü olup olmadığını, birbirlerine duydukları sevginin, yaşayacakları şeye dayanacak kadar güçlü olup olmadığını bilmiyordu.

Tom önündeki yola odaklanarak arabayı kullandı, bunun sebebi büyük ölçüde, karısına bakmak istememesiydi. Ama onun gözlerini üzerinde hissedebiliyordu.

"Üzgünüm Tom" dedi Karen. "Sana bunu yapmak istemezdim."

Tom cevap vermek istedi, ama sesine güvenmiyordu. Yutkundu ve gözlerini yolda tutmaya devam etti.

"Sana her şeyi anlatmadan, seninle evlenmeyi kabul etmemeliydim" diye fısıldadı Karen umutsuzlukla.

O anda Tom, aslında evli olmadıklarını fark etti. Onlar yeminlerini ederken, Karen aslında yasal olarak başka biriyle evliydi. Bu düşünce başının dönmesine sebep oldu. Karşılıklı yemin ederlerken Karen orada durmuştu ve zaten başka biriyle evli olduğunu biliyordu. Karen'ın yemini anlamsızdı. Tom, bir anda arabayı durdurup Karen'a inmesini söyleme isteğini bastırmak zorunda kaldı.

Bir şekilde, ilerlemeye devam etti. "Sorun değil" dedi. "Her şey yoluna girecek." Bunu otomatik olarak söylemişti; kendi sözlerine inanmıyordu.

Belki de Karen'ın gözlerine bakmadan ona sarılabilse, her şey yoluna girecekti. Devam edebilmek için, bir süre durup kendini toparlaması gerekiyordu ama arabayı o kullanıyordu.

Sessizce ilerlediler. Eve vardıklarında Tom Karen'a, "Kısa süre için ofise gitmem gerekiyor. Akşam yemeğinden önce evde olurum" dedi.

Karen başını salladı. "Tamam."

Tom garaj yolunda durdu ve Karen arabadan inmeden önce, eğilip ona sıkıca sarıldı. O an için olan her şeyi unutup onu kollarında tutmanın nasıl bir his olduğuna odaklanmaya çalıştı. Sonra geri çekilip, "Kaçma. Bana söz ver" dedi.

"Söz veriyorum."

Tom Karen'ın gözlerinin içine baktı; o an bile ona inanıp inanmadığından emin değildi. Bundan sonra hayat, böyle bir şey mi olacaktı?

Karen'ın inmesine izin verdikten sonra arabayı çevirip şehir merkezine yöneldi. Tom'un işe dönmek gibi bir niyeti yoktu. Nehir kenarındaki yerine doğru yöneldi; nehrin sularıyla kendini bütün bu pis işlerden temizleyebilmeyi umuyordu ama ne şimdi ne de bundan sonra bunu yapamayacağını biliyordu.

Brigid hamile bir arkadaşı için açık sarı, minik bir bebek kazağı örüyordu ama bunu yapmaya dayanamayacağını fark etmiş ve kendisi için renkli, sonbaharlık bir süveter örmeye başlamıştı. Ama şimdi, o karşıdaki evi izlerken yarısına kadar örülmüş süveter öylece kucağında duruyordu. Hafifçe öne eğilirken bütün vücudu gerildi.

Tom ve Karen'ın garaj yolunda durduğunu gördü, ama arabadan inmek yerine bir süre orada oturdular. Brigid ilgiyle izledi. Sonra Karen arabadan indiyse de Tom inmedi. Brigid nereden döndüklerini merak etti. Brigid, Tom ve Karen'ı çok fazla düşünüyordu; nerede olduklarını, neler yaptıklarını, birlikte yaşadıkları şeyleri merak ediyordu. Sanki çok iyi bir televizyon programı yakalamıştı ve bundan sonra neler olacağını görmek için sabırsızlanıyordu.

Bob ona takıntılı olduğunu söylüyordu. Bunun normal olmadığını söyleyip şikâyet ediyordu. Ona, yalnız olduğu, canı sıkıldığı ve bütün gün yapacak hiçbir işi olmadığı için Kruppların hayatını takıntı haline getirdiğini söylüyordu. Ona zeki biri olduğunu, bir şeyler yapması gerektiğini söylüyordu.

Ama Bob, anlamıyordu. Bilmiyordu.

Brigid, Tom'un arabayı döndürüp sokağın aşağısına doğru ilerleyişini izledi; arabanın açık camından, yüzünün kararlı ve ciddi olduğunu görebiliyordu. Acaba tartışmışlar mıydı? Dikkatini, ön kapının kilidini açan Karen'a çevirdi. Brigid, Karen'ın omuzlarının duruşundan moralsiz olduğunu görebiliyordu. Belki de gerçekten tartışmışlardı.

Brigid örgüsünü bir kenara bıraktı, anahtarlarını aldı ve evden çıkıp kapıyı kilitledi. Karen'ın evine doğru yürüyüp zili çaldı.

Karen kapıyı açıp onu gördüğünde Brigid onun biraz mesafeli olduğunu düşündü, hatta onu gördüğüne memnun olmamış gibiydi. Karen neden onu gördüğüne memnun olmamıştı? "Selam Brigid" dedi Karen, kapıyı tamamen açmadan. "Eve yeni geldim. Başım ağrıyor. Aslında, yemekten önce biraz uzanacaktım."

"Ah" dedi Brigid. "Bir arkadaşa ihtiyacın olabileceğini düşündüm." Karen'a bildiği en sıcak gülümsemeyle baktı. "Her şey yolunda mı?"

"Evet, her şey yolunda" dedi Karen.

Brigid, Karen kapıyı daha da açana kadar kıpırdamadı; sonra eşikten içeri girdi.

Oturma odasına geçtiler. Karen çok yorgun görünüyordu. Gözleri, ağlamış gibi şişmişti ve saçları da pırıltısını kaybetmişti. Brigid onun son birkaç günde ne kadar değiştiğini düşündü. "Neden bana neler olduğunu anlatmıyorsun?" dedi Brigid. "Yardım edebilirim."

"Bir şey olduğu yok" dedi Karen elini cansız saçlarından geçirirken.

Ama Brigid onun yalan söylediğini biliyordu. Sokağın karşısında olup biten her şeyi izliyordu. Ve hiçbir şey olmasa, Karen bu kadar gergin görünmezdi. Brigid aptal değildi; Karen keşke onu aptal yerine koymasaydı.

"Tom'la aranız iyi mi?" diye sordu Brigid aniden.

"Ne? Ne demek istiyorsun?" dedi Karen; çok şaşırdığı belliydi.

"Onu az önce garaj yolunda gördüm; öfkeli görünüyordu. Sen de üzgün görünüyorsun. Tüm bunlar, onun için çok zor olmalı" dedi Brigid dikkatle, "kaza, polisler." Karen bakışlarını ona çevirdiğinde Brigid, "İkiniz için de" diye ekledi. Karen gözlerini Brigid'den uzağa, pencereye kaydırdı. Kısa bir sessizlikten sonra Brigid "Polise yardımcı olacak bir şeyler hatırladın mı?" diye sordu.

"Hayır" dedi Karen sert bir sesle. "Sen nasılsın?" diye sordu, konuyu değiştirmeye çalışarak. "Karen, benimle, Brigid'le konuşuyorsun. Bana her şeyi anlatabilirsin." Bu konuda ciddiydi. Karen'ın ağzının bu kadar sıkı olması Brigid'i sinir ediyordu; Karen hayatının mahrem detaylarının çok azını onunla paylaşıyordu. Brigid Karen'a hamile kalmakta zorlandığını ve doğurganlık tedavilerini anlatmıştı. Ama Karen hiçbir zaman kendiyle ilgili bir şeyler paylaşmıyordu. Hiçbir şeyin yolunda gitmediği, bir arkadaşa ihtiyacı olacağını düşüneceğin, şu anda bile. Brigid, Karen için her şeyin artık mükemmel olmamasının ne kadar şoke edici olduğunu düşündü.

Brigid arkadaşlıklarda eşitliğin önemine inanırdı ve ona kalırsa, Karen bu arkadaşlıkta üstüne düşenleri pek de yerine getirmemişti. Brigid bu arkadaşlığa çok emek vermişti. Karen, bunun ne kadar zor olduğunu, Brigid'in ne kadar çok şeyi kabullenmek zorunda kaldığını bilmiyordu. Karen Tom'la aralarında yaşananları, bunca zamandır Karen ve Tom'u birlikte görmenin ne kadar zor olduğunu bilmiyordu. Bu onu rahatsız etmiyormuş gibi numara yapmanın. Birçok kez bunu söylemek istemiş, ama her seferinde kendini tutmuştu.

Brigid şimdi, Karen'ın hiçbir zaman onun hayatıyla pek ilgilenmediğini düşünüyordu. Brigid'in onun hayatıyla ilgilendiği gibi ilgilenmiyordu. Mesela, Karen'ın Brigid'in örgü bloguyla pek ilgilenmemesi, Brigid'i hep biraz rahatsız etmişti. Brigid Cruikshank internette, örgü dünyasında bir tanrıçaydı. Ama Karen örgü örmüyor ve bunu önemsemiyordu.

Karen ona bakıp, "Beni düşündüğün için teşekkür ederim Brigid, gerçekten. Çok iyi bir arkadaşsın" dedi. Brigid'e gülümsedi. Brigid mekanik bir tavırla bu gülüşe karşılık verdi. "Biliyor musun, başımın ağrısı gitgide kötüleşiyor. Sanırım biraz uzanmalıyım" dedi Karen. Kanepeden kalkıp Brigid'i kapıya kadar geçirdi.

Brigid, "Umarım hemen iyileşirsin" deyip Karen'a hafifçe sarıldı.

Sonra sokağın karşısındaki boş evine dönüp elinde örgüsüyle pencerenin önündeki yerine geçti ve Tom'un eve dönmesini beklemeye başladı.

Akşam saatleri yaklaşırken Karen Krupp'ın gönüllü olarak karakola gelmeyeceği belli olmuştu. Rasbach bir sonraki adımlarının ne olması gerektiğini düşünürken Jennings ofisine girip "Bir şey bulmuş olabiliriz" dedi. Rasbach gözlerini kaldırdı. "Cesedi bulduktan sonra konuştuğum bir rehinci telefon etti. Genç bir çocuğun, bir saati ve yüzüğü rehin bıraktığını söyledi."

"Çocuğu tanıyor muymuş?"

"Evet."

"Gidelim" dedi Rasbach omuz askısını ve ceketini alırken.

Gus'ın Rehinci Dükkânı'na vardıklarında içeride, kirli tezgâhın arkasındaki dükkân sahibi dışında kimse yoktu. Jennings'i tanıyan adam başıyla selam verip dudaklarını büzdü.

"Bu Gus" dedi Jennings, adamı Rasbach'la tanıştırırken. Adam başıyla selam verdi. "Bize elindekileri göstermek ister misin?" diye sordu Jennings.

Adam tezgâhın altına eğildi; oradan bir erkek saati çıkarıp cam tezgâhın üzerine koydu. Yanına da ağır, altın bir yüzük bıraktı.

Dedektifler, aksesuvarlara baktı. "Pahalı görünüyorlar" dedi Rasbach.

"Evet. Gerçek Rolex."

Rasbach bir çift plastik eldiveni ellerine geçirip önce saati, sonra yüzüğü inceledi; üzerlerinde bir yazı ya da ipucu olabilirdi, ama hiçbir şey bulamadı. Hayal kırıklığına uğrayarak onları tekrar tezgâha bıraktı.

"Çocuk bunları nereden almış söyledi mi?" diye sordu Rasbach.

"Onları bulduğunu söyledi."

"Çocuğun adı ne?" diye sordu Rasbach.

"Mesele şu" dedi Gus. "Bu çocuğu tanıyorum. Daha on dört yaşında. Başının büyük bir belaya girmesini istemiyorum."

"Anlıyorum" dedi Rasbach. "Ama aksesuvarlarla birlikte başka bir şey, örneğin bir kimlik bulup bulmadığını öğrenmemiz gerekiyor. Soruşturmamıza yardımcı olabilecek bir şey. Çocuğun cinayetle ilgisi olduğunu düşünmüyoruz."

"Ama onu iyice korkutmanızı istiyorum" dedi Gus. "Gerçekten, iyice korkutun, anlıyor musunuz? Buralarda çok fazla çocuk suça bulaşıyor. Onun bu yolda ilerlemesini istemiyorum."

"Tabii. Bunu anlıyorum" dedi Rasbach, başını sallayarak. "İsmi ne?"

"Duncan Mackie. Fenton'da yaşıyor. Numara 153. Ailesini tanıyorum. Ona çok yüklenmeyin. Ama çok yumuşak da davranmayın."

Rasbach ile Jennings, Gus'ın onlara verdiği adrese gittiler. Rasbach, aradıkları ipucunun bu olmasını umuyordu. Döküntü evin ön kapısını çaldı. Kapıyı bir kadın açınca rahatladı, çünkü oğlanla, yanında ondan sorumlu bir yetişkin olmadan konuşamazdı. Rasbach, "Duncan Mackie'nin annesi misiniz?" dedi. Kadın hemen paniğe kapıldı. Rasbach ona rozetini gösterdiğinde, daha da fenalaştı.

"Ne yaptı?" diye sordu kadın keyifsizce.

"Sadece onunla konuşmak istiyoruz" dedi Rasbach. "Evde mi?"

Kadın geriye çekilip dedektifleri içeri aldı. Merdivenden yukarı "Duncan!" diye bağırdı. Rasbach ile Jennings küçücük mutfakta oturup beklediler.

Oğlan alt kata indi, mutfakta oturan dedektifleri gördü ve kaskatı kesildi. Annesine baktı telaşla.

"Otur, Duncan" dedi kadın sert bir sesle.

Çocuk oturup gözlerini masaya indirdi. Yüzü kızarmış ve asılmıştı.

Rasbach, "Duncan, biz polis dedektifiyiz. Bizimle konuşmak zorunda değilsin. İstersen, gitmemizi söyleyebilirsin. Tutuklu değilsin" dedi. Çocuk hiçbir şey söylemedi ama dikkatli gözlerle ona baktı. Rasbach, "Gus'a bıraktığın saat ve yüzükle ilgileniyoruz" dedi.

Çocuk olduğu yerde kıpırdanıp hiçbir şey söylemezken, annesi sinirli sinirli ona bakıyordu.

"Sadece, onlarla birlikte bir cüzdan da bulup bulmadığını bilmek istiyoruz. İçinde kimlik olan bir şey."

Çocuk, "Lanet olası Gus" diye mırıldandı.

Annesi sertçe, "Duncan!" dedi.

Rasbach, "Elinde cüzdan varsa, belki de bu olayı unutabiliriz" dedi.

Anne meselenin ne olduğunu anlamaya başlamış gibi görünüyordu. "Bu, civarda bulunan ölü adamla mı ilgili?" Yüzü korkuyla gerilmişti.

Çocuk kaygıyla önce annesine, sonra dedektiflere baktı. "Oraya gittiğimizde çoktan ölmüştü. Size cüzdanı verebilirim."

Annesi, eliyle ağzını kapattı.

"Bence bu iyi bir fikir" dedi Rasbach. "Çünkü bütün bunlar, anneni çok üzüyor Duncan. Ve bence, çok geç olmadan temize çıkıp yeni bir sayfa açman çok iyi olur. Tutuklanmak istemezsin, değil mi?"

Çocuk kafasını iki yana salladı. "Getireceğim." Dönüp annesine baktı. "Sen burada kal." Sonra hızla üst kata, annesinin görmesini istemediği gizli zulasına doğru gitti.

Kısa bir gerginlikten sonra aceleyle merdivenden indiğini duydular; çocuk tekrar mutfağa girdi. Rasbach'a deri bir cüzdan uzattı. İçinde hâlâ biraz para vardı.

Rasbach cüzdanı ondan alıp açtı. Ehliyeti çıkarttı. "Teşekkürler, Duncan." Ayağa kalktı.

Giderlerken Jennings, yüzünde dostça bir ifadeyle çocuğa döndü. "Okula devam et" dedi.

Arabaya binerlerken Rasbach büyük bir tatmin duygusuyla, "Bulduk. Las Vegas, Nevada'dan Robert Traynor" dedi. Rasbach, bir dava ilerlemeye başladığında hissettiği o tanıdık adrenalin yükselmesini yaşadı. Arabaya binip karakola doğru yola çıktılar.

Kısa süre sonra Rasbach, çok ilginç bazı bilgileri inceliyordu. Ölen adam, Robert J. Traynor 39 yaşındaydı ve başarılı bir antika satıcısıydı. Çocuğu yoktu. Karısı Georgina Traynor üç yıl önce ölmüştü. Rasbach, Georgina'nın fotoğrafına baktı. Öne doğru eğilip onu daha yakından inceledi. Onu daha kısa ve koyu renk saçlarla hayal etti. Tarihlere tekrar baktı.

İşte bulmuştu. Georgina Traynor ölmemişti. Hayatta ve sağlıklıydı; Dogwood Yolu, numara 24'te oturuyordu.

31

Karen üst kata çıkıp yatağa uzandı; yalnız kaldığı için rahatlamıştı. Brigid yüzünden kendini kötü hissetmişti. Belki Tom eve gelmeden önce biraz kestirmek, zonklayan başındaki ağrının hafiflemesine yardımcı olurdu. Örtülerin üzerinde kaskatı bir vücutla yatıp tavana baktı. Cinayetle suçlanacaktı.

Yüzünün iki yanından gözyaşları dökülürken acıyla, "Robert beni bulmamış olsa, her şey hâlâ mükemmel olacaktı" diye düşündü. Üç yıl sonra onu nasıl bulduğunu merak etti. İzini nasıl sürmüştü?

Sonunda örtülerin altına kıvrılıp kısa ve yorucu bir uykuya daldı.

Rasbach masasında oturmuş, yorgun gözlerini ovuşturuyordu. Georgina Traynor'ın fotoğrafını tekrar eline alıp banliyödeki rahat evinde yaşayan Karen Krupp'ı düşündü. "Muhtemelen kadın ölümüne korkmuştur" diye düşündü.

Hemen ardından, daha önce de çok korktuğunu, ama bir çıkış yolu bulduğunu düşündü. Kadın hayatta kalmayı biliyordu.

Eğitimini aldığı gibi, elindeki verilere baktı: evli bir kadın kendini ölmüş gibi gösterip başka bir yerde, yeni bir hayat kurmuştu. Üç yıl sonra, terk ettiği kocası ölü bulunmuştu ve kadın da cinayet mahalline gitmiş gibi görünüyordu. Bunun nasıl göründüğünü biliyordu, ama hemen kesin sonuçlar çıkarmaması gerekiyordu.

Eğer kadın, katlanılmaz bir durumdan kaçmaya çalışan, eziyet gören bir eşse, açıkçası Rasbach ona sempati duyabilirdi. Kendini korumak için böylesine zor şeyler yapmak zorunda kalmış her kadına sempati besleyebilirdi. Böyle şeyler olmamalıydı. Ama Rasbach, bunların her gün olduğunu biliyordu. Sistem bu kadınları korumak konusunda yetersizdi ve o bunu biliyordu. Burası hasarlı, karmaşık bir dünyaydı. O akşam çok kötümserdi; kendisi gibi değildi. Davayı çözmek istiyordu; Rasbach hep davayı çözmek isterdi. Orada neler olduğunu ve sebebini bildiğini düşünüyordu. Ama olay kendi ellerinden çıkıp avukatların ellerine geçtiğinde, neler olabileceğini tahmin etme ihtimali yoktu. Bu durum canını sıkıyordu.

Tom Krupp'ı düşündü. Neler yaşadığını hayal etmeye çalıştıysa da pek başarılı olamadı. Rasbach, hiç evlenmemişti. Bunca yıldır doğru kadın karşısına çıkmamıştı. Belki de işi yüzündendi. Belki de hâlâ bir gün onunla tanışabilirdi. Rasbach, Georgina Traynor'ın fotoğrafına bir daha bakarak o kadınla tanışırsa, geçmişini iyice araştıracağını düşündü.

Tom eve gelmişti; birlikte, sessizliğin sadece çatal ve bıçak sesleriyle bozulduğu sessiz bir yemek yemişlerdi. Şimdi Karen oturma odasının camından karanlığa bakıyor, yatmak istemiyordu. Orada da tavana bakacaktı. Kendi kendine, dışarıda kimse olmadığını söyledi. Robert ölmüştü. Artık korkması gereken kimse kalmamıştı.

O dedektif dışında. Ve Karen, ondan çok korkuyordu.

Tom üst kattaki ofisinde, geç saatlere kadar çalışacaktı. Böyle bir anda nasıl çalışabildiğini anlayamıyordu. Belki de bunu, durumu düşünmekten kaçınmak için bir yol olarak kullanıyordu. Tom, onları bekleyen korkunç geleceğe bakmak yerine sayı dizilerine bakmayı tercih ediyordu. Karen onu suçlamıyordu; kendi düşünceleri de onu deli ediyordu.

Rasbach tekrar gelecekti. Karen bundan emindi. Kaçmaya hazırlanırmış gibi dikleşti. Ama Tom'a söz vermişti. Jack Calvin'e güvenmesi gerekiyordu.

Üst kata çıkıp uzun, sıcak bir banyo yapmaya karar verdi. Belki bu rahatlamasına yardım ederdi. Üst kattaki ofise kafasını uzatıp Tom'a haber verdi. Tom bir an için başını kaldırdı, başıyla onayladı ve tekrar bilgisayar ekranına döndü. Karen arkasını dönüp banyoya gitti ve banyo köpüğüyle epsom tuzu arasında karar vermeye çalışırken küveti doldurmaya başladı. Ama, ne fark ederdi ki? Rasbach yine de onu tutuklayacaktı.

Gözleri bir an için banyo tezgâhına takıldığında, donup kaldı. Bir sorun vardı. Kalbi hızla atmaya başladı. Kalbi, acıtacak kadar hızlı kaburgalarına çarpıyordu ve başının döndüğünü hissediyordu. Detayları hatırlamaya çalışarak banyo tezgâhını gözden geçirdi. Sorun, parfümüydü. Biri parfümünün kapağını çıkartmıştı.

Karen, bunu kendisinin yapmadığını biliyordu.

Korkudan felç olmuş halde, banyo tezgâhının üstüne kıvrılmış bir yılan varmış gibi parfüm şişesine baktı. O gün o parfümü kullanmadığından emindi. Ayrıca o, parfüm şişesinin kapağını asla açık bırakmazdı. "Tom!" Karen çılgınca kocasına seslendi. Ama Tom, akan suyun gürültüsü yüzünden onu duymamış gibi görünüyordu. Karen ismini bağırarak ofise giden koridor boyunca koştu.

Ofisin kapısında çarpıştılar.

"Ne oldu?" diye sordu Tom, gözleri faltaşı gibi açılmıştı. Karen onunla konuşmak için sözcükleri ararken, yanından geçip aceleyle banyoya girdi. Karen da onu takip etti. "Ne? Ne oldu?" diye sordu. Karen'ı bu kadar korkutan şeyin ne olduğunu göremiyordu, ama karısının korkusu ona da bulaşmıştı.

Karen, banyo tezgâhının üstünde duran parfüm şişesini ve arkasındaki kapağı işaret etti. "Parfümüm. Biri kapağını çıkartmış. Ben yapmadım."

Tom rahatlamış ama kızgın halde önce parfüm şişesine, sonra Karen'a baktı. "Hepsi bu mu? Emin misin? Belki de açık bırakmış ve unutmuşsundur."

"Hayır Tom, unutmadım" diye cevap verdi Karen sertçe. Tom'un ona inanmadığını görebiliyordu.

"Karen" dedi Tom. "Son zamanlarda çok stresli günler geçirdin. Belki de bir şeyleri unutmaya başlamışsındır. Doktorun ne dediğini biliyorsun. Bugünlerde, ben de kendimi kontrol etmekte güçlük çekiyorum. Dün araba anahtarımı ofiste unuttum ve onu almak için tekrar yukarı çıktım."

"O sensin" dedi Karen. "Ben böyle değilim." Tom'a bakarken, gözlerine sert bir ifadenin yerleştiğini hissetti. "Bu tip detayları gözden kaçırmam mümkün değil" dedi; sesinde gizli bir öfke tonu vardı. "Çünkü yıllarca, bir şeyi *tam olarak doğru* yapmadığımda, her şey *olması gerektiği gibi* olmadığında, beni öldürebilecek dayaklar yiyordum. Bu yüzden, küçük şeyleri fark ederim. Ve parfüm şişesinin kapağını ben açık bırakmadım. *Biri, bu eve girmiş.*"

"Tamam, sakin ol" dedi Tom.

"Bana sakin olmamı söyleme!" diye bağırdı Karen.

Küçük banyoda durup birbirlerine baktılar. Karen verdiği tepkiye Tom'un da kendisi kadar şaşırdığını görebiliyordu. İçinden çıkan şiddetli duygular, ikisini de huzursuz ve rahatsız etmişti. Daha önce birbirlerine hiç böyle davranmazlardı. Sonra Karen küveti fark edip, su taşmadan musluğu kapatmak için aceleyle eğildi.

Doğrulup Tom'a baktı. Artık daha sakindi, ama hâlâ çok korkuyordu. "Üzgünüm Tom. Sana bağırmak istememiştim. Ama biri içeri girmiş olmalı."

"Karen" dedi Tom. Bir çocukla konuşuyormuş gibi, avutucu bir ses tonu kullanıyordu. "Eski kocan öldü. Başka kim bizim evimize girer ki? Bu konuda bir fikrin var mı?"

Karen bir şey söylemeyince Tom büyük bir dikkatle, "Polisi aramamı ister misin?" diye sordu.

Karen onun dalga geçip geçmediğinden emin olamıyordu. "Kapağı açılan bir parfüm şişesi için polisi aramamı mı istiyorsun?" Ama belki de, Tom da bütün bu olaylar yüzünden çok yorgun ve gergindi. Ama sesinde, Karen'ı rahatsız eden bir şey vardı.

Karen, "Hayır, polisi arama" dedi. Tom başka bir şey söylemeden orada durunca Karen, "Şimdi git. Banyo yapacağım" dedi.

Tom çıktığında, kapıyı içeriden kilitledi.

32

Brigid oturmuş pencereden dışarıyı izliyordu; bundan asla sıkılmazdı. Arada sırada, hafifçe bileğini kokluyordu. Tom ve Karen yatana, güvenle üzerlerini örtene ve bütün ışıkları söndürene kadar uyumayacaktı.

Kocası Bob akşam yemeğinde kısa süreliğine eve uğramıştı ama o gece de bir taziye ziyaretine gitmesi gerekiyordu. Bu hafta, her akşamı dışarıda geçirmişti. Brigid merak etti; acaba kocası gerçekten hep çalışıyor muydu, yoksa bir yandan başka biriyle mi görüşüyordu? Bunu umursamadığını fark etti. Yine de serin, beyaz teninin altında, –kocasının haftalardır dokunmadığı serin, beyaz teninin altında– yükselen bir öfke hissediyordu; birlikte çocuk yapmaya çalışıyor olmaları gerekiyordu. Brigid, bazen Bob'dan nefret ediyordu. Bazen bütün hayatından ve tanıdığı herkesten nefret ediyordu. Zaten artık hayatında çok fazla insan yoktu. Bir sürü şeyin kayıp gitmesine izin vermişti. Örgü blogu dışında. Ve Krupplar.

Brigid çoğunlukla, Karen ve Tom'u izliyordu.

Aslında o da... Başka bir hayat yaşayan, başka biri olmak istiyordu. Bunu *gerçekten* çok istiyordu. Dünyada en çok istediği şeyin aslında, özellikle de Bob'un bebeğini doğurmak olmadığını fark ettiğinde biraz şaşırdı. Bunu o kadar uzun zamandır istiyordu ki bunu dilemek, bunu hayal etmek otomatik bir davranış haline gelmişti. Aslında, dürüst davrandığında, artık farklı bir şey istediğini, aslında bambaşka bir hayatta, başka biri olmak istediğini fark etmek çok rahatlatıcıydı. Yakışıklı, özenli, ilgili bir kocası olsun istiyordu. Her akşam eve gelen bir koca. Ona kendini özel hissettirecek, Avrupa'ya götürecek, tuhaf zamanlarda, sebepsizce onu öpecek ve ona, Tom'un Karen'a baktığı gibi bakacak birini istiyordu. Örgüsünü bıraktı.

Kruppların evine girme arzusuna direnememişti. Bazen elinde olmadan sokağın karşısındaki eve gizlice girip orada tek başına gezinerek Tom'la birlikte yaşadıklarını hayal ediyordu. Yataklarına uzanıyordu. Karen'ın ya da Tom'un eşyalarını karıştırıyordu. Tom'un giysilerini yüzüne bastırıp onları kokluyordu; hatta Tom'un çekmecesinden eski bir tişörtü alıp kendi evinde saklamıştı. Aynanın önünde Karen'ın giysilerini deniyordu. Rujunu, parfümünü kullanıyordu. Tom'un karısı olduğunu hayal ediyordu.

Bunu yapması çok kolaydı; onda evin anahtarı vardı. Tom kısa ilişkilerinde ona bir anahtar vermişti ve Brigid onu iade etmeden önce bir kopyasını yaptırmıştı. Kruppların evinin yanından ilerleyen ve parka giden yolda yürürken, kimsenin bakmadığı bir anda kilitli olmayan kapıdan içeri süzülüp kimse görmeden arka kapıdan içeri girebiliyordu.

O gün bardağı tezgâhta bırakan oydu.

Aslında Tom'u istemekten hiç vazgeçmemişti. Mesele sadece, onu geri kazanmak için neleri yapmayı göze alabileceğiydi.

Bu düşünce onu sarstı ve Brigid bir an nefesini tuttu.

Son zamanlarda sık sık, Tom'la sevgili olduğu zamanlarda aralarının nasıl olduğunu düşünmeye başlamıştı. Aralarında güçlü bir çekim vardı. Ve Tom'u baştan çıkartmak büyük bir zevkti; yeni şeyler denemeye hep açıktı. Brigid'in yönlendirmesine izin vermeye çok istekliydi. Tom Brigid'den ayrılıp

Karen'la görüşmeye başlamadan önce, her şey ne kadar mükemmeldi. Tom, Brigid'in evli oluşundan hep rahatsızlık duymuştu, ama Brigid'in flörtöz, küçük yalanına inanmış ve memnuniyetle onunla sevişmişti. Tom gerçeği öğrendiğinde her şey değişmiş, Tom Brigid'i terk etmişti. Bu, Brigid'in çok canını yakmıştı. Brigid bir süre Tom'un hayatını epeyce zorlaştırmıştı ama elinde değildi; kendini kontrol edemiyordu. Bob'un neler olduğu konusunda fikri yoktu, ama Brigid'in ne kadar mutsuz ve üzgün olduğunu görebiliyordu. Brigid'in yardım alması gerektiği konusunda ısrar etmişti. Sonunda Brigid duruma alıştı. Hatta gayet medenice, Tom'la ilişkilerinden kimseye bahsetmemek konusunda anlaşma bile yapmıştı. Bunca zamandır bunu Karen'dan saklamışlardı. Brigid birçok kez, birlikte kahve içerlerken Karen'a, Tom'la neler yaptıklarını anlatmak istemişti.

Brigid geçen akşam Tom'un koluna dokunduğunda vücudundan geçen elektrik akımını hatırladı. Bunu Tom'un da hissettiğinden emindi; o kadar hızlı geri çekilmesinin sebebi, aralarında hızla yükselen yoğun cinsel çekimi fark etmesi olmalıydı. Hâlâ Brigid'e karşı duyguları olduğunu itiraf edemiyordu. Artık evliydi ve bunu yapmayacak kadar düzgün bir adamdı. Ama Brigid, Tom'un hâlâ kendisine karşı bir şeyler hissettiğinden emindi.

Tom'un Karen'dan bıkmaya başlayıp başlamadığını merak etti. Aralarındaki gerilimi hissedebiliyordu.

Karen zaman zaman nasıl iyi bir arkadaş olacağını bilemese de, Brigid onun, kendisini en iyi arkadaşı olarak gördüğünü biliyordu. Karen onu defalarca hayal kırıklığına uğratmıştı. Olanlardan sonra Karen hakkında aynı şeyleri düşünmek zordu. Tom'a yaşattığı bunca şeyden sonra. Özellikle de Brigid, Tom'un tekrar kendisinin olabileceğini fark ettikten sonra.

Karen onun arkadaşı değildi; rakibiydi. Her zaman rakibi olmuştu. Brigid gözlerinin önünde yepyeni bir dünya oluşuyor, yeni bir gelecek beliriyormuş gibi hissediyordu.

Son birkaç gündür sürekli pencerenin önündeki yerinde oturup, sokağın karşısında neler olduğunu izlemişti. Karen'ın başının büyük bir belada olduğunu biliyordu. Polislerin onu muhtemelen cinayetten tutuklayacaklarını düşünüyordu. Ondan sonra Tom yalnız kalacak ve doğal olarak dağılacaktı. Karen'dan ve birlikte yaşadıkları her şeyden şüphe duymaya başlayacaktı. Ve kendini toplamasına yardım etmek için, Brigid yanında olacaktı. Onu doğru tarafa yönlendirecekti: Karen'dan uzağa, kendine... Brigid aralarındaki o çekimin daha da artacağından emindi. Ve Tom buna dayanamayarak ona dönecekti. Onlar, birlikte olmalıydı.

Olan her şeyin bir sebebi vardı.

Brigid Bob'u terk edecekti; Bob bunu umursamayacaktı bile. Sonra, sokağın karşısına taşınacaktı. Hep istediği her şeye sahip olacaktı. Karen'ın özenle dekore edilmiş evi. Şık giysileri —şansa bak ki, bedenleri aynıydı—, yakışıklı, ilgili kocası. Kendi işe yaramaz kocası Bob'un aksine, Tom'un sperm sayısının da yüksek olduğunu düşünüyordu.

Sokağın karşısındaki ışıkları izleyen Brigid'in kalbi, bu gelecek düşleriyle hızla çarpmaya başladı.

O gece Tom, uykuya dalamadan yatağında uzandı. Karen huzursuzca yatağın içinde kıpırdanıp duruyordu.

Karen'ın ona bağırmaya başladığı, banyoda yaşanan o yoğun an sayesinde Tom, onun neler yaşadığını ve bunların onu nasıl etkilemiş olabileceğini anlamaya başlamıştı. Tom ilk kez, Karen'ın, onun hiç bilmediği yönleri olduğunu algılıyordu. Karanlık ve öfkeli yanları ve onunla hiçbir zaman tamamen paylaşmayacağı, korkunç bir geçmişi vardı. Tom artık Karen'ın eski hayatının nasıl olduğunu kabaca bilse de, bütün çirkin detayları bilmiyordu. Karen'ın iç dünyasını, geçmişinden kaynaklanan, kalbindeki karanlığı bir an için görmek onu çok sarsmıştı. Karen gerçekten de olduğunu düşündüğü kadın değildi. Tom'un düşündüğünden çok daha dayanıklı, daha sert ve çok daha yaralıydı.

Karen, onun âşık olduğu kadın değildi. Âşık olduğu kadın, Karen Fairfield, çöldeki bir serap gibiydi.

Tom, Georgina Traynor'ı tanımıyordu. Tanısaydı, ona âşık olur muydu? Onunki gibi bir yüke sahip bir kadına âşık olacak kadar cesur davranabilir miydi? Yoksa ondan uzak mı dururdu?

Tom, ona yine de âşık olacağını ve onu oradan kurtarıp güvende tutacağını düşünmek istiyordu.

Ama yalanlar... Ona söylenen yalanları geride bırakabileceğinden emin değildi.

Evet, Karen'ın yaptığı şeyi yapmak için çok iyi bir sebebi vardı. Ama Tom'a yalan söylemişti. Evlilik yeminleri, bir yalandan ibaretti. Ve Tom, polis onu yakalamamış olsa, yalan söylemeye devam edeceğinden emindi. Onu rahatsız eden şey buydu.

Kendine durmadan şu soruyu soruyordu: o gece sakinleşmeyi başarıp arabayla eve dönebilse, onu acilen çağıran bir arkadaşı hakkında, Tom'un sorgulamayacağı bir hikâye mi uyduracaktı? O gece, bir adamı vurup öldürdüğünü bilerek, Tom'un yanında mı yatacaktı? Tom bunların hiçbirini bilmeyecek miydi? Çünkü Tom, onun eski kocasını öldüremeyeceğine inanmıyordu; banyodaki patlamadan sonra bunu *yapabileceğinden* emin olmuştu.

İşler biraz farklı gitmiş olsaydı bu mutlu, hiçbir şey bilmediği balonun içinde, Karen'ın işlediği suçu bilmeden yaşayabilirdi. Ama artık bunu görmezden gelemezdi.

Tom'un unutamadığı bir şey daha vardı. Eldivenler. Karen eldivenleri yanına almıştı.

Tom onun eski kocasını öldürmeye niyetlendiğinden emindi; eldivenleri yanına almasının başka ne sebebi olabilirdi ki? Tom'un bu konuda şüphesi yoktu. Söz konusu kanunlar olduğunda, Karen'ın suçlu olduğundan epeyce emindi.

Tom, bununla yaşamaya devam edip edemeyeceğine henüz karar vermemişti.

33

Karen ertesi gün öğlenden önce, kapının sertçe çalındığını duyduğunda evde yalnızdı. Dışarı bakıp dedektifleri gördüğünde, zamanın geldiğini anladı. Kapıyı açmadan önce kendini toplamak için çok kısa zamanı vardı.

Rasbach ön basamaklarda duruyordu ve yüzünde, Karen'ın şimdiye kadar hiç görmediği kadar ciddi bir ifade vardı. Karen, ölü adamın kimliğini tespit ettiklerini buradan anladı.

"İçeri girebilir miyiz?" diye sordu Rasbach; ses tonu şaşırtıcı derecede nazikti.

Karen kapıyı iyice açtı. Bunun bitmesini istiyordu. Artık bu gerilime dayanamıyordu.

"Kocanız evde mi?" diye sordu Rasbach. Karen başını iki yana salladı. "Onu aramak ister misiniz? Bekleyebiliriz."

"Hayır. Buna gerek yok." Kendini sakin ve durumdan kopuk hissediyordu; sanki bu olanların hiçbiri gerçek değildi. Bu, sanki başka birinin başından geçen bir rüyaydı. Kaçma fırsatını kaçırmıştı. Artık çok geçti.

Rasbach konuşmaya başladı; "Karen Krupp, Robert Traynor'u öldürme suçundan tutuklusunuz. Sessiz kalma hakkınız var. Söyleyeceğiniz ya da yapacağınız her şey, mahkemede aleyhinize delil olarak kullanılabilir. Avukat tutma hakkınız var..."

Karen ellerini ileri doğru uzattı, Jennings kelepçeleri taktı. Karen bir anda bacaklarının güçsüzleştiğini hissetti. Kendi kendine "Bayılmayacağım" derken uzaktan bir sesin, "Onu tut!" dediğini duydu. Sırtındaki güçlü elleri hissetti; sonrasında hiçbir şey yoktu.

Tom hızla ofisinden çıkıp karakola gitti. Jack Calvin onu arayıp, Karen'ın tutuklandığını söylemişti. Calvin de yoldaydı. Tom'un direksiyonu sıkan parmak eklemleri bembeyaz olmuştu ve çenesini de sıkıyordu. Bütün dünyası dağılmak üzereydi. Ne yapması, nasıl davranması gerektiğini bilmiyordu. Jack Calvin'in yapılacaklar konusunda ona tavsiyelerde bulunabileceğini umuyordu.

Bunu beklemesine rağmen çok şaşırmıştı. Evlilik yeminini ederken, bir gün karının cinayet suçuyla tutuklu, karakolda seni beklediğini duymayı beklemezdin.

Bir kırmızı ışıkta durdu. Karen'ı anlayamıyordu; bunu neden yaptığını anlayamıyordu. Başka seçenekler de vardı. Tom'a söyleyebilirdi. Polise gidebilirlerdi. *Neden polise gitmedi?* O gece oraya gidip o pislik herifi öldürmek zorunda değildi.

Yeşil ışık yandığında Tom sabırsızca arabayla öne atıldı. Karen'a kızgındı. Ona yalan söylediği ve üzerlerine bu gereksiz kötülüğü çektiği için kızgındı. Şimdi, Karen hapse girecekti. Tom'un onu orada ziyaret etmesi gerekecekti. Bir an kusacak gibi oldu. Bu hissin geçmesini beklemek için bir dükkânın otoparkına girdi.

Tom artık, henüz çocukları olmadığı için şükrediyordu. "Tanrı'ya şükür" diye düşündü acıyla.

Karen sağında avukatıyla bir görüşme odasında oturmuş, dedektiflerin gelmesini bekliyordu. Buraya getirilmeden önce Calvin ona nelerle karşılaşabileceğini anlatmıştı.

"Sessiz kalma hakkına sahipsin ve bunu kullanacaksın" dedi Calvin açıkça. "Onların sorularını dinleyip neler bildikleri ya da nelerden şüphelendikleri konusunda bir fikir edineceğiz. Sen hiçbir şey söylemeyeceksin. Bunu daha sonra, ifadeni vermeye hazır olduğunda yapacaksın."

Karen gergin bir tavırla başını salladı. "Tamam."

"Devletin görevi, sana karşı bir dava oluşturmak. Bunu yapmalarına yardım etmek, senin işin değil. Senin işin, benim yönlendirmelerime uymak. Beni dinler ve söylediklerimi yaparsan, işler yoluna girebilir." Sonra, "Ama tabii, sana hiçbir konuda söz veremem" diye ekledi.

Karen yutkunurken boğazının kuruduğunu fark etti. "Ellerinde yeterince delil olmasa beni suçlamazlardı" dedi Karen gergin bir sesle.

"Mahkemede daha iyi kanıtlara ihtiyaçları olacak" dedi Calvin. "Cesur ol. Şimdi, sadece şu an yapacağımız işe bakalım."

Sonra Karen bu odaya getirilmişti.

Bileklerindeki kelepçeler çıkartılmıştı; Karen bunu kadın olmasından ya da işlediği iddia edilen suçun türünden kaynaklandığını düşündü. Muhtemelen tehlikeli biri olduğunu düşünmüyorlardı; onun kocasını soğukkanlılıkla öldüren bir kadın olduğunu düşünüyorlardı, ama başka birini öldüreceğini tahmin etmiyorlardı.

Kapının açılma sesini duyan Karen iyice gerildi. Rasbach ile Jennings içeri girdiler. "Bir şey ister misiniz?" diye sordu Dedektif Rasbach nazikçe. "Kahve? Su?"

Karen başını "Hayır" anlamında salladı.

Gerekli ön hazırlıklardan sonra, kayıt altındaki görüşme başladı.

Rasbach, "Karen Krupp'ın, üç yıl önce edindiğiniz yeni bir kimlik olduğunu biliyoruz" dedi. Karen'ın tam karşısında oturuyordu ve önünde kapalı halde deri kaplı bir dosya duruyordu. Dedektif dosyaya bakıp açtı.

Karen hemen, ismi Georgina'yken çekilmiş fotoğrafı tanıdı; bu fotoğrafı biliyordu. Dedektifin onu görmesini istediğini biliyordu. Fotoğrafa şöyle bir göz atıp bakışlarını kaldırdı. Rasbach bir an sessizce dosyaya baktıktan sonra bakışlarını tekrar Karen'a çevirdi. "Aslında isminizin Georgina Traynor olduğunu ve geçen hafta öldürülen adamla, Robert Traynor'la evli olduğunuzu biliyoruz. Ve cinayet mahallinde olduğunuza dair kanıtımız var."

Karen hiçbir şey söylemedi. Yanındaki Calvin de sessizce oturuyordu. Tamamen rahat, ama aynı zamanda tetikte görünüyordu. Karşısında oturan dedektifler de böyleydi. Karen, Calvin burada, yanında olduğu için şükretti. Bu odada Rasbach'la tek başına kalsa, bir hata yapabilirdi. Ama Calvin bunun olmamasını sağlamak için gelmişti.

"Bakın ne diyeceğim" dedi Rasbach. "Ben size ne düşündüğümü söyleyeyim, siz de doğru yoldaysam, sadece başınızı sallayın."

"Müvekkilim aptal değil" dedi Calvin yumuşak bir sesle.

"Bunun farkındayım" diye cevap verdi Rasbach kısaca. "Kendini başarıyla ölmüş gibi gösteren birinin aptal olamayacağını biliyorum." Bakışlarını tekrar Karen'a çevirdi. "Belki de önce bu konuda konuşmalıyız. Saygıyla önünüzde eğiliyorum. Çok zeki bir kadın olduğunuz belli."

Karen, Rasbach'ın egosunu okşayarak onu konuşmaya ikna etmeye çalıştığını düşündü. Bu işe yaramayacaktı. Karen ona uygun olduğu zaman, hazır olduğunda konuşacaktı. Hapse gireceğini biliyordu, çünkü Calvin ona, cinayet davasında kefalet olmadığını söylemişti. Hapse girme düşüncesi onu dehşete düşürüyordu.

"Bana nasıl yaptığınızı anlatın" dedi Rasbach.

Karen hiçbir şey söylemedi.

"Tamam, o zaman bana, bunu neden yaptığınızı söyleyin. Neden başka bir yerde, yeni bir hayata başlamak için böylesine detaylı ve inandırıcı bir oyunla ölü numarası yaptığınızı söyleyin." Karen yine konuşmayınca, "Ben, kocanızdan kaçtığınızı tahmin ediyorum. Size çok köü davrandığını ve kaçmak zorunda kaldığınızı tahmin ediyorum. Onu terk etmenize izin vermiyordu. Ondan boşanamıyordunuz, çünkü peşinizi bırakmazdı. Bu yüzden kendinizi ölmüş gibi gösterdiniz. Ama sonra, üç yıl sonra size telefon etti. Siz yeni hayatınızda, mutfağınızdaydınız. Sesini duydunuz. Şoka girdiniz, çok korktunuz ve paniğe kapıldınız" dedi.

Karen onun konuşmasına izin verdi. Söyleyeceklerini duymak istiyordu. Rasbach'ın neler bildiğini düşündüğünü öğrenmek istiyordu.

"Onunla buluşmanızı istedi" diye devam etti Rasbach. "Belki de onunla buluşmazsanız sizi bulup öldürmekle tehdit etti. Telefon numaranızı biliyordu; yaşadığınız yeri de bildiğine şüphe yoktu. Bu yüzden onunla buluşmayı kabul ettiniz. O gece evden çok hızlı çıktınız. O kadar sarsılmıştınız ki kocanıza bir not bırakmak aklınıza gelmedi; telefonunuzu ve cüzdanınızı yanınıza almadınız, kapıyı kilitlemeyi bile unuttunuz." Rasbach sandalyesinde arkasına yaslandı. Karen dedektifi izliyordu; gözleri birbirine kilitlenmişti. Rasbach uzunca bir süre bekledi. "Ama belki de, hepimizin tahmin ettiğinden daha net düşünebiliyordunuz." Bu cümlenin etkisini görmek için durdu. "Belki de telefonunuzu ve çantanızı yanınıza almamanızın bir sebebi vardı; geride bir şeyler bırakma riskini göze almak istemediniz. Belki de telefonunuzu yanınıza almamanızın sebebi, yerinizi saptamak için kullanılabileceğinden korkmanızdı. Belki de oldukça net düşünüyordunuz, çünkü yanınızda 38'lik bir silah ve eldivenlerinizi getirmiştiniz. Bu arada, silahı hâlâ arıyoruz." Rasbach, "Tüm bunları düşününce, olay planlıymış gibi görünüyor" diye ekledi.

Rasbach öne eğilip Karen'ın gözlerinin içine baktı; mavi gözleri içine işliyordu. Karen dedektifin bakışlarından çok korktu, ama bunu göstermemeye kararlıydı. Rasbach avukatı ve diğer dedektifi umursamıyor, odada sadece ikisi varmış gibi davranıyordu. Karen'ın kendisine, odada bu dedektifle yalnız olmadığını hatırlatması gerekti. Ama dedektifin gözleri büyüleyiciydi.

Calvin araya girdi. "Hayali bir silahtan bahsediyorsunuz ve o eldivenlerin kime ait olduğunu bilmiyorsunuz. Eldivenlerin müvekkilime ait olduğunu kanıtlayamazsınız."

"Sanırım kanıtlayabilirim" diye karşılık verdi Rasbach. Avukata bakmak için gözlerini Karen'dan ayırmamıştı. "Silahı ve eldivenleri alıp Hoffman Sokağı'ndaki o terk edilmiş restorana gittiğinizi ve yakındaki otoparka park ettiğinizi düşünüyorum. Robert Traynor'ın sizi beklediği terk edilmiş restorana girdiniz ve onu soğukkanlılıkla vurdunuz."

Karen inatla sessiz kaldı ve kendine, silahın ellerinde olmadığını ve onu bulsalar bile bunun kendisine zarar veremeyeceğini hatırlattı. Silah konusunda korkmuyordu. Restorana girdiğinde elinde bir silah olduğunu kanıtlayamazlardı. Sadece orada olduğunu kanıtlayabilirlerdi.

"Silahı ne yaptınız?" diye sordu Rasbach.

Karen bir an keskin bir korku hissetti, ama kendini çabucak rahatlattı. "Silahım olup olmadığını bilmiyor" diye düşündü; "Tahmin ediyor, ama hepsi bu."

Rasbach devam etti: "Silahı yasa dışı yollarla elde etmiş olmanız çok mümkün, hatta kuvvetle muhtemel. Siz zeki bir kadınsınız; kendinizi ölmüş gibi gösterdiniz ve herkesi inandırdınız; başka bir yerde, yeni bir kimlikle, yeni bir hayat başladınız, ta ki kocanız sizi bulana kadar... Bu arada, sizi nasıl bulduğunu tahmin ediyorsunuz?"

Masanın altında, Karen'ın kalçaları gerildi ama Rasbach'la konuşmaya başlamayacaktı.

Rasbach başını ona doğru eğdi. "Ve sonra, onu vurduktan sonra, paniğe kapıldınız. Onu öldürdüğünüzü gördünüz. Silahı attınız mı? Panik yüzünden mi? Yoksa silahın sizin olduğunu bulamayacağımız, üzerinde parmak iziniz olmadığı, ya da umursamadığınız için mi? Yoksa onu yanınıza alıp, bir yerlerde pencereden dışarı mı attınız?" Rasbach masadan biraz uzaklaştı; bu ani hareket Karen'ı irkiltti; oturduğu yerde hafifçe sıçradı. Rasbach ayağa kalkıp, bunları yürürken düşünüyormuş gibi odanın içinde dolaşmaya başladı. Ama Karen'ı kandıramazdı. Bunların hepsi, bir oyundu. Dedektif de, Karen gibi iyi bir oyuncuydu. İkisi, birbirlerinin izleyicisiydi. Rasbach söyleyeceği her şeyi planlamıştı.

"Arabaya gittiğinizde eldivenleri çıkartıp onları orada, otoparkta attınız. Paniğe kapıldığınızı buradan anlıyorum; yoksa neden eldivenleri geride bırakasınız? Eldivenlerin içinde, derinizden bulaşan DNA önekleri olabilir." Aniden dönüp keskin gözlerle Karen'a baktı.

Karen gözlerini kaçırdı. Titremeye başladığını hissediyor, bunu durdurmak için bütün vücudunu sıkıyordu. Rasbach'ın ne kadar korktuğunu görmesini istemiyordu.

"Ve ikimiz de, eldivenlerin ne kadar önemli olduğunu biliyoruz, değil mi Georgina?" Tam önünde durup ona baktı. Karen başını kaldırıp ona bakmayı reddetti. "Çünkü o eldivenlerde DNA bulursak, bu orada olduğunuzu kesin olarak kanıtlar. Ayrıca eldivenler, niyetinizin ne olduğunu da gösterir."

Sandalyesini çekip tekrar oturdu ve Karen bakışlarını ona yöneltene kadar bekledi. "Artık yaptığınız şey yüzünden o kadar paniğe kapılmıştınız ki, arabanıza binip elinizden geldiğince hızlı oradan uzaklaştınız. Herkes, asla hız sınırlarını aşmadığınızı söylüyor. Herkes bazen hız sınırını aşar, ama siz aşmazsınız. Hiçbir zaman kırmızı ışıkta geçmezsiniz. Neden? Çünkü asla polisin sizi kenara çekmesini istemiyorsunuz. Çünkü yeni bir kimlikle yaşamaya başlayan insanlar için en önemli kural, çok dikkat çekmemektir. Ve yıllarca, siz de bunu yaptınız. Konuştuğumuz herkes, o gece arabayı nasıl kullandığınızı söylediğimizde şaşkına döndü. Bu, kesinlikle size göre bir davranış değildi. Biliyor musunuz? *Başka bi-riymiş gibi davranmadığınızda*, gerçek karakterinizin nasıl olduğunu çok merak ediyorum."

Rasbach Karen'ı etkilemeye başlamıştı. Karen kendini öfkeli ve tehdit altında hissediyordu, ama kontrolünü kaybetmemesi gerekiyordu. Avukatının neden hiçbir şey söylemediğini merak etti. Kimliğini reddedemeyeceğini biliyordu. Georgina Traynor olduğunu kolayca kanıtlayabilirlerdi. Kendini ölmüş gibi gösterip kaçtığını, sahte bir kimlikle yaşadığını biliyorlardı. Bunlar, itiraf etmesi gereken şeylerdi. Orada olduğunu da itiraf etmek zorunda kalabilirdi. Ama onu öldürdüğünü kanıtlayamazlardı. Cinayet silahı ellerinde değildi; tanıkları da yoktu. Ama ellerinde iyi bir cinayet sebebi vardı ve bu Karen'ı korkutuyordu. Kocasını öldürmek için bir sürü sebebi vardı ve dedektifler bunları biliyordu.

"Diyelim ki çok paniğe kapıldınız" diye devam etti Rasbach. "Arabaya bindiniz, çok hızlandınız, kontrolü kaybettiniz ve bir direğe çarptınız. Çok talihsiz bir durum. Çünkü eğer paniğe kapılmasaydınız, muhtemelen cinayet yanınıza kâr kalacaktı."

Karen bakışlarını yukarı kaldırdı; o an Rasbach'tan nefret ediyordu.

"Sakince eve dönseniz, eldivenleri yerine koysanız ve kocanıza nerede olduğunuza dair bir hikâye uydursanız, kimse terk edilmiş restorandaki cesetle aranızda bağlantı kuramayacaktı. Eninde sonunda adamın kimliğini tespit edecektik. Ve birkaç yıl önce karısının öldüğünü görecektik, ama konu orada kapanacaktı. Bu, sizin açınızdan olayın sonu olacaktı. Sizi cinayetle ilişkilendirecek —araba kazası, lastik izleri ya da eldivenler gibi— uyarılar olmayacaktı. Kimse sizi inceleyip, söylediğiniz kişi olmadığınızı bulmayacaktı. Yeni, hiçbir şeyden şüphelenmeyen kocanızla, banliyödeki hoş hayatınızı yaşamaya devam edecektiniz."

Karen, Rasbach'ın kendinden memnun, üstünlük taslayan suratını tokatlamak istiyordu. Bunu yerine dedektifin göremeyeceği biçimde, masanın altında tırnaklarını avuçlarına batırdı.

"Ama mesele şu; yaptığınız şeyi, neden yaptığınızı anlayabiliyorum. Gerçekten. Bana Robert Traynor'la yaşamanın nasıl bir şey olduğunu söylemiyorsunuz, ama sanırım bunlar mahkemede ortaya çıkacak. Savcılık onu öldürdüğünüzü kanıtlayabilirse, elbette herkesin, onu *neden* öldürdüğünüzü bilmesini isteyeceksiniz. Onu, elinizden geldiğince korkunç bir canavar gibi göstermeye çalışacaksınız. Bu, size güç kazandıracak. Sizin gibi hoş bir kadını cinayete sürükleyebildiğine göre, gerçekten de bir *canavar* olmalı."

Karen tırnaklarını avuç içlerine daha da batırarak dümdüz, önündeki duvara bakıyordu.

"Sanırım şimdilik hepsi bu" dedi Rasbach. Görüşme bitmişti.

34

Brigid neler olduğunu biliyordu. Öğlen yemeği vaktinde, iki dedektifin geldiğini görmüştü. Brigid böyle bir gelişme olmasını bekliyor ve umuyordu. Karen'ı kelepçelerle evden çıkarışlarını izlemişti. Mutluluktan içi içine sığmıyordu. Brigid gün boyunca huzursuzca evi izlemiş, Tom'un eve dönmesini beklemişti; geldiğinde onu avutacaktı. Tom artık evde yalnız olacaktı; bütün hayatı altüst olmuştu. Brigid, Karen için her şeyin bittiğini biliyordu; suçlu bulunacaktı. Brigid bundan emindi. Sonra, Tom tekrar onunla görüşmeye başlayabilirdi. Birlikte çok mutlu olacaklardı, Karen'la olduklarından bile daha mutlu. Ve Brigid asla, Karen'ın yaptığı gibi, onun hayatını mahvetmeyecekti. Bir gün Tom, Karen'ın kelepçelerle götürülmesinin, hayatta başına gelen en iyi şey olduğunu anlayacaktı.

Tom şoka girmiş halde eve döndü. Karısı cinayet suçundan tutuklanmıştı. Ve Tom, cinayeti onun işlediğinden neredeyse emindi.

Amaçsızca mutfağa girip buzdolabını açtı. Orada durup dolabın içine bakarken bir anda, daha önce burada durup görmeden dolabın içine baktığı anı hatırladı. Karen'ın ortadan kaybolduğu gece. Her şeyin başladığı gece.

Bu, evliliklerini mahvedecekti. Hayatlarını da mahvedecekti. Karısı hukuk sisteminin eline düşmüştü. Bu, iflas etmesine sebep olacaktı. Bir bira almak için uzandı. Kapağı şiddetle çevirerek açtı ve arkasını dönüp odanın içine doğru savurdu. Kapak bir dolaba çarpıp mutfağın içinde birkaç kez sektikten sonra masanın altında durdu. *Şimdi ne yapacaktı?* Öfkeyle evin içinde dolaşmaya başladı. Yapabileceği hiçbir şey yoktu. Olayların bu noktaya geldiğine inanamıyordu. Ve bundan sonraki günler, haftalar ve aylar boyunca, işlerin daha da kötüye gideceğinden emindi.

Kendine yiyecek bir şeyler hazırlamaya uğraşmadı bile. Hiç iştahı yoktu. İlk birayı hızla bitirip otomatik bir hareketle, bir tane daha almak için buzdolabına uzandı. Daha önce onu böyle sınayan hiçbir şey olmamıştı ve Tom gördüğü manzaradan hoşlanmamıştı. Zayıftı, korkaktı ve bunu biliyordu. Karen için güçlü kalmaya çalışıyordu. Ama karısı ondan çok daha güçlü ve cesurdu. Çelikten yapılmış gibi görünüyordu.

Şöminenin üzerindeki aynaya baktı. Neredeyse kendini tanıyamayacaktı. Sinirle ellerini arasından geçirip durduğu için saçları karmakarışıktı. Yabani görünüyordu, hatta pespaye. Karen'la evlendiğinde her şeyin çok iyi olacağını düşünmüştü. Sanki Karen'la evlendiği gün hayat ona bir söz vermişti ve şimdi, o sözünden dönüyordu. Kendisi için çok üzülüyordu.

Kayan cam kapıdan arka bahçeye çıktı; bu yaz akşamında karanlık çökerken arka verandada oturdu.

Üçüncü birasını bitiren Tom, Karen'ın evlenme teklifini kabul etmesi için onu ne kadar zorlaması gerektiğini şimdiye kadar hatırlamamasını komik buldu. Elbette, artık her şey anlam kazanmıştı. Karen, *zaten evliydi.*

Tom ona ilk evlenme teklif ettiğinde, Tom'un bu konuda ciddi olması imkânsızmış gibi, Karen gülüp geçmişti. Tom göstermemeye çalışsa da, bu tepki karşısında hem şaşırmış, hem de incinmişti. Teklifini neden bu kadar hafife aldığını merak etmişti; halbuki bu soruyu sorarken son derece ciddiydi. İnsanı kaşındıran, yünlü bir battaniyenin üzerine uzanmış yıldızları izliyorlardı. Hafta sonu, sonbaharın renklerini izlemek için Catskills'deki küçük bir otele gitmişlerdi. Tom arabanın arkasından battaniyeyi alıp gözlerden uzak bir nokta seçmişti. Birlikte yere uzanmışlardı; Tom dirseğinin üzerinde doğrulup Karen'a bakmıştı. Hâlâ ay ışığının Karen'ın yüzünü aydınlatışını ve gözlerindeki mutluluğu hatırlıyordu. "Benimle evlenir misin?" diye sormuştu.

Ve Karen, Tom şaka yapıyormuş gibi gülmüştü.

Tom şimdi yine karanlıkta parlayan aynı yıldızlara bakıyordu. Her şey nasıl da değişmişti.

O an ve bundan sonraki haftalarda hem acısını, hem de hayal kırıklığını nasıl sakladığını hatırlıyordu. Bir süre bekledikten sonra Karen'a büyük, pahalı bir elmas yüzük almıştı; ona ne kadar ciddi olduğunu göstermek istiyordu. Yüzüğü Sevgililer Günü'nde, Karen'ın en sevdiği restoranda, pahalı bir şampanya eşliğinde ona vermişti. Belki de bunu Sevgililer Günü'nde yapmak bir hataydı. Ama artık bunun bir önemi yoktu. Tom elinde birasıyla arka verandada otururken, Karen'ın ne söylediğini hatırlıyordu: *Neden evleneceğimize bir aşk yaşamıyoruz?*

Ve şimdi, aşkları paramparça oluyordu.

Tom şimdi, Karen'ın teklifini kabul etmemiş olmasını, yaptığı sürekli baskılar sonunda "Evet" dememiş olmasını tercih eder miydi? Bunu bilmiyordu ve zaten artık bir şeyleri değiştirmek için çok geçti.

Yine de, son iki yıl Tom'un hayatının en mutlu yıllarıydı.

Bunlar olana kadar.

Evin yanında, karanlıkta bir şeylerin hareket ettiğini gördü. Donakaldı. Böcekleri çekmemek için arka taraftaki ışıkları yakmamıştı, bu yüzden yıldızların ışığı dışında etraf tamamen karanlıktı. Birinin yaklaştığını görüyor, ama kim olduğunu anlayamıyordu. Gelen polis olamazdı. Karısını zaten tutuklamışlardı. Onu da tutuklayacak değillerdi ya.

Dan'in kendisini kontrol etmeye gelmiş olabileceğini düşündü. Dan daha önce telefon etmişti ama Tom onu geri aramamıştı. Dan endişelenmiş olmalıydı. Tom ayağa kalkarken tüm bunlar aklından şimşek hızıyla geçti. Neredeyse boşalmış bira şişesini bir sehpaya bırakıp gözlerini kısarak karanlığa baktı.

Karanlıkta yaklaşan kişinin Dan değil Brigid olduğunu gördüğünde keyfi kaçtı. Brigid'le konuşmak istemiyordu. İçeri girip kapıyı kapatmak istiyordu, ama bunu yapamazdı.

Brigid her zaman kendini rahatsız hissetmesine sebep oluyordu. Tom onunlayken çok açık ve sınırsız olmuştu. Brigid'in, Tom'un başlarda karşı koyamadığı, gözü kara ve heyecan verici bir havası vardı; bu, Tom'un içindeki pervasızlığı uyandırıyordu. Ama kısa süre sonra Brigid'in kendisi için fazla heyecanlı olduğuna karar vermişti; Brigid'in onu tüketebileceğini hissetmeye başlamıştı. Tom hiçbir zaman Brigid'in ne yapacağını tahmin edemiyordu; çok duygusal biriydi. Brigid'den ayrıldıktan sonra kaygı dolu birkaç hafta geçirmişti; Brigid'in kocasına aralarında geçenleri anlatmasından, kocasının onu kapı dışarı etmesinden ve Brigid'in kapısına dayanmasından korkmuştu. Daha sonra da, bundan Karen'a bahsetmesinden, olanları yalanlarla süsleyip umut vaat eden yeni ilişkisini mahvetmesinden korkmuştu. Ama sonra, Brigid sakinleşmiş gibi görünmeye başlamıştı. Sonra da, hiç beklenmedik biçimde, karısının en yakın arkadaşı olmuştu. Bu konuda yapabileceği hiçbir şey yoktu.

"Selam Brigid" dedi Tom. Bunu net bir sesle ve telaffuzuna dikkat ederek söylemişti. Boş midesine hızla indirdiği üç biranın ardından sarhoş değildi. Ancak "çakırkeyif" denebilecek haldeydi ama keyfi hiç yerinde değildi. Tom bir anda, yalnız kalmak istemediğini fark etti. Brigid'e, "Bir içki ister misin?" diye sordu.

Brigid şaşırmış gibi ona baktı. "Ön kapıyı çaldım, ama cevap veren olmadı. Karen'la konuşmak için geldim" dedi Brigid. "Burada mı?"

"Hayır, korkarım ki değil" dedi Tom. Sesindeki belirgin acılığı net olarak duyabiliyordu.

"Ne oldu?" diye sordu Brigid.

Tom, Brigid'in gözlerinin, kendisinin ne kadar yorgun göründüğünü kaydettikten sonra sehpadaki neredeyse boşalmış şişeye kaydığını gördü.

Tom, içini Brigid'e dökmenin aptalca olduğunu biliyordu, ama o an başka kimse yoktu. Karen olmadığında kendisini ne kadar yalnız hissettiğini fark etti. Hayatı boyunca kendini hiç bu kadar yalnız hissetmemişti.

Başıyla mutfağı işaret etti. "Sana içecek bir şey getireyim. Ne istersin? Bira mı? Ya da istersen, sana bir içki hazırlayabilirim." Brigid Tom'un arkasından eve girdi. Tom içki dolabını açtı, Brigid'e ne ikram edebileceğini bulmak için içki şişelerini gözden geçirdi.

Brigid, Tom'un arkasında duruyordu. Tom, ne istediğini sormak için arkasını döndüğünde, Brigid'in bakışlarındaki arzu onu çok şaşırttı. Tekrar arkasını dönüp dolabın içine baktı. "Rom ve votka var."

"Bana martini yapabilir misin?" diye sordu Brigid.

Tom ona şaşkınlıkla baktı. Brigid ne zaman bu kadar şık zevkleri olan birine dönüşmüştü? Tom, martini hazırlamayı bilmiyordu. Brigid'in ondan bu kadar egzotik bir şey istemesini beklemiyordu. "Nasıl yapıldığını bilmiyorum."

Brigid yumuşak bir sesle "Ben biliyorum" deyip Tom'a yaklaştı ve dolabın içine baktı. İçinden şişeleri çıkartmaya başladı; votka, vermut. "Buralarda bir yerde bir kokteyl karıştırıcınız olmalı" dedi, başka bir dolabı açıp üst rafına bakarken.

Brigid'in gözleri hemen gümüş renkli bir kokteyl karıştırıcısına takıldı; Tom onun varlığını bile unutmuştu. Bu, geriye kalan düğün hediyelerinden biriydi. Onu hiç kullanmamışlardı; Tom da Karen da, genellikle bira ya da şarap gibi basit şeyler içerlerdi. Birkaç akşam önce nasıl ikisinin de biraz viskiye ihtiyaç duyduğunu hatırladı.

"Buzun var mı?" diye sordu Brigid.

Tom buzdolabına gidip buzu çıkarttı. Bunu yaparken, kendine bir bira daha aldı. Kendine, bunun bu gece içtiği son bira olacağına dair söz verirken kapağı çevirdi ve Brigid'in buranın sahibiymiş gibi, mutfağında kendine bir martini hazırlayışını izledi. Burada Karen yerine onun olması tuhaf bir histi.

"Peki Karen nerede?" diye sordu Brigid. Kokteyl karıştırıcıyla işi bitmişti; dolaptan gerçek bir martini bardağı aldı –Tom, onların da varlığını unutmuştu– ve içkisini doldurdu. Martini bardağını dudaklarına yaklaştırıp bir yudum aldı; cilveli bir tavırla, yan gözle Tom'a bakıyordu.

Bir an için, Tom'un kafası karıştı. Brigid, hapse girmiş olan Karen'ı soruyordu ama ses tonunda bir tuhaflık vardı. Sanki eskisi gibi, Tom'la flört etmeye çalışıyordu. Tom aniden, onu içki içmek için eve çağırdığına pişman oldu. Bu çok tehlikeliydi.

"Sorun ne?" diye sordu Brigid, daha normal bir sesle. Tom, belki de durumu yanlış değerlendirdiğini düşündü.

Başını iki yana salladı. "Bir şey yok" dedi. Sonra, "Her şey kötü gidiyor" diye ekledi.

"Anlat bana" dedi Brigid.

"Karen tutuklandı."

"Tutuklandı mı?"

Tom başıyla onayladı. Duygularını kendisine saklamak zorundaydı. Brigid'le çok kişisel meseleleri konuşmak istemiyordu. Aslında ona hiçbir şey söylememesi gerekirdi, ama bira yüzünden çenesi düşmüştü. Ama zaten ne fark ederdi ki; yarın sabah, haber bütün gazetelerde çıkacaktı.

"Niçin tutuklandı?" diye sordu Brigid.

Tom, hissettiği kadar berbat görünüp görünmediği merak etti. "Cinayet."

Brigid'in bir eli ağzını kapatmak için yükselirken, diğeri içki bardağını tezgâhın üzerine bıraktı. Sonra, duygularını saklamayı başaramayacakmış gibi, yüzünü diğer tarafa çevirdi. Tom kendini tuhaf hissederek orada durmuş, Brigid'i izliyordu. Sonunda Brigid dolaptan bir martini kadehi daha alıp karıştırıcının içinde kalan içkiyi ona doldurdu. Kadehi Tom'a uzattı.

Tom bardağa temkinli gözlerle baktı. Sonra, "Ne olur ki?" diye düşündü. Kadehi Brigid'den aldı, sessiz ve alaycı bir tavırla kaldırdı, sonra tek yudumda içindekini midesine indirdi.

"Tom..."

Alkol hızla çarptı ve her şey bulanıklaştı. "Bence gitmelisin" dedi Tom. Durumun ciddiyetini dağıtmak istiyordu; Tom, yapmaması gereken bir şey yapmadan ya da söylemeden, Brigid'in oradan gitmesini istiyordu. "Polis her yolu deniyor. Ellerinde başka şüpheli olmadığı için bunu onun üstüne atmak istiyorlar. Ama Karen'ın iyi bir avukatı var." Yavaş yavaş ve dikkatle konuşuyordu, çünkü sarhoş olduğunu fark etmişti. "Bunu onun yapmadığını anlayacaklar. Bana yapmadığını söyledi ve ben ona inanıyorum."

Brigid tekrar, "Tom" dedi.

Tom ona huzursuzca baktı. Bluzunun altından göğüslerinin hatlarını görebiliyordu. O göğüsleri tanıyordu. Bir an için, Brigid'le yatakta olmanın nasıl bir şey olduğunu hatırladı. Brigid, Karen'dan çok farklıydı. Bu düşünceyi kenara itmeye çalıştı.

"Bilmen gereken bir şey var."

Tom, Brigid'in sesindeki uyaran tondan hoşlanmamıştı. Karen'ın, sokağın karşısındaki arkadaşına emanet ettiği küçük sırları duymak istemiyordu. Ve bu kadar incinebilir haldeyken başka bir kadının, çekici ve geçmişte erotik bir ilişki yaşadığı bir kadının onu rahatlatmaya çalışmasını da istemiyordu. Brigid'in bu kadar yakınında olmasının onu tahrik ettiğini fark etti. Alkol yüzünden olmalıydı. Savunması yok olmuştu. "Bence gitmelisin. Lütfen" dedi yere bakarak. Sadece onun gitmesini istiyordu.

Brigid, "Bunu duyman gerek" diye ısrar etti.

Burada düşünmek imkânsızdı; sanki sürekli devam eden bir kavganın içindelerdi. Karen karakolun bodrumundaki nezarethanede, rahatsız yatakta bir cenin gibi kıvrıldı ve hiç bitmeyecekmiş gibi görünen gece ilerlerken kendini bırakmamaya çalıştı. Etrafı ayyaşlar ve fahişelerle çevriliydi; koku dayanılmazdı. Sadece ağzından nefes almaya çalışıyordu. Şimdilik hücresinde yalnızdı, ama yaklaşan ayak seslerini ve bağrışmaları her duyduğunda, polisler yeni birini içeri getirirken, onun hücre kapısını açıp birini yanına koymalarından çok korkuyordu.

Evdeki yataklarında tek başına yatan Tom'u düşünüp ağlamamaya çalıştı. Şu an birlikte olabilselerdi, birbirlerini rahatlatabilirlerdi. Burada insanı rahatlatabilecek hiçbir şey yoktu.

35

Tom temkinli gözlerle Brigid'e baktı.

"O gece, Karen'ın kaza yaptığı gece," diye başladı Brigid, "ben evde, pencerenin önünde oturuyordum. Saat sekizi yirmi geçiyordu. Karen'ın koşarak evden çıktığını gördüm."

"Bunları biliyorum" dedi Tom asık bir suratla. "Arabasına binip uzaklaşmasını izledim. Bir sorun olup olmadığını düşündüm."

Tom, bu konuşmanın nereye gittiğini merak ederek Brigid'e bakıyordu.

"Ben de arabama binip onu takip ettim."

Tom, kalbi durdu sandı. Bunu tahmin etmemişti. Bu, düşündüğünden de kötü olacaktı. Elleriyle kulaklarını kapatıp dinlemeyi reddetmek istiyordu, ama orada durup dinlemeye devam etti.

"Arabayı epey hızlı kullanıyordu ama birkaç trafik ışığında durduğu için onu biraz geriden de olsa takip edebildim. Evden öyle koşarak çıktığını görünce endişelenmiştim." Brigid tezgâhın üstünden martinisini alıp, bundan sonra söyleyeceklerini dile getirmek için cesarete ihtiyacı varmış gibi, iki büyük yudum aldı. "Şehrin kötü mahallelerine doğru ilerlediğini fark etmiştim. Sebebini tahmin edemiyordum. Neyin peşinde olduğunu merak ediyordum. Onu takip etmemden hoşlanmayabileceğini düşündüm, ama o arkadaşımdı ve endişelenmiştim. Sadece iyi olduğundan emin olmak istiyordum. Bu yüzden onu takip etmeye devam ettim, ama beni göremeyeceği kadar uzakta kaldım. Bir süre sonra ana yoldan ayrılıp küçük bir otoparka park etti. O park ederken önünden geçip ileriden U dönüşü yaptım ve arabamı sokağın karşısına park ettim."

Tom, odaklanmayı reddeden gözleriyle dikkatlice Brigid'i izliyor, yalan söyleyip söylemediğini anlamaya çalışıyordu. Geçmiş performansına bakılırsa Tom, birinin yalan söylediğini anlamak konusunda çok başarısızdı. Ona doğruyu söylüyor olmasından korkuyordu. Brigid'in görgü tanığı olduğunu düşünüyordu ve bu korkudan midesinin bulanmasına sebep oluyordu. Brigid Karen'ı hapse gönderecekti.

"Arabadan çıkmaya korkuyordum. Ama Karen için çok endişelenmiştim. Üzeri tahtalarla kapatılmış bir restoranın arka tarafına gittiğini gördüm. Arabadan inip biraz daha yaklaştım. Sonra silah seslerini duydum. Üç el silah sesi." Brigid bir an için gözlerini kapatıp tekrar açtı. "Dehşete düşmüştüm. Sesin restoranın içinden geldiğini düşündüm. Sonra Karen'ın şimşek gibi restorandan çıkıp arabasına doğru koştuğunu gördüm. Pembe plastik eldivenleri elindeydi; bunun tuhaf olduğunu düşündüm. Arabaya binmeden önce onları çıkarttı. Binanın arkasındaki karanlıkta durup –Karen'ın beni görmediğinden emindim– otoparktan çıkışını izledim. Çok hızlı gidiyordu. Peşinden gitmeyi düşündüm ama o kadar hızlı giderken ona asla yetişemeyeceğimi biliyordum. Ben de çıktığı restorana girdim." Brigid nefes almak için durakladı.

Tom'un kalbi çılgın gibi atıyordu; tek düşünebildiği, *Karen'ın tetiği çektiğini görmemiş* oldu.

"Gidip kapıyı açtım ve içeri girdim. İçerisi epey karanlıktı ama yerde, bir adamın cesedinin yattığını görebiliyordum." Brigid titredi. "Korkunçtu. Yüzünden ve göğsünden vurulmuştu."

Brigid Tom'a iyice yaklaştı; artık elini uzatsa ona dokunabilecek mesafedeydi. "Tom, o adamı Karen vurdu. O adamı *öldürdü*."

"Hayır, bunu yapmadı" dedi Tom soğuk bir sesle.

"Tom, bunu duymanın senin için çok zor olduğunu biliyorum, ama ben *oradaydım*."

Tom umutsuzca, "Karen'ın ateş ettiğini *görmedin*. Silah seslerini duydun. Karen'ın koştuğunu gördün. Belki de restoranda biri daha vardı. Belki de Karen sadece yanlış zamanda, yanlış yerdeydi" dedi. Bu söylediklerinin kulağa ne kadar saçma ve aptalca geldiğini biliyordu.

"Tom, binadan çıkan başka kimseyi görmedim. Ve içeri girerken elinde bir silah vardı; onu *gördüm*."

"Binaya girerken elinde silah gördüğünü söylememiştin."

"Ama gördüm."

"Çıkarken de silah elinde miydi?"

"Hayır."

"Restorana girdiğinde, silahı orada gördün mü?"

"Sanmıyorum."

" 'Sanmıyorum' ne demek?"

"Bilmiyorum Tom! Silaha dikkat etmedim. İçerisi karanlıktı. Orada bir yerde bırakmış olmalı. Ölü adam ve Karen'ın yaptığı şey beni o kadar korkutmuştu ki silahı fark etmedim."

"Tanrım." Tom, öfkeyle düşünüyordu. Bu, hiç iyi olmamıştı. Bu gerçekten çok kötü olmuştu. Brigid'in ne yapacağını öğrenmesi gerekiyordu. Başı korku ve alkolün etkisiyle dönüyordu. Yavaşça, "Bu konuda ne yapacaksın, Brigid?" dedi.

"Ne demek istiyordun?"

"Gördüklerini polise anlatacak mısın?"

Brigid Tom'a bakıp biraz daha yaklaştı. Gözleri yumuşadı. Altdudağını ısırdı. Uzanıp nazikçe Tom'un yüzüne dokundu. Tom olduğu yerde donup kalmış, Brigid'in cevabını bekliyordu.

Brigid, "Hayır, elbette anlatmayacağım. Karen benim *arkadaşım*" dedi ve Tom'u uzun uzun öptü.

Tom ona uzanıp, sunduğu teselliyi umutsuzca kabul etti.

Karen hiç uyumamıştı. O sabah mahkemeye çıkacaktı ve küçük bir sorgu odasında, karşısında oturan avukatı ona sert bir kahve içirmeye çalışıyordu. Ama kahve acı ve ekşiydi; Karen bardağı itti. Ayrıca, hiçbir şeyi midesinde tutabileceğine inanmıyordu. Kendini kirli hissediyordu. Başı ağrıyor, gözleri yanıyordu. Hayatının geri kalanı boyunca kendini böyle hissedip hissetmeyeceğini merak etti. *Hayatının geri kalanını hapiste mi geçirecekti?*

"Karen, odaklanman gerekiyor,' dedi Calvin sabırsızca.

Karen tekrar, "Tom nerede?" diye sordu. Saat neredeyse dokuz olmuştu. Görüşmesi bu sabahtı. Tom neden gelmemişti? Tom'un yokluğu, Karen'ın kendini terk edilmiş hissetmesine yol açıyordu. Tom yanında olmazsa bunu yapamayacağını düşünüyordu.

"Eminim birazdan gelir" dedi Calvin. "Trafiğe takılmış olabilir."

Karen iyi bir müvekkil olarak kahveye uzandı. Artık her şey, avukatının onun için neler yapabileceğine bağlıydı.

Calvin, "Hakkınızdaki delillerin hepsi ikinci derece, yanı sizi doğrudan suçlayacak kanıtları yok; üzerinde parmak iziniz olan bir silah yok, cinayet mahallinde olduğunuza dair kanıt yok ve sizi suçla bağlayabilecek tanık yok. En azından, şimdilik bildiğimiz bir tanık yok. Tanık bulabilirler. Lastik izleri, doğrudan bir kanıt değil. Eldivenler laboratuvarda ama henüz DNA alamadılar. Laboratuvar yoğun bir yerdir, ama yakında sonuç alırlar. Muhtemelen DNA bulacaklar. Bunun kabul edilmemesi için bildiğim bütün yöntemleri kullanacağım. Ama eldivenlerin size ait olduğunu kanıtlayabilirler; o zaman büyük bir sorunumuz olur" dedi.

Karen inatla, "Onu öldürdüğümü sanmıyorum" dedi.

Calvin birkaç saniye bekledi. "O zaman bunu kimin yaptığını bulmamız gerekiyor; kabul edilebilir, alternatif bir teorimiz olması gerekiyor. Çünkü, eğer onu siz öldürmüş bile olsanız..." Avukat, onu kızdırmamaya çalışırmış gibi, dikkatle konuşuyordu, "Bunu şüphe götürmez biçimde kanıtlayamadıkları sürece sizi mahkûm edemezler. Bizim işimiz, bu makul şüphe üzerine oynamak. Onu sizin dışınızda kimin öldürmüş olabileceğine dair mantıklı bir hikâye oluşturmamız gerekiyor."

"Bilmiyorum. Yeni bir karısı var mıymış? Çünkü eğer varsa, muhtemelen o da onu öldürmek istiyordur." Karen yalandan güldü.

"Hayır, evlenmemiş." Calvin Karen'ın üzerine gitmeye devam etti. "Daha önce düşmanları olduğunu söylemiştiniz."

"Bilmiyorum. Onu yıllardır görmedim. Bazı karanlık insanlarla iş yaptığını düşünüyordum ama kim olduklarını bilmiyorum. İşlerine karışmazdım. İşinin bir parçası olmak istemiyordum."

"Birilerini kızdırıp kızdırmadığını öğrenmek için, birkaç kişiye iş ilişkilerini araştırmalarını söyleyeceğim."

Karen tekrar duvardaki saate bakıp Tom'un nerede kaldığını merak etti. Tom konusunda huzursuzlanmaya başlıyordu. Ona güvenebilir miydi? Belki de Karen'a inanmıyordu; belki de onun bir katil olduğuna inanıyordu. Tom, gelecek miydi?

"Orada başka kimseyi gördünüz mü?" diye sordu Calvin. "Düşünün. Restoranın içinde bir şey duydunuz mu? Orada, gölgelerin içinde saklanan başka biri olabilir mi?"

Karen konsantre olmaya çalıştı. "Bilmiyorum. Her şeyi hatırlayamıyorum. İçeride olduğum zamanı hatırlayamıyorum. İçeride başkaları da olabilir." Gözlerini kırpıştırdı. "Öyle olmalı."

Calvin köpük bardağındaki kendi kahvesinden bir yudum

aldı. "Bana, telefondan önceki haftalarda, kocanızın evinize girdiğini hissettiğinizi söylemiştiniz."

"Evet, bundan eminim" dedi Karen. Elinde olmadan titredi. "Şimdi düşündüğümde bile, bu beni dehşete düşürüyor. Artık ölmüş olmasına rağmen, ondan duyduğum korkunun bir gün geçip geçmeyeceğini bilmiyorum."

"Telefonunuzdaki fotoğraflar hâlâ duruyor mu? Sabahları, işe gitmeden önce çektiğiniz fotoğraflar."

"Evet, sanırım duruyor."

"Güzel. O fotoğraflar sizin nasıl bir ruh halinde olduğunuzu gösteriyor; kendi evinizde, takip edildiğinizi düşünüyordunuz. Hayatınızı kaybetmekten korkuyordunuz. O fotoğrafları saklamalıyız; onlara ihtiyacımız olabilir."

"Ama bu daha kötü değil mi?" diye sordu Karen ciddi bir sesle. "Beni bulduğunu, evime girdiğini, beni takip ettiğini düşünüyor olmam, onu öldürmüş olma ihtimalimi yükseltmez mi?"

"Evet" dedi avukat. Duraksadı. "Ama aynı zamanda, sizin savunmanız da olabilir. Evinize girdiğini kanıtlayabilirsek."

Calvin önündeki deftere bir not aldı. "Evinizin içinde parmak izi almalıyız. Bunun yapılmasını sağlayacağım."

Karen bundan hiç hoşlanmayarak avukata baktı, ama hiçbir şey söylemedi. Durumun ne kadar kötü göründüğünü biliyordu. Kimse ona inanmayacaktı. Kendi avukatı ona inanmıyordu. Kocasının inanıp inanmadığından da emin değildi.

Koridordan gelen bir ses duyup hemen başını kaldırdı. Kapı açıldı ve bir gardiyan, Tom'u görüşme odasına aldı.

Karen büyük bir rahatlama hissetti. Neden bu kadar geç kaldığını sormak istiyordu ama ona bakınca, bundan vazgeçti. Tom berbat görünüyordu. Ama geceyi nezarethanede geçiren Karen'dı. İçinde bir rahatsızlık hissinin yükseldiğini fark etti. Tom'un kendini toparlamasına ihtiyacı vardı; Karen bunu tek başına yapamazdı. Karen hiçbir şey söylemedi, ama Tom'u yakından inceledi.

"Üzgünüm, uyuyakaldım" dedi Tom kızararak. "Gece uyuyamadım, uyuduğumda da..." sesi azalarak yok oldu.

Calvin ona, "Karınız kısa süre sonra mahkemeye çıkarılacak" dedi.

Tom, karısının bir cinayet davasında mahkemeye çıkması çok normal bir şeymiş gibi başını salladı. Karen onu sarsmak istiyordu. Tom, çok uzak görünüyordu. Karen Calvin'e bakarak, "Biraz yalnız kalabilir miyiz?" diye sordu.

Avukat hızla saatine bakıp "Tabii, birkaç dakikanız var" dedi. Sandalyesini gıcırdatarak ayağa kalkıp çıktı ve ikisini yalnız bıraktı.

Karen ayağa kalkıp Tom'a doğru bir adım yaklaştı. Birbirlerine baktılar. Sessizliği önce Karen bozdu. "Berbat görünüyorsun."

"Sen de harika görünmüyorsun."

Bu aralarındaki gerilimi azalttı; ikisi de gülümsedi.

"Tom," dedi Karen, "Calvin'in bana inandığını sanmıyorum." Onu sınıyordu. Avukatın ona inanmasının önemi olmadığını, onun işinin her koşulda kendisini savunmak olduğunu biliyordu. Ama Tom'un, ona inandığını söylemesini istiyordu. Bunu duymaya ihtiyacı vardı. "Onu öldürmüş olabileceğimi düşünmüyorum Tom, ve bana inanmıyorsan..."

Tom ileri uzanıp onu kollarına aldı, sıkıca sardı, yüzünü kendi göğsüne bastırdı ve iç çekişini dinledi. "Şşşş.... Elbette sana inanıyorum."

Tom'un kollarında olmak ve bunu söylediğini duymak çok rahatlatıcıydı. Karen yine de kontrol edemediği biçimde titremeye başladı. Bir anda, karşı karşıya olduğu şeyin ne kadar büyük bir suçlama olduğunu fark etmişti.

36

Dogwood Yolu 24 numaranın karşısındaki büyük pencere boştu. Bugün kimse oradan dışarı bakmıyordu.

Brigid'in yapması gereken işler vardı. Önceki gece... Önceki gece onun için yepyeni bir hayatın başlangıcı olmuştu. Mutluluktan uçacakmış gibi hissediyordu.

Ve onun mutlu olması için başka birinin acı çekmesi, hapse girmesi gerekiyorsa, bunun için yapabileceği bir şey yoktu. Sonuçta hayat, bir tarafın kazandığı, diğer tarafın kaybettiği bir oyundu.

Brigid yeniden her şeyin yaşandığı, her şeyi değiştiren günü düşündü. O gün de, Dogwood Yolu'ndaki sıradan bir gün olarak başlamıştı. Kruppların evinin etrafında dolaşan yabancı adamı gördüğünde evin içinde iş yapıyor, arada sırada dışarı bakıyordu. Elektrikli süpürgeyi kapatıp adamı izlemişti. Adam ön basamakları tırmanıp ön kapıdaki camdan içeri bakmıştı. Brigid, adamın kapıyı ya da zili çalmadığını fark etmişti. Adam, evde kimse olmadığını biliyor gibiydi. Garaj yolunda park edilmiş bir araba yoktu. Sonra, arka tarafa geçmişti. Brigid'in merakı ve öfkesi kabarmıştı. Adamın kim olduğunu ve orada ne işi olduğunu öğrenmek istiyordu.

Bahçe eldivenlerini alıp yabani otları yolmak ve gözünü Kruppların evinin etrafında dolaşan adamın üstünde tutmak için bahçesinin en ucuna gitmişti. Adam tekrar ön tarafa geldiğinde, Brigid ayağa kalkıp onu izlemişti. Adam dostça bir tavırla el sallayıp ona doğru yürümüştü.

Rahatça, "Selam" demişti.

Brigid de "Merhaba" demişti soğuk soğuk; hoş bir gülümseme ve güzel bir yüz onu kandıramazdı. Adamın kim olduğunu bilmiyordu. Belki de bir sigorta görevlisi ya da öyle bir şeydi ve Kruppların evinin etrafında dolaşmak için geçerli bir sebebi vardı. Ama sigorta görevlisine benzemiyordu. Adam, "Burada mı yaşıyorsunuz?" diye sormuştu, arkasındaki evi işaret ederek.

Brigid, "Evet" demişti.

"Sokağın karşısındaki komşularınızı tanıyor olmalısınız" demişti adam, başıyla sokağın karşısındaki Kruppların evini göstererek. Brigid dikkatlice başını sallamıştı. Adam, "Eski bir tanıdıklarıyım" demişti, "Aslında, evin hanımının arkadaşıyım."

Brigid adama inanıp inanmamaya karar verememişti. "Onu nereden tanıyorsunuz?" diye sormuştu.

Adam ona baktığında bütün hoşluğu yok olmuş, gözlerine acımasız bir pırıltı yerleşmişti. "Eskiden, başka bir hayattan." Sonra da ona umursamazca el sallayıp gitmişti.

Adamın tavrı Brigid'i huzursuz etmişti. Adam gidince eve dönüp aralarında geçen bu tuhaf konuşmayı düşünmüştü. Bu, onu Karen hakkında meraklandırmıştı. Karen, Wisconsin'de doğduğu ve ailesi olmadığını söylemek dışında, Tom'la tanışmadan önceki hayatı hakkında hiç konuşmazdı. Ayrıca, internette de Karen hakkında hiçbir şey yoktu. Hakkında hiçbir bilgiye ulaşılamıyordu. Facebook hesabı bile yoktu. Halbuki herkesin bir Facebook hesabı vardı.

Brigid, Tom'la sevgili oldukları zamanlardan Karen'ın kızlık soyadını hatırlıyordu. Karen evlendikten sonra soyadını Krupp olarak değiştirmişti. Brigid bilgisayara geçip Google'da Karen Fairfield adını aratmış, ama hiçbir şey bulamamıştı. Bu da çok şaşırtıcı değildi. Ama adamın "başka bir hayattan" sözlerini düşündükçe, Karen'ı daha da merak etmişti. Böylece internette, insanların nasıl eski hayatlarını geride bırakıp başka biri olarak yeni bir hayat kurduğunu araştırmaya başlamıştı. Kısa süre sonra, Karen'ın söylediği kişi olmadığından şüphelenmeye, hatta buna inanmaya başlamıştı. İşte o zaman Tom'u ofisinden arayıp, o akşam görüşmek istediğini söylemişti. Ona o tuhaf adamdan ve Karen hakkındaki şüphelerinden bahsetmek istemişti.

Ama o gece, Brigid nehir kenarındaki eski yerlerinde Tom'la buluşmak için çıkmak üzereyken, Karen'ın aceleyle evden çıktığını görmüştü. Adamın o sabahki tuhaf ziyareti yüzünden Brigid onu takip etmişti. Tom bekleyebilirdi.

Ve artık, her şey bambaşkaydı.

Önceki gece Tom'la olanları düşündüğünde, vücudunun alt kısmında bir sıcaklık oluştu ve bütün vücuduna yayıldı. Onu nasıl da özlemişti! Tom'u tekrar öpene kadar bunu fark etmemişti bile.

O öpücük duygu yüklü ve karanlıktı; bir sürü eski hatıra parçasıyla doluydu. Tom'un tadı tam sevdiği ve hatırladığı gibiydi. Zevk, bir elektrik akımı gibi vücuduna yayıldı. O öpücük, nefesini kesmişti. Ortak geçmişleri, o öpücükle tekrar uyanmıştı. Bittiğinde, Tom geri çekilip ona baktığında Brigid onun da kendisi kadar etkilendiğini görmüştü.

Sonra onu elinden tutup üst kata götürmüştü; orada, Tom ve Karen'ın yatağında sevişmişlerdi. Bu, Karen taşınmadan önce seviştikleri yataktı. Karen, başkalarının işine karışan bir kaltaktı.

Brigid önceki gece Tom'la yaptıkları müstehcen şeyleri düşünüp tekrar keyifle doldu. Bittiğinde, içinin nasıl bir güç ve yaramazlık hissiyle dolduğunu hatırlıyordu. Çıplak göğüslerini ortaya koyan bir hareketle dirseğinin üzerinde doğrulup yanında çıplak ve incinebilir halde yatan Tom'a bakmıştı. Parmaklarını yavaşça Tom'un bacağının üzerinde dolaştırırken, "Polise gördüğüm şeyleri söylememi istemiyorsun, değil mi?" demişti.

Tom korkuyla ona bakmıştı. "Hayır."

Brigid şimdi, Tom'la aralarındaki çekimden emindi. Tom daha önce onu sevmişti; bundan emindi ve onu tekrar sevecekti. Daha önce olduğu gibi, bir kez daha onun avcunun içinde olacaktı. Tom artık Karen'ın ne yaptığını ve bir katil olduğunu biliyordu, çünkü Brigid oradaydı ve bunu ona söylemişti.

Brigid Tom'a, bunu polise söylemeyeceğine dair söz vermişti.

Ama Brigid'in bir planı vardı.

Artık geri dönüş yoktu.

Her şey mükemmel olacaktı.

Sorgu Tom'u derinden sarstı. Mahkeme salonu bir sirk gibiydi; hiçbir şey duyamayacağı kadar gürültülüydü, çok fazla şey oluyordu ve her şey çok hızlı oluyordu. Duruşmanın daha sakin ve takip edilebilir olmasını beklemişti. Adı okunduğunda Karen, Jack Calvin'le birlikte ön sırada ayağa kalktı. Tom epey arkalardaki bir sırada oturuyordu; ancak orada yer bulabilmişti. Karen'ı arkadan görüyordu. Mahkeme salonunun büyüklüğü ve etraftaki kargaşa Karen'ın küçük ve yenilmiş görünmesine sebep oluyordu. Tom konuşulanları zorlukla duyuyordu.

Birkaç dakika içinde her şey bitmiş, Karen yanındaki polislerle tekrar dışarı çıkartılmıştı. Tom ayağa kalkmıştı. Karen onu mahkeme salonundan çıkarırlarken korku dolu gözlerle Tom'a bakmıştı. Tom ne yapacağını bilemeden tekrar yerine oturmuştu. Calvin onu görüp yanına gelmişti.

Ona, "Siz eve gidebilirsiniz" demişti. "Onu ilçe hapishanesine gönderiyorlar. Akşamüstü onu orada ziyaret edebilirsiniz."

Böylece Tom eve gitti. Başka ne yapabileceğini bilmiyordu. Sonra iş yerini arayıp hasta olduğunu söyledi. Haberler duyulduğunda, kimsenin hasta olduğuna inanmayacağını biliyordu. Yatak odasına giren Tom, dehşetle buruşuk çarşaflara baktı. Brigid'le bir daha asla sevişmemeliydi. Bunun olmasına nasıl izin verebilmişti? Aslında bunun cevabını biliyordu; Tom çok yalnız ve çok sarhoştu, Brigid de ona çok iyi davranmıştı. Ayrıca Brigid, karşı koyulamayacak kadar seksi olabiliyordu ve birlikte bir geçmişleri vardı. Ama sonra, o sabah, Brigid sessiz kalmak için, kendisiyle sevişmeye devam etmesi gerektiğini açıkça söylemişti.

Tom korkuyor ve kendini hasta gibi hissediyordu. Brigid yalan söylüyorsa, ne olacaktı? Belki de Brigid oraya hiç gitmemişti! Ne olursa olsun, Tom'la yeniden birlikte olmak için onu yönlendiriyordu. Brigid, hapishanede Karen'ı ziyarete gidip Tom'un neler yaptığını anlatırsa ne olacaktı? Tom, Brigid'le onu korumak için seviştiğini söylerse, Karen buna inanır mıydı?

Tom aniden ve öfkeyle çarşafı yataktan çekti, top haline getirip yere attı. Onları yıkayıp Brigid'in yataklarında bıraktığı tüm izleri yok edecekti.

Ama Brigid'den kurtulmak, bu kadar basit olmayabilirdi.

Jack Calvin, Karen'ın Robert Traynor'la evliyken gittiği, şiddete maruz kalan kadınlar için açılmış danışma merkezini ziyaret etmek için Las Vegas, Nevada'ya uçtu. Merkezi kontrol etmişti; hâlâ açıktı. Ve orada, Karen'ı hatırlayan insanlar vardı. Calvin'i bekliyorlardı.

Calvin, Robert Traynor'ın iş ilişkilerini araştırması için Las Vegas'ta bir özel dedektif de tutmuştu. Oradan da bir şeyler çıkabilirdi, ama bu konuda çok umutlu değildi.

Uçağı inince taksiyle şehir merkezine gitti. Kısa süre sonra Açık Kollar Kadın Merkezi'ni buldu. Bina biraz eskiydi ama mutlu, sıcak ve davetkâr görünmeye çalışıyordu. Her yerde çocukların yaptığı resimler vardı. Danışma masasına gitti. Kısa süre sonra kurumun müdürü onu karşılamaya gelip arka taraftaki ofisine götürdü. "İsmim Theresa Wolcak" dedi, Calvin'e oturmasını işaret ederken.

"Jack Calvin. Telefonda da söylediğim gibi, şu anda New York eyaletinde yaşayan, üç, dört yıl kadar önce burayı ziyaret eden bir kadını temsilen geldim. Georgina Traynor."

Kadın başını salladı. "Kimliğinizi görebilir miyim?"

"Evet, tabii." Calvin kimliğini çıkarttı. Ayrıca çantasına uzanıp, Georgina Traynor'ın, avukatı Jack Calvin'e her türlü bilginin verilmesine rıza gösterdiğini belirten kâğıdı da verdi.

Kadın burnunun üstündeki gözlüklerini yukarı itip kâğıdı okudu. Sonra başını salladı. "Pekâlâ. Nasıl yardımcı olabilirim?"

"Müvekkilim Georgina Traynor, kocası Robert Traynor'ı öldürme suçuyla yargılanıyor."

Theresa ona bakıp yorgun bir tavırla başını salladı. "Şimdi de hukuk sistemi, ondan bunu meşrulaştırmasını istiyor."

"Bir adamı öldürmekle suçlanıyor. Adaletin yerini bulduğunu görmek istiyorlar. Söyledikleri doğruysa, jüri olayları onun bakış açısıyla görmekte ve hayatını kaybetmekten korktuğunu anlamakta zorluk çekmez."

"Müvekkilinizle en sık görüşen danışmanımız Stacy Howell'dı. Onu yanınıza getireyim."

Kısa süre sonra Calvin ve danışman küçük, özel bir ofiste oturuyordu. Stacy hiçbir konuda zaman kaybetmeyen, yumuşak sesli, siyah bir kadındı; Georgina Traynor'ın dosyasını yanında getirmişti ve Georgina ismiyle tanıdığı kadının yazdığı mektubu okuyunca dosyayı hemen açtı.

"Elbette onu hatırlıyorum. Üzücü hikâyesi biribirinin aynısı olan bir sürü kadınla tanıştığım için hatırlamayacağımı düşünebilirsiniz, ama onu hatırlıyorum. Georgina sık duyulan bir isim değil. Ve onu gerçekten severdim. Onunla bir yıldan uzun süre görüştüm."

"Nasıl biriydi?"

"Buraya gelen diğer kadınlar gibiydi. Korkudan ölmek üzereydi. Bu kadar sert olduğum için üzgünüm. Ama kimse bu kadınların neler yaşadığını anlamıyormuş gibi görünüyor. Kocası gerçek bir pislikti. Georgina kendini kapana kısılmış hissediyordu. Kocasının yaptıklarını bizden başka birilerine söylerse, kimsenin ona inanmayacağını düşünüyordu."

"Peki ona ne söylediniz? Kocasını terk etmesini söylediniz mi?"

"Bu iş, o kadar basit değil. Güvende kalmak için burada yaşayan kadınlar var. Yapılan yardımları yerlerine ulaştırmak zor oluyor. Uzaklaştırma emirleri pek işe yarıyormuş gibi görünmüyor." Hayal kırıklığıyla içini çekti. "Ona, bazı avantajları olduğunu söyledim. Adamın iyi bir işi vardı. Ona isterse kocasını terk edip hakkında bir uzaklaştırma emri çıkartabileceğini ve olanları herkese anlatmakla tehdit edebileceğini söyledim. Bazen bu tip tehditler işe yarar. Ama Georgina çok korkuyordu."

Calvin başını salladı.

"Bir gün randevusuna gelmedi. Hoover Barajı Köprüsü'nden atladığını duyduk. Cesedi bulamadılar. Bunu gazetede okumuştum." Kadın üzüntüyle olayları hatırlayarak başını iki yana salladı. "Adamın onu öldürüp, bunu intiharmış gibi gösterdiğini düşünmüştüm."

"Polise gittiniz mi?"

"Elbette gittim. Adamı araştırdılar ama geçerli bir tanığı vardı. İşyerindeydi; gün boyunca bir sürü insan onu görmüştü. Polis, peşini bıraktı."

Calvin, "Kocası onu öldürmedi" dedi mektubu göstererek.
"Hayır, kaçmayı başarmış. Onun adına çok sevindim."
"Ama şu an Georgina cinayetle suçlanıyor."
"Georgina kocasını mı öldürdü?" dedi Stacy şaşkınlıkla. Burnundan sert bir nefes verdi. "Adam bunu hak etmişti. Pislik herif." Sonra endişeyle Calvin'e bakıp, "Ona ne olacak?" diye sordu.

37

Dedektif Rasbach, bundan sonra Krupp davasının oldukça kolay ilerleyeceğinden neredeyse emindi. Bu iş bir yapboz gibiydi; başlangıçta zor olurdu ama çerçeveyi oluşturduğunda, parçalar güzelce yerlerine yerleşmeye başlardı. Rasbach, Karen Krupp'ın katil olduğundan da neredeyse emindi. Gerçi onun için üzülüyordu. Koşullar farklı olsa, kadının kimseyi öldürmeyeceğini düşünüyordu. Mesela, Robert Traynor'la hiç tanışmamış olsa.

Artık Traynor'ın karısını nasıl bulduğunu biliyorlardı. Las Vegas Polisi'nin gönderdiği bilgisayarını incelemişlerdi. Traynor Birleşik Devletler'in dört bir yanındaki tüm muhasebe ve mali müşavirlik web sitelerini sistematik olarak araştırmıştı. Tom Krupp'un çalıştığı şirket olan Simpson ve Meritt'in web sitesindeki bir sayfaya yer işareti koymuştu. Ve Georgina orada, ofiste verilen bir Noel partisinde çekilmiş fotoğraflardan birinin arka planında, Tom Krupp'un yanında duruyordu. Aynı siteden Tom Krupp'un iletişim bilgilerine ulaşılabiliyordu.

Rasbach, gerçekten ortadan kaybolmanın çok zor olduğunu düşündü.

Rasbach, Traynor'ın onu bulmak için neden bu kadar çok uğraştığını merak etti. İntihar ettiğine inanmadığı çok açıktı. Belki de karısının cesedi hiçbir zaman bulunamadığı için inanmamıştı.

Rasbach, savcıya sunacağı sağlam bir davası olduğuna inanıyordu. Fiziksel kanıtlar yeterli olmasa da, ikinci derece kanıtlar oldukça ikna ediciydi. Suç mahallinin etrafındaki ev ve işyerlerini kapı kapı gezip araştırmalarına rağmen bir görgü tanığı bulmayı başaramamışlardı. Rasbach, Karen Krupp'la yaptığı verimsiz görüşmeyi hatırladı. Kadının dehşet içinde olduğu çok açıktı. Tom Krupp için de üzülüyordu. Ama Robert Traynor için, hiç üzülmüyordu.

Dedektif Jennings açık kapıya hafifçe vurup Rasbach'ın ofisine girdi. Elinde, içinde sandviçler olan bir kese kâğıdı tutuyordu. Birini Rasbach'a uzatıp oturdu. "Biri arayıp Krupp davası konusunda bilgi verdi" dedi.

"Bilgi mi?" dedi Rasbach temkinle. Masasının üstünde duran açık gazeteye baktı.

Şehir sakinlerimizden bir ev kadını, Karen Krupp, Hoffman Sokağı'ndaki kimliği belirlenemeyen bir adamı öldürme suçuyla tutuklandı. Daha sonra, adamın kimliği Las Vegas, Nevada'dan Robert Traynor olarak belirlendi. Bu konuda henüz başka ayrıntılar bilinmiyor.

Karen ve Tom Krupp basınla konuşmuyordu ve polis olaydan sonra, sadece davaya karışan isimleri verdiği, çok kısa bir açıklama yapmıştı. Ayrıntı yoktu. Ama tabii, çekici ve saygıdeğer ev kadınlarının cinayetle suçlanması nadir görülen bir durumdu. Basın kısa süre içinde bunun peşine düşecekti. Henüz hiç kimse Karen Krupp'un eskiden başka biri olduğunu, kendini ölmüş gibi gösterdiğini ve eskiden kurbanla evli olduğunu bilmiyordu.

"Evet, biliyorum" dedi Dedektif Jennings, Rasbach'ın gazeteye yönelen bakışını takip ederek. "Dışarıda bir sürü çılgına dönmüş insan var. Muhtemelen yakında bir sürü gelmeye başlar."

"Adam ne dedi?"

"Bir kadındı."

"İsmini söyledi mi?"

"Hayır."

"Asla söylemezler" dedi Rasbach.

Jennings sandviçinden büyük bir lokmayı çiğnemeyi bitirip yuttu. "Cinayet silahını bulmak için Kruppların evini aramamız gerektiğini söyledi."

Rasbach kaşlarını havaya kaldırıp sandviçini salladı. "Karen Krupp adamı vurdu, paniğe kapıldı ve kaçtı. Silah olay yerinde ya da arabada değildi. O zaman, silah nerede? Bir silahımız olsa, adamın onunla öldürüldüğünü kanıtlayabilsek ve bunu Karen Krupp'la bağlantılı hale getirebilsek, çok iyi olurdu. Ama cinayet mahallinden ayrılırken silah hâlâ yanındaysa, onu ya yakınlarda bir yere saklamış olmalı –kadın paniğe kapılmıştı; buna pek ihtimal vermiyorum ve o zaman silahı bulmuş olurduk– ya da arabanın penceresinden atmış olmalı. Hastaneden çıktıktan sonra da dönüp onu aramış ve evde bir yerlere saklamış olmalı. Bilmiyorum, belki de iç çamaşırı çekmecesine saklamıştır." Sandviçinin paketini açmaya başladı. "Bunu yapması çok aptalca olurdu. Ve o aptal bir kadın değil."

"Evet, ben de sanmıyorum."

Rasbach, "Bu davayı çözmek için halkın yardımına ihtiyacımız olacağını sanmıyorum" deyip tam buğday ekmeğine yapılmış ton balıklı sandviçinden bir ısırık aldı.

O akşamüstü, daha geç saatlerde Tom, ilçe hapishanesindeki Karen'ı ziyarete gitti.

Birkaç dakika otoparktaki arabasının içinde durup huzursuzca kocaman, tuğla binaya baktı. O binaya girmek istemiyordu. Ama Karen'ı düşünüp cesaretini topladı. Karen orada hayatta kalmayı başarabiliyorsa, Tom da en azından ziyarete gittiğinde cesur görünebilirdi.

Hapishanenin ön kapısından girip gardiyanları geçti ve güvenlik masasına geldi. Karısıyla konuşabilmek için bütün bu engellere –kapılar, gardiyanlar, geçilen işlemler, aramalar– alışması gerekiyordu. Karen'ın nasıl olduğunu merak etti. Hâlâ güçlü durabiliyor muydu, yoksa dağılmış mıydı? Bunu ona sorduğunda, Tom'a doğruyu söyleyecek miydi, yoksa onu korumak için sadece iyi olduğunu mu söyleyecekti?

Tom sonunda, masalarla dolu büyük bir odada onunla görüşecekti. Karen'ın masalardan birinde oturduğunu görüp karşısına geçti. Odanın ön tarafında dikkatli gardiyanlar herkesi izliyordu. Etrafındaki masalarda yakınlarını ziyarete gelmiş başka insanlar vardı ama seslerini yeterince alçak tutarlarsa, özel bir alanları var sayılırdı.

Tom, "Karen..." dedi; onu görünce sesi titremeye başlamıştı. Gözleri hemen yaşlarla doldu. Tom onları silip gülümsemeye çalıştı.

Gözyaşları Karen'ın gözlerini doldurup yanaklarından aşağı akmaya başladı. "Tom!" Yutkundu. "Gelmene çok sevindim. Gelmeyebileceğini düşünmüştüm."

"Elbette geleceğim! Elimden geldiğince, seni hep görmeye geleceğim Karen, söz veriyorum" dedi Tom umutsuzca. "Seni buradan çıkartana kadar." Karen hapisteyken Brigid'le yaptığı şeyler yüzünden çok utanıyor ve kendini suçlu hissediyordu.

"Korkuyorum Tom" dedi Karen. Hiç uyumamış gibi görünüyordu. Saçları yıkanmamıştı. Tom'un onu inceleyen bakışlarını gören Karen "Burada her istediğimde duş alamıyorum" dedi.

Tom umutsuzca, "Yapabileceğim bir şey var mı?" diye sordu. Kendini çok güçsüz hissediyordu. "Sana bir şeyler getirmemi ister misin?"

"Buna izin vereceklerini sanmam."

Bu, neredeyse Tom'u dağıtacaktı. Ağlama isteğini zorlukla bastırdı. Tom her zaman Karen'a sürpriz hediyeler vermeyi çok severdi; çikolatalar, çiçekler. Burada Karen'ı bekleyen zorlu geleceği düşünmeye katlanamıyordu; Karen her zaman konforuna düşkün biri olmuştu. O, hapishaneye uygun biri değildi. Aslında, kimse hapishaneye uygun değildi. "Bunu öğreneceğim, tamam mı?" Karen başını ona doğru eğdi. "Hey, neşelen. Buradan çıkacağım. Avukatım öyle söylüyor."

Tom, Calvin'in Karen'a böyle bir güvence verdiğinden şüpheliydi, ama Karen'ın yakında dışarı çıkacağına inanıyormuş gibi davranmaya devam etti. Sadece, dayanıklı olmaları gerekiyordu. Ama Tom'un, Karen'a söylemesi gereken bir şey vardı. "Karen," dedi dikkatle; sesi çok alçaktı. "Dün gece Brigid'le konuştum."

"Brigid'le mi?" diye tekrarladı Karen, şaşırarak.

Tom, yüzüne yayılan hafif kızarıklığı fark etmemesini diliyordu. Suçluluğunu. Bir an için gözlerini Karen'ın gözlerinden kaçırıp masaya baktı, sonra tekrar yukarı baktı. "Evet. Seninle konuşmaya gelmişti. Tutuklandığını bilmiyordu."

"Tamam..."

"Ama bana bir şey söyledi."

"Ne söyledi?" dedi Karen; onun da sesi alçaktı, ama endişeli değildi.

"Kaza gecesi seni ön kapıdan çıkarken gördüğünü söyledi." Tom doğrudan karısının sevgi dolu, yalancı gözlerine bakıyordu. Sesi çok alçaktı. "O gece seni takip ettiğini söyledi."

Karen bir anda paniğe kapılmıştı. "Ne?"

"Seni arabasıyla, onu fark edemeyeceğin kadar uzaktan takip ettiğini söyledi." Karen hiç kıpırdamadan durdu; Tom onun yüzünden geçen karmaşık ifadeleri izliyordu. Doğru, diye düşündü. Brigid'in söyledikleri doğru.

"Başka ne söyledi?"

"Park edene kadar seni takip ettiğini ve sokağın karşısına park ettiğini söyledi. Restoranın arka tarafına gidişini izlemiş. Silah sesleri duymuş. Üç el. Sonra koşarak binadan çıkıp arabaya gittiğini görmüş. Eldivenleri çıkarıp arabaya bindiğini ve hızla uzaklaştığını gördüğünü söyledi."

Karısı hiçbir şey söylemedi. Bu haberin onu şoke ettiği çok belliydi.

"Karen" diye fısıldadı Tom.

Karısı hâlâ hiçbir şey söylemiyordu.

"Karen!" dedi Tom telaşla. İçgüdüsel olarak etrafta kimsenin onları duyup duymadığını kontrol ederek sesini alçalttı. Ama odadaki uğultu yüzünden kimse onları duyamazdı. "Brigid oradaydı, Karen!"

"Belki de yalan söylüyordur."

"Sanmıyorum" dedi Tom yavaşça. "Eldivenleri nereden biliyor?" Gözleri kocaman açılmış olan Karen sessiz kaldı. Tom, boynundaki bir damarın atmaya başladığını görebiliyordu. Polis dışında kimse eldivenleri bilmiyordu. Tom başını iki yana salladı. "Bence Brigid oradaydı, Karen. Bence seni gördü. Elinde eldivenler ve bir silahla içeri girdiğini, sonra sadece eldivenlerle dışarı çıktığını söyledi."

"Peki ne yapmış?" diye sordu Karen, elleriyle masanın kenarını sıkarken.

"Ne mi yapmış?"

"Arabaya binip uzaklaştığımı gördükten sonra ne yapmış?"

Tom, "Restorana girip cesedi görmüş" dedi. Karen'ın yüzünün soluşunu izledi ve mide asidinin boğazına kadar yükseldiğini hissetti. "Çok korkup dışarı çıkmış ve eve gitmiş."

Tom, Karen'ın yüzünde gördüğü ifadeden rahatsız olarak, gardiyanların dikkatli gözleri altında cesaret edebildiği kadar başını Karen'a yaklaştırdı. "Karen, bana doğruyu söyle. Gerçekten hatırlamıyor musun?" Bunu nazikçe, tatlı dille söylemişti. Karen ona doğruyu söylerse, onu affedecekti. Yüzündeki ifadeden, ne kadar dehşete düşmüş olduğunu görebiliyordu. Elbette jüri üyeleri de bunu görecekti.

"*Brigid, bir tanık*" dedi Karen, buna inanamıyormuş gibi. "Onu öldürdün mü?" diye üsteledi Tom; sesi neredeyse duyulamayacak kadar alçaktı. Tekrar etrafına bakındı. Kimse onlara dikkat etmiyordu. "Bana söyleyebilirsin" dedi. "Sadece bana."

Karen Tom'a bakıp "Hatırlamıyorum. Ama birini vurabileceğimi düşünmüyorum" dedi.

Tom ona inanabilmeyi çok istiyordu. Umutsuzluğa kapılarak sandalyesinde arkasına yaslandı. Belki jüri, karısının bunu neden yaptığını anlayabilirdi. Tom huzursuzca, öyle bile olsa Karen'ın yıllarca hapiste kalacağını düşündü. Her şey Robert Traynor'ın suçuyken, bu hiç adil değildi. Karen'ın peşine düşmemiş olsaydı, onu rahat bırakmış olsaydı, şimdi korkmuş ve acınacak halde bu ilçe hapishanesinde oturuyor olmayacaklardı.

Karen gerçeği Tom'a itiraf edemese de —belki de kendine bile itiraf edemiyordu; belki de bunu tamamen bilinçaltına itmişti— Tom hâlâ, bu farklı ve hatalı Karen'ı sevdiğini düşündü. Hayatının geri kalanını hapiste geçirmesine izin veremezdi. Onun olmadığı bomboş günler ve geceler boyunca, onun hapiste olduğunu düşünerek yaşamayı hayal bile edemiyordu.

"Brigid, bir tanık" dedi Karen kendini toparlayıp Tom'a doğru eğilirken. "Eldivenlerin benim olduğunu kanıtlayabilseler bile, bu onu öldürdüğümü kanıtlamaz. Bu sadece orada olduğumu kanıtlar. Oradaydım, ama..." Umutsuzca Tom'a baktı. "Onu öldürebilecek olsaydım, onunla evliyken öldürürdüm. Sence de bu doğru değil mi? Brigid silah sesi duyduğunu ve ardından koşarak oradan çıktığımı söylüyorsa, yalan söylüyor olmalı!" Karen korku dolu gözlerle ona baktı. "Neden yalan söylesin ki?"

Tom başını iki yana doğru sallayıp hiçbir şey söylemedi. Brigid'in yalan söylediğini düşünmüyordu; Karen'ın yalan söylediğini, en iyi ihtimalle neler olduğunu bilmediğini düşünüyordu. "Bir şey söyleyeceğini sanmıyorum" dedi Tom sonunda. "Nasıl bu kadar emin olabiliyorsun?" diye fısıldadı Karen, endişeli bir sesle.

"O senin arkadaşın" dedi Tom huzursuzca.

"Nasıl bir arkadaş böyle bir yalan uydurur? Belki de beni gerçekten takip etti ve oradaydı, ama belki de her şey, onun söylediği gibi olmamıştır."

Tom üzüntüyle Karen'a baktı. Öne doğru eğilip, "Polisin, onun da orada olduğunu öğrenmemesini sağlamalıyız. Bu konuda bir şeyler bildiğini düşünmelerine sebep olacak hiçbir şey yok. Onu tanık olarak çağırmalarına sebep olacak bir şey yok. Brigid hiçbir şey söylemeyecek" dedi.

"Umarım haklısındır" dedi Karen huzursuzca. "Ama artık ona güvenmiyorum."

Tom da Brigid'e güvenmiyordu, ama doğruyu söylediğini düşünüyordu.

38

Tom gidince, Karen titremeye başladı. Onun gidişini izlerken dış dünyayla son bağlantısının da koptuğunu hissetmişti. Burada, gerçek benliğinin yok olmasından korkuyordu. Tom'un gidişini izlerken, neredeyse *Beni burada bırakma!* diye bağıracaktı. Ama sonra, bir gardiyan yanına geldiğinde kendini tuttu; çünkü bunu yapmazsa, zayıflığını gösterirse, burada asla hayatta kalamazdı.

Calvin ona, her şeyin yolunda gidebileceğini söylemişti. Ama buna inanmak gitgide zorlaşıyordu. Brigid'in o akşam kendisini takip etmesine çok şaşırmıştı. Bir anda, o gece plazanın yakınında tanıdık bir şey gördüğünü, ama ne olduğunu anlayamadığını hatırladı. Brigid'in arabası. Artık hatırlıyordu. Peki neden diğer kısımları hatırlayamıyordu? Bu Karen'ı delirtiyordu.

Brigid onu neden takip etmişti? Bunun için nasıl bir sebebi olabilirdi? Bunun tek sebebi, onun evden aceleyle çıktığını gördüğünde, kokusunu aldığı skandalın çekimine karşı koyamaması olabilirdi.

Brigid'in sokağın karşısında yaşaması, Karen için çok büyük bir şanssızlıktı.

Tom arabasına doğru giderken ofisten arandı. Kalbi sıkıştı. İşle uğraşmak istemiyordu. Biraz izin almaya ihtiyacı olduğunu söylemesi gerekecekti. Önceki gün Karen tutuklandığından beri ofise uğramamıştı. Jack Calvin telefon ettiğinde, uçar gibi ofisten çıkmıştı. Ve artık hikâye gazetelerdeydi. İsteksizce telefonu açtı.

"Tom," dedi James Merritt. Merritt, Simpson ve Merritt'in büyük ortaklarından biriydi. Tom hiçbir zaman adamla çok ilgilenmemişti.

"Evet?" dedi Tom sabırsızca.

"Ofise gelmen gerekiyor" dedi Merritt yumuşak, otoriter, bariton sesiyle.

"Şimdi mi? Ben... Uğraşmam gereken bazı işler var..."

"Yarım saat sonra toplantı odasında ol." Telefon kapanmıştı.

"Kahretsin!" Karen'ın cinayetten tutuklandığını öğrenmiş olmalılardı. Bu, müşterileri pek memnun etmeyecekti.

Aceleyle takım elbise giymek için eve uğradı, sonra ofise doğru yola çıktı. Arabasını her zamanki park yerine bırakıp bir süre içinde oturarak kendini hazırladı. İçinde güçlü, kötü bir hisle arabasından inip hızla binaya doğru yürüdü. Asansörle on ikinci kattaki, nadiren ziyaret ettiği toplantı odasına çıktı.

İçeri girdiğinde bütün ortaklar büyük, pürüzsüz masanın etrafında oturuyordu. Odadaki mırıltı aniden huzursuzca kesildi; Tom, elbette kendisi hakkında konuştuklarını biliyordu. Karısı hakkında.

"Otursana Tom" dedi Merritt, onu boş bir sandalyeye yöneltirken.

Tom oturup, orada toplanmış şirket ortaklarına baktı. Bazıları merakla gözlerinin içine bakıyordu; bazılarıysa bunu yapmıyordu.

"Mesele nedir?" diye sordu Tom cesurca.

"Bunu senin bize anlatmanı umuyorduk" dedi Merritt.

Tom gergindi. Burada hiçbir zaman kendini rahat hissetmemişti. Bunun için gereken altyapıya ve geçmişe sahip değildi. Paralı bir aileden gelmiyor, doğru kulüplerde golf oynamıyordu. Bu kadar yükselmesinin sebebi, çok iyi bir mali müşavir olmasıydı. Ve asla yakınmadan, sürekli çalışırdı. Ama muhtemelen onu hiçbir zaman ortaklar arasına almayacaklardı. Şimdi de, bu olmuştu.

"Mesele karımla ilgiliyse, bunun hiçbirinizi ilgilendirdiğini sanmıyorum" dedi Tom.

"Tersine, bunun bizi ilgilendirdiğini düşünüyoruz" dedi Merritt. Tom'a soğuk gözlerle baktı. "Başına gelenler için üzgünüz" diye devam etti; pek de üzülmüş görünmüyordu. O ve diğer ortaklar, daha çok afallamış görünüyorlardu. "Ama doğal olarak, bu olayın nasıl görüneceği konusunda endişeliyiz." Merritt bakışlarını masadaki diğer ortakların üzerinde gezdirdi; çoğu sessizce başını sallıyordu.

Tom onlara öfkeli bakışlarla karşılık verdi.

"Çok iyi bir muhasebeci olduğuna şüphe yok Tom" dedi Merritt. "Ama bizim durumumuzu anlaman gerekiyor. Müşterilerimizi ve onların hassasiyetlerini düşünmek zorundayız. Korkarım ki, karın hakkındaki suçlamalar düşene kadar, seni ücretsiz izne göndermek zorundayız." Merritt, Tom'un anlaması için durakladı. "Elbette" diye ekledi, "başka yerlere iş başvurusu yapmakta özgürsün. Sana seve seve iyi bir referans veririz."

Tom hızla gözlerini kırpıştırdı. Onu kovuyorlardı. Hiçbir şey söylemeden ayağa kalktı, toplantı odasından çıktı ve kapıyı ardından gürültüyle çarptı.

Öfkeyle otoparktan çıktı. Karen'ın hukuki giderleri için paraya ihtiyacı olacaktı; avukatlık hizmetleri çok pahalıydı. Ve artık bunu ödeyemeyecekti.

Brigid Tom'un eve döndüğünü gördü. Arabadan inip kapıyı öfkeyle çarpışını izledi. Tom hızla basamakları tırmanıp eve girdi.

Brigid'in kalp atışları hızlandı. Bu sefer ne olduğunu çok merak ediyordu.

Tom, Karen'dan ne kadar çabuk kurtulursa, ne kadar çabuk Brigid'i hayatına alırsa, o kadar mutlu olacaktı. Brigid buna tüm kalbiyle inanıyordu.

Karen'ın hapse girip aradan çekilmesi mükemmel olmuştu. Brigid, Tom onu ziyarete gittiğinde Karen'ın yıkanmamış saçları ve çirkin hapishane üniformasıyla ne kadar farklı görüneceğini düşündü. Karen her zaman mükemmel hatları ve ince kemik yapısını ortaya çıkaran pahalı, kısacık saç kesimiyle çok çekici olmuştu. Artık saçlarını, ona çok yakışan o modelde kestiremeyecekti. Brigid, onu ziyarete gitmenin ne kadar eğlenceli olacağını hayal etti. Karen'ı hapishanede ziyarete gidip yeni, çekiciliğini kaybetmiş Karen'ı kendi gözleriyle görmek istiyordu. Bu çok tatmin edici olacaktı. Brigid Karen'da hep bir üstünlük sezmişti. Ama artık, Tom dahil, her şeyin sahibi Brigid olacaktı. Karen'ın bütün güzel eşyalarıyla birlikte, kocasını da alacaktı. Karen kısa süre sonra bunu anlayacak, ama bu konuda hiçbir şey yapamayacaktı.

Brigid, Bob'un eve gelip yemek yemesini, sonra tekrar dışarı çıkmasını bekleyecekti. Kocası gerçekten de sadece yemek yemek ve uyumak için geliyordu. Bu artık Brigid'i mutlu ediyordu, çünkü böylece o da istediği şeyleri yapmakta özgür oluyordu.

Brigid o akşamüstü saçlarını Karen gibi, kısacık kestirmişti. Manikür ve pedikür yaptırmıştı. Brigid, Karen'ın düzenli olarak manikür ve pedikür yaptırdığını biliyordu. En azından eskiden, bunu yapardı. Artık yapamayacaktı. Brigid, Karen'ın belki de bunun yerine hapishane dövmeleri yaptıracağını düşünerek gülümsedi. Brigid, Karen'ın hangi kuaföre gittiğini ve saçlarını kime kestirdiğini biliyordu; çünkü Karen ona söylemişti. Banyo aynasında kendisine bakan Brigid, gördüğü şeyi beğendi. Omuzlarına kadar inen kahverengi, sıkıcı saçları gitmişti. Bu yeni, flörtöz kesim onu bambaşka birine dönüştürmüştü. Brigid bunu çok sevmişti. Kuaförün sandalyesinde oturup saçlarının tutamlar halinde yere dökülüşünü izlerken eski hayatının, eski kimliğinin de ondan kopup gittiğini hissediyordu. Kendini uzun bir uykudan sonra ortaya çıkan çok güzel bir kelebek gibi hissediyordu.

Karen'ın hayatında, onun yerini alacaksa, bunu doğru biçimde yapmalıydı. Tom'un istediği her şeyi ve daha fazlasını ona verecekti. Elini öne doğru uzatıp, profesyonel bakım yapılmış tırnaklarına beğeniyle baktı.

Birazdan yine Tom'u görmek için sokağın karşısına gidecekti. Heyecanla ürperdi. Tom, onu geri çevirmeye cesaret edemezdi.

39

Jennings günün sonunda başını tekrar Rasbach'ın ofisine uzattı. Rasbach başını kaldırıp "Ne oldu?" diye sordu. "Krupp davası konusunda bir telefon daha aldık. Aynı kadından."

"Bir daha mı aradı? Bu kez ne dedi?"

"Neden Kruppların evinde cinayet silahını aramadığımızı sordu."

Jennings masanın karşısındaki her zamanki yerine geçerken Rasbach sandalyesinde arkasına yaslandı. "Yani oraya gidip evi aramadığımızı biliyor. Evi gözetliyor olmalı. Belki komşulardan biridir."

"Evet. Bunun için seni rahatsız etmezdim, ama çok önemli olduğunu düşündüğüm başka bir şey daha söyledi."

"Ne dedi?" diye sordu Rasbach sertçe.

"Eldivenleri bulup bulmadığımızı sordu."

Rasbach ilgiyle öne eğildi. "Kimse eldivenleri bilmiyor." Onları sadece polis, bir de Tom ve Karen Krupp biliyordu. Gazetelerde eldivenler hakkında hiçbir şey yazılmamıştı.

"Bu kadın, biliyor."

"Bir tanığımız olabilir" dedi Rasbach. "Ya da en azından bir şeyler bilen biri." Vücudunda yükselen adrenalinin heyecanını hissetti. "Karen Krupp'ın cinayet silahını tekrar evine götürmüş olmasına imkân yok" dedi Rasbach. "Bunu daha önce konuşmuştuk. Kazayı yaptığında arabada değildi ve silahı saklamış ya da pencereden atmış olsa, onu bulurduk." "Belki de oradaki tek kişi Karen Krupp değildi" dedi Jennings. "Belki de başka biri de oradaydı ve silahı o aldı." Rasbach ona bakıp başını salladı. "Evet. Bir arama izni çıkartalım."

Tom için en kötü şeylerden biri de, istediği zaman Karen'la konuşamamaktı. Gün içinde onun sesini duymaya, karşılıklı mesajlar ve e-postalar yazmaya ne kadar alıştığına inanamıyordu. Karen hep yanındaydı. Ve artık, yoktu. Onunla sadece, hapishanedeki telefonu kullanabildiğinde konuşabilecekti ve bunun ne sıklıkta olacağını bilmiyordu. Ve çok fazla konuşamayacaklardı. Tom Karen'ı ancak ziyaret saatlerinde görebilecekti.

Karen, *hapse tıkılmıştı.* Durum tam da buydu.

Ve işte Tom, tek başına, evdeydi. Aklını kaçırmak üzere olduğunu hissetti, ama Karen için her şey çok daha zor olmalıydı. Bir sürü, ona hiç benzemeyen insanla beraber, bir hayvan gibi oraya tıkılmıştı. Kötü şeyler yapmış insanlarla beraber. Karen aslında yanlış bir şey yapmamış, sadece kendini korumuştu, değil mi? Ama şansı yaver gitse ve jüri ona karşı hoşgörülü davransa bile, yaptığı şeyi açıklayabilse bile, muhtemelen hapishanede korkunç yıllar geçirecekti.

Ve sonunda dışarı çıktığında, ikisi de çok değişmiş olacaktı.

Tom huzursuzca Brigid'i düşündü. Yine gelmesinden korkuyordu. Onu kızdırmayı göze alamazdı.

Tom, Brigid'in eski günler hatırına onunla bir kez daha birlikte olmayı istediğini umuyordu. Bu onu mutlu edecek ve o da kocasına dönecekti. Bunları düşünürken ön kapının hafifçe çalındığını duydu. Bu sesle yerinden zıpladı.

Tom, geceyi bir otelde geçirmesinin daha iyi olacağını çok geç fark etti. Ya da kardeşinde kalmasının. Burada, Brigid'in onu bulabileceği bir yerde olmamalıydı. Bir süre kardeşinin yanında kalmalıydı. Böylece Brigid'in yanına gelip durmasını engelleyebilirdi. Ama buna cesaret edip edemeyeceğini ya da bunun Brigid'i kızdırıp, ona ya da Karen'a zarar verecek bir şeyler yapmasına sebep olup olmayacağını bilmiyordu. Brigid garaj yolunda Tom'un arabasını görmüş olmalıydı. Tom isteksizce kapıyı açtı. Brigid'i gördüğünde çok şaşırdı. Kendine engel olamadan, "Saçlarını kestirmişsin" dedi.

"Beğendin mi?" diye sordu Brigid, çekingen bir sesle.

Tom'un midesi bulandı. Brigid saçlarını tam olarak Karen'ın saçları gibi kestirmişti. *Bu kadının derdi ne?* diye düşündü. Ve ses tonu, bu koşullar altında çok rahatsız edici ve uygunsuzdu. Brigid gelip, "Benimle sevişmezsen polise karın hakkında bildiklerimi söylerim" dese, Tom ondan daha az nefret ederdi. Ama tekrar sevgili olmuşlar gibi davranması midesini bulandırıyordu. Kapıyı suratına kapatıp sonsuza dek kilitlemek istiyordu. Kimse Karen'ın yerini alamazdı. Hiç kimse. Özellikle de Brigid.

Brigid, "Sorun ne?" diye sordu.

Tom kendini hızla toparlayarak, "Hiçbir şey" dedi. Ona karşı nasıl davranması gerektiğini bilmiyordu. Brigid'in ruh hali çok hızlı değişebiliyordu; Tom onun ne kadar havai olduğunu hatırlıyordu. Onunla tekrar sevişmek istemiyordu. Ona dokunmak istemiyordu. Onunla hiçbir şey yapmak istemiyordu. Brigid'in gitmesini istiyordu.

Brigid oturma odasına doğru yürüyüp, Tom kapıyı kapatırken yüzünü ona doğru dönerek "O zaman neden bana içecek bir şeyler vermiyorsun?" dedi.

Önceki gecenin tekrarını istiyordu. Tom bunu kaldıramayacaktı. Onu tatmin edecek bir performans sergileyebileceğinden de emin değildi. Belki de bu işten böyle kurtulurdu. Belki de iyi bir performans sergileyemeyecekti; Brigid ona gülecek, onunla alay edecek ve sonra rahat bırakacaktı. Tom bunu istiyordu. Ama bu durum Brigid'i kızdırırsa ve polise bildiklerini söylerse ne olacaktı?

Tom akan terin boynunun arkasını gıdıkladığını hissetti. Kalbi göğsünde küt küt atıyordu. Başını büyük bir derde soktuğunu biliyordu. Karen'a bundan bahsedemezdi. "Brigid" dedi içindeki bütün yorgunluğu ve umutsuzluğu yansıtan bir sesle. "Bu gece hiçbir şey yapabileceğimi sanmıyorum. Çok yorgunum."

Brigid hayal kırıklığıyla kıstığı gözleriyle ona baktı.

Tom, "Ayrıca Karen için çok endişeliyim" diye ekledi. Anında bunu söylemenin yanlış olduğunu fark edip içinden aptallığına küfretti.

"Karen için endişelenmeyi bırakmalısın" dedi Brigid gergin bir sesle. "O hapiste. Onun için yapabileceğin hiçbir şey yok. Sen de, ben de, o da biliyoruz; bir adam öldürdü. Suçlu bulunacak. Uzun süre hapisten çıkamayacak." Sonra daha da sert bir sesle ekledi: "Başına gelecekleri hak etti."

Tom duyduklarına inanamıyordu. Brigid'in yüzünde beliren bu ani nefret çok tehlikeliydi. "Brigid, o senin *arkadaşın*" diye hatırlattı Tom. "Nasıl böyle düşünebilirsin?" Kalbi çok hızlı atıyordu; sesi yalvarır gibi çıkmıştı.

Brigid, "Bir adamı öldürüp sana yalan söylediği ve senin hayatını mahvettiği günden beri, arkadaşım değil. Hangi kadın sevdiği adama böyle bir şey yapar? Sen ondan çok daha iyilerine layıksın" dedi.

Tom'a iyice yaklaştı. Ellerini boynuna koydu. Tom, tiksintiyle başını geri çekmemeye çalıştı. Karen'ınkiler gibi kestirdiği saçlarıyla Brigid'i gördüğünde, onun bir fantezide yaşadığını ve aklının yerinde olmadığını anlamıştı. Normal bir insan gibi düşünmeyen bir kadınla uğraşıyordu.

"Brigid" dedi gözlerinin içine bakarak. "Ne düşündüğünü bilmiyorum..."

"Bence biliyorsun" dedi Brigid nefesi kesilmiş gibi, seksi

bir sesle. Tom geri çekilmek istiyor, ama buna cesaret edemiyordu.

Brigid'in elini nazikçe tutup boynundan çekti. "Brigid, belki de dün gece bir hataydı..."

"Böyle söyleme!" diye bağırdı Brigid. Yüzü öfkeyle kararmış, çirkinleşmişti.

"Ama," dedi Tom umutsuzca, "Brigid, ikimiz de evliyiz. Ben artık Karen'la evliyim ve istesem de onu bırakamam. Sen de Bob'la evlisin..."

"Önemli değil" diye itiraz etti Brigid. "Seni seviyorum, Tom. Benden ayrılıp Karen'la görüşmeye başladığın zamanlardan beri seni seviyorum. Sokağın karşısından sizi izliyordum. Aramızda güçlü bir bağlantı olduğunu hissediyorum; sen hissetmiyor musun? Karen'ın başına gelen, belki de olmalıydı. Kadere inanmıyor musun? Belki de bizim birlikte olabilmemiz için, bunların olması gerekiyordu."

Tom Brigid'e baktı, afallamıştı. Brigid'in bu konuda ciddi olması imkânsızdı. Ama ciddiydi. Tom, tamamen delirmiş bir kadınla uğraşıyordu.

Tom bir kukla gibi yönlendirildiğini hissetti; Brigid'in kendisi, Karen ve mutlulukları üzerinde sahip olduğu güç onu o kadar öfkelendiriyordu ki, ellerini memnuniyetle Brigid'in boynuna koyup boğazını sıkabilirdi.

40

Ertesi sabah Tom sıçrayarak uyandı. Yatağın diğer tarafına, Karen'ın tarafına baktı. Yatak, elbette boştu. Karen hapisteydi. Her sabah neler olduğunu hatırlaması ve artık bir kâbusa dönüşmüş olan hayatına uyanması biraz vaktini alıyordu. Daha yeni ve onu felç eden detayları hatırlaması için biraz daha zaman gerekiyordu. Brigid. Dün gece yine yatağına gelmişti.

Sonra sokağın karşısındaki kocasına dönmüştü. Tom bunun için Tanrı'ya şükrediyordu.

Ön kapısının gürültüyle çalındığını duydu. Komodinin üstündeki çalar saate baktı. Saat, 09.26'ydı. Normalde bu saatte işte olurdu, ama artık gitmesi gereken bir işi yoktu.

Tom hızla üstüne bir sabahlık geçirip, kapıyı çalanın kim olduğuna bakmak için aşağı indi. Halı kaplı merdivenleri huzursuzca inip dışarı baktı. Gelen Dedektif Rasbach'tı. Elbette. Bu lanet olası dedektif ve sokağın karşısındaki kaçık dışında, kapısına kim gelirdi ki? Bu kez dedektifin yanında bir ekip vardı. Tom beyninin zonklamaya başladığını hissetti.

Kapıyı açtı. "Ne istiyorsunuz?" Sesinin asabi çıkmasını engelleyememişti. Hayatını en çok mahveden kişi —Robert Traynor'dan sonra— bu adamdı. Tom sinek kaydı tıraş olmuş, iyi giyimli, harekete geçmeye hazır dedektif karşısında kendi dağılmış görüntüsünden ve sabah 09.30'da üzerinde bir sabahlıkla evde olmaktan utandı.

"Evi aramak için arama iznim var" dedi Rasbach, ona bir kâğıt uzatarak.

Tom kâğıdı sertçe ondan alıp baktı. Kâğıdı geri verdi. "Buyurun" dedi. Bu, ufak bir rahatsızlıktı. Burada bulabilecekleri hiçbir şey yoktu. Tom her yere bakmıştı.

Eve girip ekibine emirler vermeye başlayan Rasbach'a, "Bu ne kadar sürecek?" diye sordu.

"Duruma bağlı" dedi Rasbach. Yardımcı olmaya niyeti yoktu.

"Ben üst kata çıkıp duş alacağım" dedi Tom.

Rasbach başıyla onaylayıp işine döndü.

Tom yatak odasına döndü. Cep telefonunu alıp Jack Calvin'i aradı.

"Ne oldu?" diye sordu Calvin her zamanki doğrudan tavrıyla.

"Rasbach elinde bir arama emriyle buraya geldi." Hattın diğer ucunda kısa bir sessizlik oldu. Tom, "Ne yapmalıyım?" diye sordu.

Avukat, "Yapabileceğiniz hiçbir şey yok" dedi. "Bırakın, arasınlar. Ama orada kalın ve bir şey bulup bulmadıklarını öğrenin."

"Hiçbir şey bulamayacaklar" diye ısrar etti Tom.

"Dün gece geç saatlerde Vegas'tan döndüm. Karen'ı görmek için hapishaneye gidiyorum. Beni bilgilendirmeye devam et." Sonra, avukat telefonu kapattı.

Tom duş aldı, tıraş oldu ve temiz bir kotla bir gömlek giydi. Bunları yaptıktan sonra, aşağı indi. İnatla, günlük işlerini yapmaya başladı. Kahve makinesini çalıştırdı. Kendine ekmek kızarttı, meyve suyu koydu ve bunları yaparken, polislerin eldivenli elleriyle mutfağını altüst edişlerini izledi. Onlara, *Eğleniyor musunuz?* diye çıkışmak istiyordu, ama bunu yapmadı. Mutfakta işleri bittiğinde, Tom elinde kahve kupasıyla evin içinde onları takip etti. İlk kez gergin değildi. Hiçbir şey bulamayacaklarını biliyordu.

Sabahın ilerleyen saatlerinde Tom Rasbach'a merakla, "Ne arıyorsunuz?" diye sordu. Rasbach ona şöyle bir baktı ve cevap vermedi.

Sonunda işlerini bitirmiş gibi görünüyorlardı. Bir şey bulamamışlardı. Tom, gitmeleri için sabırsızlanıyordu. "Burada işiniz bitti mi?" diye sordu.

"Daha bitmedi. Bahçeyi ve garajı da aramamız gerekiyor."

Tom herkesin bunu göreceğini düşünüp öfkelendi. Ama dışarı adımını atar atmaz her şeyi gördü; evinin önüne park eden sadece polis arabaları değildi; haber kamyonetleri, muhabirler ve çevrelerinde toplanmış meraklı kalabalık da oradaydı. Tom, bunun hiçbir anlamı olmadığını düşündü; Karen'ın o adamı öldürdüğü gece, mahremiyetlerini kaybetmişlerdi.

Basınla kesinlikle konuşmayacaktı.

Rasbach'ın ekibi önce garajı elden geçirdi. Bu iki arabalık bir garajdı ve normalde bu mevsimde boş olurdu; arabalarını sadece kışın içeri park ederlerdi. Şu an içeride düzenlenmesi gereken aletler ve bahçe malzemelerinin her zamanki dağınıklığı ve çimentoya dökülmüş yağın tanıdık kokusu vardı. Bu çok uzun sürmeyecekti; sonra Tom onlardan kurtulacaktı.

İş tezgâhının yanında çömelmiş bir kadın polis memuru vardı. Üstünde çıkartılabilen bir rafı olan bir alet kutusunu dikkatle inceliyordu. Tom, aynı kutuyu Karen hastanedeyken aramıştı.

"Bir şey buldum" dedi kadın polis.

Rasbach oraya gidip yanında çömeldi. "Tamam, bakalım" dedi. Sesinde şaşkınlık yoktu.

Tom çok merak etmiş ve çok korkmuştu. *Ne bulmuş olabilirler?*

Kadın polis, plastik eldivenli elinin iki parmağını kullanarak bir tabancayı havaya kaldırdı.

Tom bütün kanının beynine yürüdüğünü hissetti. Anlayamıyordu. "O da ne?" diye sordu aptal bir ifadeyle.

"Bence cinayet silahı" dedi Rasbach sakince. Başka bir memur, kanıtı bir torbaya koyup etiketliyordu.

Polis bahçeyi de arayıp işini bitirdi. Tom duygusuzca, "Aradıkları şeyi buldular" diye düşündü. Buna hâlâ inanamıyordu.

Polis evden gider gitmez Tom kendine küçük bir çanta hazırlayıp arabasına koydu. Bir an araba kapısının yanında durup sokağın karşısındaki Brigid'in evine baktı. Brigid pencerede, onu izliyordu. Omurgasının buz kestiğini hissetti.

Sonra arabaya binip Jack Calvin'i aradı. Calvin telefonu açtı. "Calvin."

"Bir silah buldular!" Tom bunu avukata bağırarak söylemişti. "Garajda bir silah buldular! Cinayet silahı olduğunu düşünüyorlar!"

"Sakin ol Tom, lütfen" dedi Calvin. "Neredesin?"

"Şimdi arabama bindim. Ofisine geliyorum."

"Ben Karen'ı görmeye gidiyorum. Hapishanede buluşalım, orada konuşuruz."

Tom arabayı hapishaneye yöneltirken sakinleşmeye çalıştı. Buldukları gerçekten cinayetin işlendiği silah olsa bile –Tom testlerle bunun kanıtlanabildiğini biliyordu– kazadan sonra Tom garajı aradığında orada değildi. Yani silah Karen'ın silahı olsa bile, oraya nasıl gelmiş olabilirdi? Karen silahı garaja saklamazdı. Bunu yapmış olamazdı. Yani, silahı oraya başka biri koymuştu.

Tom, bunu yapabilecek tek bir kişi tanıyordu. Ve onunla sevişiyordu.

41

Hapishanenin bütün gece devam eden gürültüsü Karen'ın uyutmuyordu. Yastığını başının üstüne koyduğunda bile, gürültüyü engelleyemiyordu. Bir insanın buna nasıl alışabileceğini merak etti. Sabah olduğunda gözleri çukura kaçmıştı ve Karen çok yorgundu. Gün ilerledikçe, kendini daha da kötü hissetmeye başladı. Burada çok yalnızdı ve çok korkuyordu; hapishane gücünü çok hızlı tüketmişti. Hayatta kalmak istiyorsa, daha güçlü olmak zorundaydı. Kendine, her zaman hayatta kalmanın bir yolunu bulduğunu hatırlattı. Artık gerçekçi ve güçlü olması gerekiyordu. Bu işten sıyrılması mümkün değildi.

Bir kadın gardiyan hücresine yaklaşıp "Ziyaretçin var" dedi. Karen yatağından kalkıp kadının peşinden giderken hissettiği rahatlamayla neredeyse ağlayacaktı. Kadın onu Calvin ve Tom'un kendisini beklediği odaya götürdü. Karen Tom'a sımsıkı sarıldı; gözyaşları gözlerini yakıyordu. Tom'un kollarının bedenini sarıp sıkıca tuttuğunu hissetti. Tom hapishane gibi kokmuyordu; dışarısı gibi kokuyordu. Karen kokusunu içine çekti. Tom'u bırakmayacaktı. Başını boynuna dayayıp ağlamaya başladı. Tom bir süre sonra geri çekilip ona baktı. Karen, Tom'un gözlerinde de yaşlar olduğunu gördü. Berbat görünüyordu.

Calvin boğazını temizledi; iş konuşmaya başlamak istiyordu. "Konuşmamız gerek."

Karen bakışlarını huzursuzca avukatına çevirdi; hep birlikte oturdular. Karen'ın bütün geleceği bu adamın ellerindeydi. Tom'a uzandı; ondan güç almaya ihtiyacı vardı. "Las Vegas'a gittiniz mi? Kadın sığınağını ziyaret ettiniz mi?" diye sordu. "Evet" dedi Calvin. "Bir yıl boyunca kocanın uyguladığı şiddet yüzünden onlardan yardım almaya gittiğini onayladılar." Duraksadı. "Ama yeni bir gelişme oldu."

Karen huzursuzca Tom'a baktı. Tom onun elini sıktı.

Calvin, "Bu sabah evinizde bir arama yapıldı" dedi.

Karen bakışlarını avukatıyla kocası arasında gezdirdi; ikisi de çok gergin görünüyordu. "Ve?" dedi Karen.

Calvin, "Ve bir silah buldular" dedi.

Karen şoke olmuştu. "Ne demek istiyorsunuz? Bu nasıl olabilir?" diye sordu. Onaylaması için Tom'a döndü.

"Cinayet silahını bulduklarını düşünüyorlar" dedi Calvin. "Az önce Dedektif Rasbach'la konuştum. Test yapıyorlardı."

"Bu imkânsız!" dedi Karen. İçinden yükselen paniğin onu boğabileceğini hissediyordu.

Calvin öne eğilip Karen'ın gözlerinin içine baktı. "Bir an için bir varsayımda bulunalım. Bu sabah garajınızda bulunan silahın, cinayetin işlendiği silah olma ihtimali var mı?"

Karen başını iki yana salladı. "Hayır. İmkânsız."

"O zaman, burada neler oluyor?" Bakışlarını Tom'a çevirdi. "Siz biliyor musunuz?"

Karen, Tom'un derin bir nefes aldığını gördü. Sonra Tom, "Bir fikrim var" dedi. Yüzünde karanlık bir ifadeyle Karen'a baktı. "Bence biri silahı oraya koymuş olabilir."

Avukat dikkatle, "Neden böyle düşünüyorsunuz?" diye sordu.

"Çünkü kazadan sonra, Karen hastanedeyken orayı aradığımda, silahın orada olmadığını biliyorum. Evi ve garajı didik didik aradım. O alet kutusunun içine de baktım ve orada bir silah yoktu."

Karen şaşkın gözlerle Tom'a baktı. O hastanede yatarken evi aramıştı. Ve bundan hiç bahsetmemişti.

Calvin, "Ama silah bugün oradaydı. Peki oraya nasıl gitti? Karen?" dedi.

"Bilmiyorum" diye fısıldadı Karen. "Silahı oraya ben koymadım."

"Şunu düşün" dedi Tom Calvin'e. "Karen arabayla kaza geçirdi. Silahı arabada bulamadılar. Silahı hastaneye götürmüş olması imkânsız. Silahı kullandıktan sonra, onu garajımıza saklaması da mümkün değil. Ve, bunu neden yapsın ki?"

Bir an için hepsi sessiz kaldı.

"Aklıma bir ihtimal geliyor" dedi Tom. Nefesi daralan Karen ona korkuyla baktı.

Calvin yorgun bir ifadeyle bakışlarını onlara çevirdi. "Öyle mi? Neymiş o?"

"Karşı komşumuz, Brigid Cruikshank."

Karen, Calvin'e Brigid'i anlatmaları gerektiğini düşündü. Calvin'in ilgisi uyanmıştı. "Peki sokağın karşısında yaşayan bu kadın, neden garajınıza bir silah yerleştirsin?"

Tom, "Çünkü kadın deli" dedi.

Karen bakışlarını kocasından avukatına kaydırıp derin bir nefes aldı. "Ayrıca, o gece olay yerindeydi."

"Ne?" dedi Calvin, şaşkınlıkla.

Karen, "Tom'a, o gece beni takip ettiğini söylemiş."

Avukat şüpheyle, "Bunu neden yapsın?" diye sordu.

"Bilmiyorum" dedi Karen.

Tom aniden ona dönerek, "Ben biliyorum" dedi. "Brigid seni takıntı haline getirmiş Karen, beni de takıntı haline getirmiş. Bütün gün o pencerede oturup bizi izliyor; yaptığımız her şeyi izliyor, çünkü bana âşık. Ve senden nefret ediyor, Karen."

"Ne?" Karen kulaklarına inanamıyordu.

"Onu tanımıyorsun" dedi Tom kısaca. "Benim tanıdığım kadar tanımıyorsun."

"Ne demek istiyorsun? Brigid benden nefret etmez!" diye karşı çıktı Karen. "Bu çok saçma. Ayrıca sen onu tanımıyorsun bile."

Tom başını iki yana salladı. "Hayır."

"Tom, o benim *en iyi arkadaşım.*"

"Hayır, değil" dedi Tom sertçe. "Eve gelip o gece seni takip ettiğini söylediği gece..." Tereddüt etti.

Karen bakışlarını Tom'a dikmişti. Birazdan ne duyacağını, Tom'un ne bildiğini endişeyle merak ediyordu. Tom'un ona söylemek istemediği şey neydi?

Tom, Karen'ın gözlerinin içine bakamıyordu. "Bilmen gereken bir şey var, Karen. Seninle tanışmadan önce, Brigid'le bir ilişkim olmuştu. Büyük bir hataydı. Seninle tanışmadan kısa süre önce ondan ayrıldım." Gözlerini kaldırıp Karen'a baktı.

Karen hiç kıpırdamadan durdu, inanamayarak Tom'a baktı. Bir an için konuşamadı. Sonunda, "Ve bunu bana söylemeyi düşünmedin, öyle mi?" dedi.

"Bunun, bizim ilişkimizle ilgisi yoktu" dedi Tom umutsuzca. "İkimiz tanışmadan bitmişti."

Karen, kocasıyla yattığını bilmeden Brigid'le geçirdiği zamanları düşünerek Tom'a bakmaya devam etti. Midesi bulanıyordu.

Tom, "Bu konuda bir şey söylememeye karar verdik, çünkü durum herkes için çok tuhaf olacaktı" dedi.

Karen ona tiksintiye yakın bir hisle bakıyordu. "Brigid evli, Tom."

"Biliyorum, ama bana yalan söyledi. Ayrıldıklarını, başkalarıyla görüştüklerini söyledi. İnsanları yönlendirmeyi çok iyi biliyor; tahmin bile edemezsin." Sonra, devam etti. "O gece gelip bana seni takip ettiğini söyledi. O... Üstüme geldi ve eğer... Onunla sevişirsem orada olduğunu, o gece seni gördüğünü, silah seslerini duyduğunu ve ardından binadan koşarak çıktığını gördüğünü polise anlatmayacağını söyledi."

Karen şoke olmuştu. "O gece onunla seviştin mi? Brigid'le? Ben hapisteyken?" Bir an için elini Tom'un elinden çekmeyi bile düşünemedi, ama sonra bunu yaptı. Tom saç diplerine kadar kızarmıştı. Karen'ı bu şekilde incitmiş olmaktan nefret ediyordu.

"Bunu istemedim! Bunu seni korumak için yaptım!" dedi Tom. "Ve şimdi de ikimizin birbirimiz için yaratıldığı, sen de hapisteyken birlikte olabileceğimiz gibi delice bir fikre kapılmış. Bunun kader olduğunu düşünüyor. Anlamıyor musun? Silahı garajımıza o koydu. Cinayetten hapse girmeni sağlamaya çalışıyor!"

Karen düşünmeye çalıştı; kalbi çılgınca atıyordu. "Brigid oraya geldiyse, silahı o almış olmalı."

Tom başını salladı. "Ben de bunu söylüyorum."

Biraz düşününce Karen Tom'a, "Belki Brigid olay yerinde parmak izi bırakmıştır" dedi. "Sana kapıyı açtığını söylemiş." Avukatına döndü. "Evimizde Robert'ın parmak izlerini aratacak mısınız?" Calvin başıyla onayladı. "Bunu yaparken, belki Brigid'in parmak izlerini de alabilirsiniz. Evde onun da parmak izleri vardır. Ve onları, cinayet mahallinden alınan parmak izleriyle karşılaştırabilirsiniz."

Tom ve Calvin dikkatle onu izliyordu.

Karen bakışlarını, kendisine bakan iki adama doğru kaldırdı. "İşte jürinin kafasına sokacağımız şüpheyi bulduk" dedi Karen. "Sokağın karşısındaki deli komşum bana tuzak kurdu. Çünkü kocama âşık."

42

Dedektif Rasbach o gün ikinci kez Kruppların evindeydi. *Her şey ne kadar hızlı değişiyor* diye düşündü. Daha önceki gün kendisine, bu davanın artık kolayca çözüleceğini, parçaların yerlerine yerleşmeye başladığını söylemişti. Ama şimdi, kutunun üstündeki resmin, yapbozdaki resimle aynı olmadığını hissediyordu.

Evi aramalarını söyleyen, telefondaki kadından şüphelenmişti. Kadın eldivenleri bildiğine göre, içeriden bilgi alabilen biriydi. Muhtemel bir görgü tanığıydı. Bu kişi o gece orada bulunan ve Karen'ın eldivenlerini çıkartıp kaçtığını gören biri olabilirdi. Belki de Karen'ın kurbanı vurduğunu görmüş, sonra da içeri girip silahı almıştı. Ama bu kimdi? Rasbach, ceset polise bildirilmeden önce, mahalleden birinin silahı almış olabileceğini düşünmüştü. Ama belki de her şey bu kadar basit değildi.

Silahın Kruppların alet kutusundan çıkması, başka birinin de olay yerinde olduğu ve onu aldığı anlamına geliyordu. Bu kişi, Karen Krupp'ın hapse girmesini istiyordu. Yoksa silahı orada, olay yerinde bırakmaz mıydı? Onunla bir şeyler yapmayı planlamıyorsa, silahı oradan almasına gerek yoktu.

Rasbach, Jack Calvin ve hemen arkasındaki Tom'un mutfaktan ona doğru geldiğini gördü. Rasbach Calvin'e saygı duyuyordu; onunla daha önce de karşılaşmıştı ve dürüst bir adam olduğunu biliyordu. "Mesele nedir?"

Calvin, "Müvekkilim son birkaç haftadır birinin onu takip

ettiğine, onlar evde yokken içeri girip eşyalarını karıştırdığına inanıyor. Bu kişinin Robert Traynor olduğunu düşünüyor. Adam onu takip edip yerini bulmuş. Evde Traynor'ın parmak izlerini bulursak, bu müvekkilimin ciddi bir tehlike altında olduğuna dair güçlü bir kanıt olur. Ayrıca ruh halinin anlaşılmasına da yardımcı olur" dedi.

Rasbach başıyla onayladı. "Akıllıca. Traynor'ın parmak izlerini cesetten aldık. Araştıracağız. Ve evde parmak izi varsa, onları bulacağız."

Calvin başını salladı. "Bir şey daha var" dedi.

"Ne?"

"*Biri* gizlice evlerine giriyormuş. Bu kişi Traynor değilse, kim olduğunu bulmamız gerekiyor. O silahı o alet kutusuna müvekkilim koymadı. Bunu başka biri yapmış olmalı. Kim olduğunu bulmamız gerekiyor." Biraz duraksayıp, dikkatle devam etti, "Evdeki parmak izlerinden, olay yerindeki izlere uyan parmak izi olup olmadığını bilmemiz gerekiyor."

Rasbach avukatı süzdü; Calvin ona bir şey söylemeye çalışıyordu. Başını sallayıp "Tamam. Ne bulabileceğimize bir bakalım" dedi.

Rasbach da eve girmiş olabilecek kişinin kimliğini bulmak istiyordu. Yeniden en başa döndüğünü hissediyordu. Elinde bir ceset ve cevabı olmayan bir sürü soru vardı.

Karen hücresinde volta atarak, evde neler olduğunu düşünüyordu. Calvin polisten, Robert'ın evlerine girdiğine dair kanıt bulmalarını istemişti. Karen onun parmak izlerini bulmalarını umuyordu, çünkü bu, şiddet gören bir kadın olduğunu, şiddete eğilimli kocasının onu takip ettiğini ve hayatını kaybetmekten korktuğunu kanıtlayacaktı. Zorunda kalırsa, bunu hapishanede geçireceği zamanı kısaltmak için kullanacaktı. Ama artık başka bir umudu vardı; onun hapisten çıkmasını sağlayabilecek bir umut.

Brigid. Brigid onun hapisten çıkış bileti olacaktı. Çünkü Brigid deli de olsa, kocasına âşık da olsa, hakkında söylenebilecek en önemli şey, aptal olduğuydu. Brigid o kadar aptaldı ki, cinayet silahını Karen'ın garajına saklamıştı. Karen, Brigid'in o gece onu takip edeceğini tahmin edemezdi. Brigid'in silahı alacağını da tahmin edemezdi. Karen bu konuda hâlâ çok şaşkındı. Ama her kötü şeyin iyi bir yanı vardı; Brigid, diğer delillerle birlikte hapse girmesine sebep olabilecek gerçek bir görgü tanığı olsa da, çok yanlış bir hamle yapmıştı. Yaptığı şey, çok beceriksizceydi. Silahı garaja koymak. Polisi aramak. Tom'a, onunla sevişmesi için baskı yapmak.

Karen, kendisi bu sefil hücrede, etrafında hapishane gürültüleriyle, sefil yatağında kıvrılıp yatarken, Brigid'in onun yatağında kocasıyla sevişmesini düşündü. Bunca zamandır ikisinin, eski ilişkilerini ondan saklamak için nasıl işbirliği yaptığını düşündü.

Tom'un o gece Brigid'le yine sevişmiş olması onu çok öfkelendiriyordu, ama bir yandan, bu olabilecek en iyi şeydi. Çünkü Tom polise, Brigid'in onu şantaj yaparak kendisiyle sevişmeye zorladığını, kendisine âşık olduğunu ve Karen'ın aralarından çekilmesini istediğini söyleyebilirdi. Ve bu sözlerini destekleyecek biçimde, Brigid'in parmak izleri, evlerinde Karen'ın bir arkadaşının parmak izi olmaması gereken bölümlerinde bulunacaktı. Parmak izleri, yatak odasında olacaktı.

Karen'ın henüz polise hiçbir şey söylememiş olması büyük bir şanstı. Şimdi bir karar vermesi gerekiyordu. Gerçeği mi söyleyecekti; çünkü hâlâ, restoranın kapısına geldikten sonra neler olduğunu hatırlamıyordu. Yoksa yalan mı söyleyecekti; artık her şeyi hatırladığını, restoranda Robert'la tartıştıklarını, sonra hayatının tehlikede olduğunu düşündüğünü ve kaçtığını söyleyebilirdi. Robert'ı vurmadığını, o binadan çıkarken hâlâ hayatta olduğunu söyleyebilirdi. Sonra da Brigid'in onu takip ettiğini, her şeyi duyduğunu ve Karen oradan gittikten sonra Robert'ı öldürüp cinayeti Karen'ın üstüne atmaya çalıştığını ima edecekti.

Brigid'in Robert'ı öldürdüğünü kanıtlamasına gerek yoktu, ama bu çok iyi olurdu. Karen, Brigid'in silah ihbarı için polisi nereden aradığını merak etti; herhalde kendi telefonundan aramış olamazdı. Bunu yapmış olsa, harika olmaz mıydı? Ama aslında bunun da önemi yoktu. Karen hakkındaki davanın düşmesini sağlamak için yapmaları gereken tek şey, yeterince şüphe ve kafa karışıklığı yaratmaktı.

Ve artık, Tom Brigid'le sevişmeyecekti. Artık onlara karşı kullanabileceği hiçbir şey yoktu, çünkü Brigid'in o gece orada olduğunu, polise onlar söyleyecekti. Karen, Tom'un yanına birkaç parça eşya alıp bir süreliğine erkek kardeşinin evine gittiğini biliyordu. Tom'un gittiğini gördüğünde, Brigid nasıl da kızacaktı. Penceresinde oturup sokağın karşısındaki boş evlerine bakarken ne kadar üzgün ve yalnız olacaktı.

Bunu hak ettin diye düşündü Karen.

Rasbach parmak izi işlemlerini hızlandırmıştı. Ertesi sabahın erken saatlerinde parmak izi uzmanıyla birlikte Robert Traynor'ın parmak izi şablonu ve hem Kruppların evinden hem de cinayet mahallinden alınan parmak izlerinin önünde durmuş, onları inceliyordu.

"Evde kurbana ait tek bir parmak izi bile yok" dedi uzman. "Hiç. Adam o eve hiç girmemiş. En azından, eldivensiz girmemiş. Traynor eve girmiş olabilir, ama asla bundan emin olamazlar."

"Bu Jack Calvin'i hayal kırıklığına uğratacak" diye düşündü Rasbach.

Rasbach'ın yanında duran Jennings, "Yani kadın eve birinin girdiğini söylediğinde" dedi, "bunu uyduruyor muydu?"

Parmak izi uzmanı başını iki yana sallayıp "Söylediğim

gibi, eldiven kulanmış olabilir. Ama evin her yanında, kimliğini bilmediğimiz bir şahsın parmak izlerini bulduk" dedi.

"Evin her yanında derken neyi kastediyorsun?" diye sordu Rasbach.

"Her yerde. Oturma odasında, mutfakta, banyolarda, yatak odasında... Yani, sanki orada yaşayan birinin parmak izleri gibi. Ve bu her kimse, her şeye dokunmayı çok seven biri. O parmak izlerini, Karen Krupp'ın iç çamaşırı çekmecesinde bile bulduk. Banyo dolaplarının içinde. Parfüm şişelerinin üstünde. Ofis dosyalarının içinde."

"Peki ya garajda?" diye sordu Rasbach.

"Hayır, garajda yoktu."

"Bu çok ilginç" dedi Rasbach.

"Hayır, asıl *ilginç* olan," dedi teknisyen gözlerinde bir pırıltıyla, "o izlerin, cinayet mahallinde, restoranın arka kapısında bulduğumuz parmak izleriyle uyuşması. Kruppların evini karıştıran kişi, zamanını bilemesek de, o restorana gitmiş."

"Bu gerçekten çok ilginç" dedi Rasbach.

"Veritabanlarından sonuç çıkmadı. O parmak izlerinin sahibinin sabıka kaydı yok."

"Bence şüphelilerin sayısını azaltabiliriz. Çok iyi bir iş çıkarttınız. Teşekkür ederim" dedi Rasbach. Jennings'e onu takip etmesini işaret etti.

"Kadını takip eden biri gerçekten de var" dedi Rasbach. "Sadece, düşündüğü kişi değil."

"Hayat sürprizlerle dolu" dedi Jennings. Bir cinayet dedektifi olarak tuhaf denecek kadar neşeli bir adamdı.

"Karen Krupp'la tekrar konuşmamız gerekiyor" dedi Rasbach. "Belki bu kez, o da bizimle konuşur."

43

"Müvekkilim ifadesini vermeye hazır" dedi Calvin. Karen hapishanedeki bir görüşme odasında, Calvin'le oturuyordu. Tom orada değildi. Rasbach ile Jennings, masada karşılarında oturuyorlardı. Karen'ın sorulan sorulara karşılık söylediği her sözcüğü, her hareketini kaydetmek için bir kamera kurulmuştu.

Karen doğru davranması gerektiğini biliyordu. Hayatı buna bağlıydı.

Birkaç formaliteden sonra başladılar.

"İsmim Georgina Traynor" dedi. "Las Vegas'ta yaşayan bir antika satıcısı olan Robert Traynor'la evliydim." Onlara her şeyi anlattı; onunla birlikteyken hayatının nasıl olduğunu, nasıl kaçtığını, bütün çirkin ayrıntıları. Robert'ın evlerine girdiğini düşündüğünde, ne kadar korktuğunu söyledi. Onlara telefonu açtığı geceyi anlattı.

Sesi çatallaşmaya başladığı için bir yudum su içti. Bunları tekrar yaşamak çok korkunçtu; kendini berbat hissediyordu. "Onunla buluşmayı kabul ettim. Tom'a zarar vermesinden çok korkmuştum." Duraksadı, ama sonra devam etti. "Onu terk ettiğimde satın aldığım bir silahım vardı; peşimden gelirse, kendimi korumak için. Onu kazan dairesinde saklıyordum. Beni aradığında, silahı ve mutfaktaki eldivenlerimi alıp onunla buluşmaya gittim."

Doğrudan Dedektif Rasbach'a bakıyordu. "Uzun süre o gece neler olduğunu hatırlayamadım, çünkü çok büyük bir travma geçirmiştim. Ama artık her şeyi hatırlıyorum." Devam etmeden önce derin bir nefes alarak kendini toparladı. "Oraya vardığımda, hava kararmıştı. Restorana girdiğimde Robert orada, beni bekliyordu. Başlangıçta kızgın gibi görünmüyordu; bu beni şaşırtmıştı. Belki de bir silahım olduğunu gördüğü için bana karşı daha dikkatli davranıyordu. Ama kısa süre içinde, her zaman yaptığı gibi beni tehdit etmeye başladı. Beni bulmak için çok uğraştığını ve çok fazla para harcadığını, onun olmayacaksam, kimsenin olamayacağımı söyledi. Onunla birlikte gitmezsem hem beni, hem de yeni kocamı öldürmenin bir yolunu bulacağını ve bunu kimsenin fark bile etmeyeceğini, çünkü resmi olarak ölü olduğumu ve onun da Tom'la bir bağlantısı olmadığını söyledi. Cinayetlerin mükemmel olacağını söyledi ve ben ona inandım." Karen duraksadı. "Silahı elinde tutan bendim, ama o beni tehdit ediyordu. Onu vuracak cesarete sahip olmadığımı biliyordu. Bana güldü."

Rasbach ifadesizce Karen'a bakıyordu. Karen onun ne düşündüğünü tahmin edemiyordu; bu adamın ne düşündüğünü hiç anlayamıyordu.

"Ne yapacağımı bilemedim. Onu vuramayacağımı biliyordum. Paniğe kapıldım. Arkamı dönüp koşmaya başladım. Arabaya vardığımda silahı atıp eldivenleri çıkarttım; ellerimde eldivenler ve silahla, anahtarı cebimden çıkartamadığımı hatırlıyorum. Ben de silahı atıp eldivenleri çıkarttım. Sonra arabaya binip elimden geldiğince hızlı oradan uzaklaştım; çok hızlı gittiğim için de o direğe çarptım." Karen doğrudan Rasbach'ın gözlerinin içine bakıyordu. "Yemin ederim, ben giderken Robert hâlâ yaşıyordu. Peşimden gelmedi. Geleceğini düşünmüştüm —beni arkadan, saçlarımdan yakalamasını bekliyordum— ama gitmeme izin verdi." Karen, "Ama

Tom'la nerede yaşadığımızı biliyordu." Üzerindeki korkuyu silkelemek istermiş gibi titredi.

"Peki kocanızın nasıl öldürüldüğünü düşünüyorsunuz?" diye sordu Rasbach.

"Emin değilim."

"Ama bir fikriniz var?"

"Evet."

"Anlatın."

Karen, Calvin'e bakmıyordu. "Sokağın karşısındaki komşum. Brigid Cruikshank. Tom'a o gece beni takip ettiğini, restoranda Robert'la seslerimizi duyduğunu söylemiş." Rasbach'ın yüzündeki ifadenin ciddileştiğini gördü.

"Sizi neden takip etmiş?"

"Çünkü kocama âşık." Karen sesinin tam da gerektiği gibi, aşağılanmış, acı dolu ve incinmiş çıkmasını sağlamıştı.

"Peki sizce ne oldu?"

"Bence Brigid silahı otoparktan, attığım yerden alıp binaya girdi ve Robert'ı vurdu." Sesi bir fısıltıya dönüşmüştü.

"Bunu neden yapsın?" diye sordu Rasbach; bu fikre şüpheyle yaklaştığı belliydi.

"Beni cinayet suçundan hapse attırabilmek için. Benden kurtulmak ve kocamı benden almak için mükemmel bir fırsat yakaladığını gördü." Rasbach ikna olmuş gibi görünmüyordu. Kaşları dramatik bir tavırla havaya kalkmıştı. Karen, "Biz tanışmadan önce, Tom'la bir ilişkileri olmuş. Tom'u geri istiyor ve benden de kurtulmak istiyor. Tom bana, onunla tekrar sevişmesi için şantaj yaptığını söyledi; onunla birlikte olursa, o gece orada olduğunu ve benim Robert'la tartıştığımı gördüğünü anlatmayacağını söylemiş. Konuştuğumuz her şeyi duymuş olmalı" dedi.

Rasbach, bu hikâyeyi çok abartılı buluyormuş gibi Jennings'e baktı.

Karen'ın gözleri iki dedektif arasında dolaştı. "Silahı alıp garajımıza koymuş olmalı. Silahı oraya ben koymadım. Ve araştırırsanız, cinayet mahallinde parmak izlerini bulacağınızı tahmin ediyorum. Tom'a, kapıyı açtığını söylemiş. Bunu kontrol edebilirsiniz." Sesi kontrolsüz çıkmaya başlamıştı. Dedektifler ona inanıyormuş gibi görünmüyordu.

"Anlıyorum" dedi Rasbach. Duyduklarının bir kelimesine bile inanmamış gibiydi.

"Brigid oradaydı! O gece benim arkamdan geldiğini görmüş birilerini bulabilirsiniz" dedi Karen umutsuzca. "Evden çıkıp uzaklaştığımı gören insanlar, onu da görmüş olmalı. Onlara sordunuz mu?"

"Bunu araştıracağız" dedi Rasbach. "Brigid, arkadaşınız mıydı?"

"Arkadaşımdı."

"Arkadaşken, onu evinize davet eder miydiniz?"

"Evet. Bazen."

"Size geldiğinde, neler yapardınız?" diye sordu Rasbach.

"Kahve içer, genellikle mutfakta ya da oturma odasında oturup sohbet ederdik." Karen artık çok yorulmuştu ve hücresine dönmek istiyordu.

Pekâlâ" dedi Rasbach sakin bir sesle. "Şimdi bir kez daha hepsinin üzerinden geçelim."

Rasbach sandalyesinde arkasına yaslanıp karşısında oturan Karen Krupp'a baktı. Oldukça bitkin ve biraz da dağılmış görünüyordu, ama dedektifi hikâyesinde bir boşluk bulmaya davet edermiş gibi, gözlerini hiç kaçırmıyordu. Rasbach bunu da büyük bir dikkatle, neredeyse kaçışını planladığı kadar büyük bir dikkatle planladığını düşündü. Ve kocasından kaçmasına sempati duyuyor olsa da –kadının bunu neden yaptığını anlayabiliyordu– bu hikâyeye inanmaya hazır değildi. Mesele, hafıza kaybıydı.

"Sizce de biraz tuhaf değil mi?" dedi Rasbach, "bir anda hafızanız yerine geldi. Görüşmemizden hemen önce."

Karen kendine epeyce hâkim bir tavırla, "Doktorumla konuşursanız, bunun hiç de garip olmadığını öğrenebilirsiniz. Bu iş, böyle yürüyor. Hatıralar, ne zaman isterlerse o zaman geri dönüyor. Ya da hiç dönmüyor." "Hafıza kayıplarında uzman bir doktorla görüştüm" dedi Rasbach ve Karen'ın tepkisini izledi. Karen tepki vermedi. Bu konuda oldukça iyiydi. "Ve her şeyi şimdi hatırlamanızın zamanlamasını çok ilginç buluyorum. Yani, bugün" dedi. Gülümsedi. "Birkaç gün önce hiçbir şey hatırlayamıyordunuz. Zamanlama çok manidar, hepsi bu."

Karen kollarını göğsünde kavuşturup sandalyesine yaslandı. Hiçbir şey söylemedi.

"Bakın, olayların sizin anlattığınız gibi olduğuna inanmakta biraz güçlük çekiyorum" dedi Rasbach kibarca. Karen'ın kendini huzursuz hissetmesi için biraz bekledi. Sessizlik biraz daha uzadı. "İnanmakta zorlandığım kısım şu; o gece Robert Traynor'la buluştuğunuzu, adamın üç yıl sonra sizi bulduğunu ve elinizde silah olduğu için *gitmenize izin verdiğini* söylüyorsunuz."

Karen dümdüz ona baktı.

"Bana kalırsa kandırılmış, öfkeli ve şiddete eğilimli adamlar, kendilerini kontrol etmekte bu kadar başarılı olamazlar" dedi Rasbach. "Hatta, söylediğiniz her şey doğruysa, oradan canlı çıkmanıza şaşırdım."

"Size söyledim ya" dedi Karen; sesi hafifçe titriyordu. "Bence gitmeme izin vermesinin sebebi, nerede yaşadığımı bilmesiydi. Kocamın kim olduğunu biliyordu. İstediğini yapmazsam, ikimizi de öldürmeyi planlıyordu; yani beni hemen orada öldürmesi gerekmiyordu."

Rasbach tek kaşını şüpheyle havaya kaldırıp Karen'a baktı. "Ama eminim ki sizin eve dönüp, ikinizi de öldürdükten sonra ortadan kaybolmasını beklemeyeceğinizi biliyordu. Siz akıllı bir kadınsınız. Sizi ve Tom'u öldüreceğini bilseniz, polise gitmez miydiniz?"

"Paniğe kapılmıştım. Size söyledim. Sadece koşarak oradan kaçtım; doğru düzgün düşünemiyordum."

"Demek istediğim şu" dedi Rasbach hafifçe öne eğilerek, "Robert Traynor, polise gideceğinizi tahmin ederdi. Ya da tekrar ortadan kaybolacağınızı. Peki neden gitmenize izin verdi?" Karen artık daha solgun ve daha sinirli görünüyordu. "Bilmiyorum. Ne düşündüğünü bilmiyorum." "Gitmene izin verdiğini sanmıyorum Karen. Bence sen oradan çıkarken, kocan ölmüştü." Karen gözlerini kaçırmadan Rasbach'ın gözlerine baktı ve cevap vermedi. Rasbach taktik değiştirdi. "Kocanızın, komşunuz Brigid Cruikshank'la olan ilişkisini ne zamandır biliyorsunuz?"

"Bana yeni söyledi."

Rasbach başını salladı. "Evet, bunu sizden sakladı, değil mi? Söylediği gibi, ilişkileri siz tanışmadan önce bittiyse, sizce bunu neden yapmış olabilir?"

Sorunun canını yaktığı çok belli olan Karen, "Bunu neden ona sormuyorsunuz?" dedi.

"Sordum. Sizin ne düşündüğünüzü öğrenmek istiyorum."

Karen öfkeli gözlerle dedektife baktı. "Brigid ona, kocasıyla ayrıldıklarını söylemiş. Tom da ona inanmış. Yoksa onunla birlikte olmazdı."

"Peki bunu size neden daha önce söylemedi? Onu temize çıkaran bu açıklamaya inanmayacağınızdan korkmuş olabilir mi?"

Karen ona suratını ekşiterek bakınca, sorunun peşini bıraktı. "Evliliğinizin dürüstlük üzerine kurulduğu pek söylenemez" dedi Rasbach, "Ama önemli değil."

"Evliliğim hakkında hiçbir şey bilmiyorsunuz" dedi Karen sertçe.

Rasbach Karen'ın sinirlerinin bozulmaya başladığını düşündü. "Bir şey daha var" dedi. "Brigid'in o anda karar verip, sizin otoparkta attığınız silahı aldığını, restorana girip

255

Robert Traynor'ı vurarak öldürdüğünü hayal etmekte zorlanıyorum."

"Neden?" diye itiraz etti Karen. "Ben bunu hayal etmekte hiç zorlanmıyorum. Kadın kafayı yemiş. Kocamı takıntı haline getirmiş. Benim hapse girmemi istiyor. Tom'la konuşun. Brigid tamamen delirmiş."

"Konuşacağım" dedi Rasbach. "Brigid'le de konuşacağım."

Rasbach ve Jennings, ilçe hapishanesinden polis merkezine döndü. Bir zamanlar çok basit görünen dava, tam bir kargaşaya dönüşmüştü. Rasbach artık neye inanacağını bilemiyordu.

"Şeytanın avukatını oynamak için soruyorum, ama ya Karen Krupp haklıysa?" diye sordu Jennings. "Bu Brigid denen kadından aldığımız parmak izleri, Kruppların evinin her yanında ve olay yerinde bulduğumuz izlerle uyuşursa ne olacak? Belki de yanlış kişiyi hapse attık."

"Olabilir. O silahı o garaja koyan kişi, olay yerindeydi. O kişi Brigid olabilir. Başka biri de olabilir. Belki de Tom da olay yerindeydi. Belki de bunca zamandır sokağın karşısındaki şu kadınla ilişkisi devam ediyordu; belki de evin her yanında parmak izleri olmasının sebebi budur." Rasbach düşünceli gözlerle pencerenin dışında akan manzarayı izlemeye başladı.

Sonunda, "Silahın test sonuçları gelmiş olmalı. Belki de cinayet silahı bile değildir; o zaman, silahı oraya, bizimle biraz eğlenmek isteyen herhangi bir kaçık koymuş olabilir. Silah uzmanıyla konuşup şu Brigid denen kadının parmak izlerini alalım ve elimizde gerçekten hangi kanıtların olduğuna bakalım" dedi.

Karakola döndüklerinde Rasbach silah uzmanını aradı ve uzman, Karen Krupp'ın garajında bulunan silahın, kesinlikle Robert Traynor'ı öldüren silah olduğunu söyledi.

"En azından bir şeyden eminiz" dedi Rasbach. "Gidip Brigid Cruikshank'la konuşalım."

44

Brigid, bu Tom'u geri getirecekmiş gibi, öfkeli gözlerle sokağın karşısındaki eve bakıyordu. Tom'un arabası gitmişti. Brigid onu önceki geceden beri görmemişti. Brigid önceki gün polisin tekrar gelip evi bir kez daha aradığını görmüş ve kafası karışmıştı. Cinayet silahını bulamamışlar mıydı? Brigid bulduklarından neredeyse emindi. O sandalyede oturup garajı arayışlarını izlemişti; silahı görmemiş olamazlardı. Sonunda önce polisler, bundan kısa süre sonra da Tom evden ayrıldı. Brigid o günün erken saatlerinde Tom'un arabasına küçük bir çanta koyduğunu görmüştü. Tom sonra arabanın yanında durup sokağın karşısından sert gözlerle bakmıştı. Brigid'in kalbi sıkışmıştı. Tom, neden gidiyordu? Aralarında bir anlaşmaya varmamışlar mıydı? Artık tekrar sevgili olduklarına göre, Tom da aynı şeyleri hissetmiyor muydu?

Ama Tom, önceki akşam eve dönmemişti. Başka bir yerde kalmıştı ve Brigid, bütün dünyasının parçalandığını hissetmişti. Tom, ondan kaçmaya çalışıyordu. *Onu geri getirmek için ne yapabilirdi?*

Hayal kırıklığıyla gözlerine dolan yaşlarla savaştı. Küçük bir bavulla, sonsuza dek başka bir yerde kalamazdı. Tekrar işe gitmeye başlaması gerekecekti; takım elbiselerine ihtiyacı olacaktı. Tom eve dönmek zorunda kalacaktı ve Brigid de onu izleyecekti; Tom'u kaçırması imkânsızdı. Brigid Tom'a, kendisine ait olduğunu gösterecekti. Ve Karen'ın asla hapisten çıkamamasını sağlayacaktı.

Brigid zorunda kalırsa, Karen'a karşı ifade verecekti; bu Tom'un hoşuna gitmese de, bir süre için Brigid'den nefet bile etse bunu yapacaktı. Çünkü Karen dünya üzerinde var olduğu sürece, Tom Brigid'i seçmeyecekti. Brigid'i en çok kızdıran şey buydu.

Bir arabanın sokak boyunca ilerleyip, evinin garaj yolunda duruşunu izledi. O arabayı tanıyordu. İçinden çıkan iki dedektifi de tanıyordu. Burada ne işleri vardı? Vücudu istemsizce gerildi.

Kapı zili çaldı. Bir anda gerilen Brigid açmamayı düşündü, ama muhtemelen onu pencerede görmüşlerdi. Görmemiş olsalar bile, tekrar gelirlerdi. Brigid ayağa kalkıp kapıya gitti. Açmadan hemen önce, yüzüne kontrollü bir gülümseme oturtmaya çalıştı. "Evet?" dedi.

"İyi akşamlar" dedi Dedektif Rasbach, rozetini havaya kaldırarak.

"Kim olduğunuzu biliyorum, dedektif" dedi Brigid. "Sizi son gelişinizden hatırlıyorum."

"İçeri girebilir miyiz?" diye sordu Rasbach.

"Elbette" dedi Brigid, kapıyı sonuna kadar açarak. Onları oturmaları için salona davet etti. Jennings oturdu, ama Rasbach büyük pencereye doğru yürüyüp Kruppların evine bakan, Brigid'in en sevdiği sandalyenin arkasında durdu.

"Güzel bir manzaranız var" dedi.

Sonra gelip Brigid'in karşısına oturdu. Keskin, mavi gözleri rahatsız ediciydi. Brigid'in saçlarını değiştirdiğini fark etmiş olmalıydı. Brigid, uzanıp saçlarına dokunma arzusunu bastırmaya çalıştı. "Size nasıl yardımcı olabilirim?" diye sordu.

"Birkaç sorumuz olacak" dedi Rasbach. "Sokağın karşısındaki komşunuz, Karen Krupp hakkında. Kendisi, devam eden bir cinayet soruşturması yüzünden tutuklandı."

Brigid bacak bacak üstüne atıp ellerini sıkıca kucağında birleştirdi. "Biliyorum. Bu çok şaşırtıcı. Onu çok iyi tanıdığımı sanıyordum ama kim olduğu konusunda hiçbir fikrim yokmuş. Sanırım bunu hiçbirimiz bilmiyorduk. Bunu kocasının da bilmediğinden eminim." Rasbach yumuşak bir ifadeyle, "Henüz hüküm giymedi" diye hatırlattı.

Brigid hafifçe kızardığını hissedebiliyordu. "Evet, elbette." Bacaklarının yönünü değiştirip "Karen tutuklanmadan önce bana, bir cinayete tanık olduğunu düşündüğünüzü ve soruşturmanıza yardımcı olması için o gece neler olduğunu hatırlamasını sağlamaya çalıştığınızı söylemişti" dedi. Doğrudan yakışıklı dedektife baktı. "Ama bu doğru değil, değil mi?" Rasbach cevap vermeyince, bakışlarını yavaş yavaş iki adamın arasında gezdirdi. "Başka bir şeyler olduğunu biliyordum; polis buraya çok sık gelip gitmeye başlamıştı." Oturduğu kanepede öne eğilip, bunu yeterince endişeli bir sesle sorduğunu umarak "Adam kimmiş? Bunu neden yaptığını buldunuz mu?" dedi.

Rasbach sakince, "Şimdilik tüm ihtimalleri araştırıyoruz" dedi. "Ve bize yardımcı olabileceğinizi umuyoruz."

"Elbette" dedi Brigid, biraz geriye çekilerek.

"Karen Krupp size birinden korktuğundan ya da güvenliğinden endişe duyduğundan bahsetti mi?"

Brigid başını iki yana salladı. "Hayır."

"Size bir silahı olduğunu söylemiş miydi?"

Brigid şaşkın gözlerle baktı. "Hayır."

"Evlerinin etrafında şüpheli durumlara rastladınız mı?"

Brigid tekrar başını iki yana sallayıp "Hayır. Neden?" diye sordu.

"Krupplar, son birkaç haftadır evlerine birinin girip çıktığını söylüyor. Bunun, o gece olanlarla bağlantısı olabileceğini düşünüyoruz. Bu yüzden evde parmak izi taraması yaptık. Sizin de zaman zaman Karen'ı ziyarete gittiğinizi bildiğimiz için, kimliği belirsiz ziyaretçilerden ayırmak için sizin de parmak izinize ihtiyacımız var. Parmak izi vermek için bizimle karakola gelir misiniz? Bu bize çok yardımcı olur." Brigid ona bakarak hızla düşünüyordu. Silahı iyice sildiğini biliyordu; bunu doğru yapmak için Google'da araştırma bile yapmıştı ve silahı garaja sakladığında elinde eldivenler vardı. Ayrıca, parmak izlerinin Kruppların evinde olması için gayet geçerli bir sebep vardı; o, arkadaşlarıydı. Yani endişelenmesi gereken hiçbir şey yoktu.

Ama son zamanlarda bir şey Brigid'i rahatsız ediyordu. O gece restoranın kapısını, eliyle dokunarak açtığından emindi. Ama bu sorun değildi. Çünkü mecbur kalırsa, o gece oraya gittiğini ve Karen'ın o adamı öldürdüğünü gördüğünü itiraf edebilirdi. Tom buna kızardı, ama Karen sonsuz dek aralarından çıkmış olurdu ve Tom da zamanla sakinleşirdi. Parmak izi vermek konusunda pek seçim şansı olmadığını düşünüyordu. Ve orada olduğunu itiraf etmek zorunda kalsa bile; henüz o gece hakkında yemin altında hiçbir şey söylememişti. Onlara sadece evde olmadığını söylemişti. Hikâyesini değiştirebilirdi. Gördüğü şeyler konusunda doğruyu söylemek zorunda kalabilirdi. Rasbach cevabını bekliyordu.

"Tamam" dedi Brigid. "Şimdi mi?"

"Sizin için uygunsa" dedi Rasbach kibarca.

Ön kapıdan bir gürültü gelince, hepsi aniden başını o tarafa döndürdü. Bob Cruikshank beklenmedik biçimde eve gelmişti ve çok şaşırmış görünüyordu.

"Neler oluyor?" diye sordu. "Siz kimsiniz?" dedi dedektiflere.

"Burada ne işin var?" diye sordu Brigid; o da çok şaşırmıştı. Bob'un orada olmasını istemiyordu.

"Kendimi iyi hissetmiyorum" dedi kocası. "Uzanıp dinlenmek için geldim."

Rasbach ayağa kalktı, rozetini gösterdi ve "Ben Dedektif Rasbach. Bu da Dedektif Jennings. Bir cinayeti araştırıyoruz ve karınıza birkaç soru sormaya geldik" dedi.

"Ondan ne istiyorsunuz?" diye sordu Bob şüpheyle. "Bu mesele, sokağın karşısındaki şu kadınla ilgili, değil mi? İkisi arkadaştı, ama Brigid'in size bu konuda yardımcı olabileceğini pek sanmıyorum."

Brigid ona düşmanca gözlerle baktı. "Belki de düşündüğün kadar işe yaramaz değilimdir" dedi.

Bob bu sözlere çok şaşırdı; iki dedektif sessizce ikisini izliyordu.

Brigid dedektiflere "Gidelim" deyip kocasının yanından geçti.

Bob'un arkasından, "Nereye gidiyorsun?" diye sorduğunu duydu.

Arkasını dönüp Bob'un yüzüne bakarak, "Parmak izim alınacak" dedi. Bob'un yüzündeki kafası karışmış ifadenin tadını çıkarttı. *Bırakalım Bob bir süre bunu düşünsün.*

Rasbach parmak izi sonuçlarını laboratuvardan aldığında akşamın erken saatleriydi. Jennings'le birlikte Rasbach'ın ofisinde oturmuş, bir yandan pizza yiyerek sonuçları ve bundan sonra ne yapacaklarını tartışıyorlardı.

"Brigid Cruikshank, cinayet mahallindeydi. Kapıda parmak izleri var" dedi Rasbach. Buna hiç şaşırmamıştı, çünkü parmak izi sonuçlarını beklerken, Jennings'le birlikte tekrar mahalleye dönüp o gece Brigid'i görüp görmediklerini sormuşlardı. Ve o gece Karen'ın hızla sokakta ilerlediğini gören iki kadın da, Brigid'in de kısa süre sonra arabasıyla yoldan geçtiğini görmüştü. Yani artık o gece Brigid'in Karen Krupp'ı takip ettiğinden neredeyse eminlerdi.

"Kruppların evinin her yerinde parmak izleri var" diye ekledi Jennings.

"Brigid, Karen'ı takip ediyordu" dedi Rasbach. "Mesela, Karen'ın iç çamaşırı çekmecesinde parmak izi olan tek kişi o. Karen'ın çamaşır çekmecesinde, Tom Krupp'ın parmak izi bile yoktu."

"Peki Brigid, neden Karen'ın iç çamaşırlarını karıştırıyordu?" dedi Jennings. "Bu oldukça ürkütücü bir davranış."

"Silahı alıp garaja koyan kişi muhtemelen Brigid" dedi Rasbach. "Karen, Brigid'in Tom'a âşık olduğunu ve cinayeti onun üzerine yıkmak istediğini söylüyor." Derin bir nefes alıp verdi. "Burada neler oluyor?" diye sordu.

Jennings, "Belki de Brigid gerçekten Tom'a âşıktır. Belki de delidir. Belki de gerçekten Karen'ı takip etmiş, Traynor'ı vurmuş ve sonra silahı garaja saklamıştır" dedi.

Rasbach düşünceli bir tavırla, "İkisi de oradaydı. Cinayeti ikisi de işlemiş olabilir. İkisinin de sebebi vardı. İkisini de suçlu bulamayacağız, çünkü ikisi de birbirini suçlayacak" dedi. Sandalyesine yaslanıp öfkeyle pizzanın kenarından bir ısırık aldı. "Sanki ikisi birlikte planlamış gibi; mükemmel cinayet."

"O zaman gizli bir anlaşma mı var? Ortak çıkarlar?" diye sordu Jennings.

"Bunu bulabileceğimizi sanmıyorum" dedi Rasbach. Biraz düşündü. "Çünkü, bundan Brigid'in bir kazancı yok. Karen için harika. Onu tehdit eden Robert yok oluyor. Karen özgür kalmayı başarıyor. Her şey harika. Ama bundan Brigid'in çıkarı ne? Brigid'in hiçbir kazancı olmuyor." Rasbach Jennings'e bakıp, "Bir arkadaşın için bunu yapar mıydın?" diye sordu.

"Hayır, yapmazdım" diye itiraf etti Jennings. Sonra yeni bir öneri getirdi; "Belki de Brigid ve Karen'ın arasında, arkadaşlıktan öte bir ilişki vardı. Belki de sevgililerdi ve Robert'tan kurtulmak için bunu birlikte planladılar. Ve Tom Krupp'ın neler olduğundan haberi bile yok."

Rasbach başını ona doğru eğdi. "Bu oldukça yaratıcı bir

düşünce Jennings" dedi. Jennings sakince omuz silkti. Rasbach yorgunlukla eliyle yüzünü sıvazladı. Sonra başını iki yana salladı. "Sanmıyorum."

"Ben de."

"Bu işi beraber planladıklarını sanmıyorum. Bence bu iki kadının, birbiriyle çelişen amaçları var." Rasbach sandalyesine yaslandı. "Brigid'i sorgulamak için buraya getirmeliyiz. Ama önce Tom Krupp'ı alalım."

45

Tom ertesi sabah sorgu için polis merkezine giderken gergindi. Polis merkezindeki bu sorgu odasında olmaktansa, dünyanın herhangi bir yerinde olmayı tercih ederdi. Havalandırma kapalıymış ya da bozukmuş gibi, oda şimdiden sıcaktı. Bunu bilerek, Tom'un terlediğini görmek için mi yapıyorlardı? Rasbach sıcağı fark etmemiş gibi görünüyordu. Konuşma başlarken Tom yerinde huzursuzca kıpırdandı.

"Brigid Cruikshank'la aranızda nasıl bir ilişki var?" diye sordu Rasbach, hiç zaman kaybetmeden.

Tom kızardı. "Size anlattım."

"Bir daha anlatın."

Brigid'le konuşup konuşmadıklarını ve Brigid'in onlara neler anlatmış olabileceğini bilmiyordu. Brigid'in hikâyesinin, onun anlattığı hikâyeyle aynı olmamasından korkuyordu. Polise bir kez daha aralarındaki kısa ilişkiyi ve Brigid'den nasıl ayrıldığını anlattı. "Bunun, ilişkinin sonu olduğunu düşünmüştüm. Hâlâ bana karşı duyguları olduğunu düşünmemiştim. Ama Karen tutuklandıktan sonra evimize geldi ve..." Tom duraksadı.

"Ve?" diye sordu Rasbach sabırla.

"Karım size bunları anlattı." Tom, Karen'ın önceki gün polislere neler söylediğini detaylarıyla biliyordu; Calvin onları ona anlatmıştı. Ayrıca Karen'ın, avukatına ve dedektiflere her şeyi hatırladığını söylerken, yalan söylediğini de biliyordu. Karen'ın bunu yapmamış olmasını diliyordu.

"Bunu sizden dinlemek istiyoruz" dedi Rasbach.

Tom derin bir nefes aldı. "Brigid bana, o akşam Karen'ı takip ettiğini ve onunla sevişmezsem, polise orada olduğunu, silah seslerini duyduğunu ve..."

"Ve?"

"Hemen ardından Karen'ın koşarak restorandan çıktığını anlatacağını söyledi."

Rasbach düşünceli bir tavırla başını salladı. "Anlıyorum. Peki sizi böyle tehdit ettikten sonra, onunla seviştiniz mi?"

"Evet" dedi Tom. Sesinin ters ve utanç dolu çıktığını biliyordu; gerçeği çarpıttığını biliyordu. Başını kaldırıp dedektifin gözlerinin içine baktı.

"Yani cinayeti Karen'ın işlediğini söylediğinde, ona inandınız" dedi dedektif.

"Hayır! Hayır, inanmadım" diye itiraz etti Tom kızararak. "Bunu uydurduğunu, bu yalanlarını polise anlatacağını ve bunun Karen için her şeyi daha da zorlaştıracağını düşündüm." Tom sandalyesinde kıpırdanırken gömleğinin altındaki teri hissetti.

"Sizce Brigid sizi neden bu şekilde tehdit etti?" diye sordu Rasbach.

"Kadın deli" dedi Tom. "Brigid delirmiş, sebebi bu! Penceresinde oturup yaptığımız her şeyi izliyor. Bizi takıntı haline getirmiş ve bana âşık. Sanki zihninde çok yanlış işleyen bir şey var ve biz de bir şekilde onun içindeyiz; sanki onun fantezisinin parçalarıyız." Tom bunları söylemekte hiç zorluk çekmemişti, çünkü hepsinin kesinlikle doğru olduğunu biliyordu. Calvin, Karen ve ona teknisyenlerin evde buldukları şeyleri söylemişti; parmak izlerinden haberi vardı. Tom masanın karşısına doğru eğilip gözlerini dedektifin gözlerine dikti. "Hepimiz, biz evde yokken Brigid'in evimize girdiğini biliyoruz. Hepimiz, o parmak izlerinin ne anlama geldiğini biliyoruz. Muhtemelen haftalardır evimize girip etrafı karıştırıyordu. Yatağımıza yatıyordu. Karen'ın iç çamaşırlarını karıştırıyordu. Şimdi de, saçını bile Karen'ın saçları gibi kestirdi. Bana bunun delice olmadığını söyleyebilir misiniz? Kim böyle bir şey yapar ki?" Tom kollarını çılgınca savurararak konuştuğunu fark etti; sandalyesine yaslanıp sakinleşmeye çalıştı.

Rasbach hiçbir şey söylemeden ona bakıyordu.

"Birkaç gün önce" diye ekledi Tom, "Karen birinin parfüm şişesinin kapağını çıkartıp onu açık bıraktığını düşünmüştü. Bunu onun yaptığını düşünmüştüm. Ama parfüm şişesinin üzerinde kimin parmak izleri vardı, biliyor musunuz? Brigid'in!"

"Sizce içeri nasıl giriyor?" diye sordu Rasbach.

"Evet, bunu ben de düşündüm" dedi Tom. "Görüştüğümüz dönemde, ona yedek anahtarı vermiştim. Anahtarı bana geri vermişti. Ama sanırım geri vermeden önce kopyasını yaptırmış."

"Siz hiç kilitlerinizi değiştirmediniz mi?"

"Hayır. Neden değiştirmem gerekiyordu ki? Bunların hiçbirini beklemiyordum." Ama beklemesi gerekirdi. Tabii ki kilitleri değiştirmiş olması gerekirdi.

Rasbach hâlâ ona bakıyordu. "Başka bir şey var mı?"

"Evet. Silahı garaja koymuş olabilecek tek kişi Brigid. O gece, söylediği gibi Karen'ı takip etmiş olmalı. Silahı almış olmalı." Tom sandalyesine yaslanıp kollarını göğsünde kavuşturdu. "Onu tutuklayacak mısınız?"

"Onu tam olarak ne için tutuklayacağız?" diye sordu Rasbach.

Tom ona inanamayan gözlerle baktı. "Bilmiyorum" dedi dalga geçerek, "Haneye tecavüz ve kanıt yerleştirme olabilir mi?"

"Silahı onun yerleştirdiğine dair hiçbir kanıtım yok" dedi Rasbach.

Tom kalbinin korkuyla bir yumruk gibi sıkıştığını hissetti. "Başka kim yapmış olabilir?" diye sordu endişeyle. "Bilmiyorum. Herhangi biri olabilir. Aramalar ankesörlü telefondan yapılmış." Tom inanamayarak Rasbach'a baktı; korkusu gitgide güçleniyordu. *Lanet olsun. Rasbach, silahı Brigid'in oraya koyduğuna inanmıyorsa...* Dedektif onu izlerken Tom midesinin korkuyla kasıldığını hissetti.

"Aslında" dedi Rasbach, "onu haneye tecavüzle suçlayabilirim." Ayağa kalkıp "Şu an size soracağım başka soru yok. Gidebilirsiniz" dedi.

Tom kendine hâkim olmaya çalışarak, yavaşça ayağa kalktı.

"Karınızın hafızasının bir anda geri gelmesi epey işinize yaradı" dedi Rasbach sakince.

Tom donup kaldı; sonra kendini, bu yorumu umursamamaya zorladı. Hiçbir şey söylemeyecekti.

"Bir şey daha var" dedi Rasbach. "Brigid o gece neden sizinle buluşmak istemiş?"

Tom yavaşça sandalyesine oturdu. "O gece Karen'ın nerede olduğunu bilip bilmediğini sormak için onu aradığımda, bunu da sordum. Ona neden benimle buluşmak istediğini ve sonra neden beni ektiğini sordum. Ama o bana bunu unutmamı, önemli olmadığını, bir işinin çıktığını söyledi." Durup hatırlamaya çalıştı. "Karen için o kadar endişeliydim ki bunun üzerine gitmedim. Ama daha sonra..." Tereddüt etti.

"Daha sonra..." diye tekrarladı Rasbach.

Tom bunu ona söylemesinin iyi olup olmayacağını bilmiyordu. Ama Brigid söylerse ne olacaktı? "Bana o gece benimle buluşmak istemesinin sebebinin, o gün evin etrafında dolaşan birini gördüğünü söylemek olduğunu anlattı."

"Kim?"

"Emin değilim, ama adamı tarif ettiğinde onun Robert Traynor olduğunu düşündüm."

46

Bob, Brigid'le birlikte karakola gitmek için üstelemiş, ama Brigid buna izin vermemişti. Önceki akşam parmak izlerini verip eve döndüğünde, Bob bir sürü soru sormuştu. Polis neden onun parmak izlerini almak istemişti? Bu, normal bir polis prosedürü müydü? Bob ona, yasa dışı bir şey yapmış olmasından endişeleniyormuş gibi bakıyordu. Brigid ona parmak izlerini sadece şüpheliler listesinden çıkartmak için istediklerini söylemeden önce, Bob'un biraz sinirlenmesine izin verdi. Ama dedektifler bu akşamüstü telefon edip, birkaç soruyu cevaplamak için polis merkezine gelmesini istediğinde –Bob hâlâ evdeydi, kendini pek iyi hissetmiyordu– Brigid'e neler olduğunu sormuştu. Brigid ona, sorgu için polis merkezine gideceğini söylemişti. Bob ona bir kez daha, bir şeyler onu çok endişelendiriyormuş gibi bakmıştı. Bob giyinip onunla birlikte karakola gelmek istemiş ama Brigid ona "Hayır" deyip onu beklemeden arabayı almıştı. Şimdi Bob eve tıkılmış, bekliyor ve endişeleniyordu. Bu kısmı, Brigid'in hoşuna gidiyordu. *Düşünsene, Bob benimle ilgileniyor.* Yüzünde soğuk bir gülümseme belirdi. Artık çok geçti. Brigid onu geride bırakmıştı.

Karakolda danışma masasına gider gitmez onu bir görüşme odasına aldılar. İki dedektif, Rasbach ile Jennings de kısa süre sonra geldiler. Ona odadaki kameradan bahsettiler. Dedektiflerin tavrı Brigid'in hoşuna gitti; sıcakkanlı ama saygılı davranıyor, onu rahatlatmaya çalışıyorlardı. Brigid onlara bir iyilik yapıyormuş gibi. Ve Brigid, gerçekten de onlara bir iyilik yapıyordu. Ona kahve bile getirdiler; Brigid zarifçe kahveyi aldı. Hepsi aynı taraftaydı ve amaçları aynıydı. Dedektifler katili yakalamak istiyordu; Brigid'in istediği de buydu.

"Brigid, bize Karen Krupp'la ilişkini anlatır mısın?" diye başladı Rasbach.

"Komşuyuz ve iyi arkadaşız" dedi Brigid. "İki yıldır, o Tom'la evlenip sokağın karşısına taşındığından beri birbirimizin en iyi arkadaşı olduk."

Rasbach cesaret verici bir tavırla başını salladı. "Peki kocası Tom Krupp hakkında neler hissediyorsun?"

Brigid elinde olmadan kızardı ve verdiği bu tepkiye sinirlendi. Kahvesine uzandı. "Onunla da arkadaş olduğumuza inanmak istiyorum" dedi kendini toparlayarak.

"Sadece arkadaş mısınız?" diye sordu Rasbach imalı bir şekilde.

Brigid artık iyice kızarmıştı. Ne söyleyeceğini bilemiyordu. Tom polislere geçmişteki ilişkilerinden bahsetmiş miydi? Ve yeniden birlikte olmaya başladıklarını söylemiş miydi? Muhtemelen söylememişti. Tom bunları söylediyse bu, Brigid'in o gece Karen'ı cinayet mahallinde gördüğünü söylemesinden artık korkmadığı anlamına gelirdi. Karen polisle bir tür anlaşma yapmış olabilir miydi? "Bana bunu neden soruyorsunuz?" dedi.

"Lütfen sadece soruya cevap verin" dedi Rasbach ciddiyetle.

Brigid, "Bu soruya cevap vermeyeceğim" dedi. Tutuklu değildi. Sorularının hiçbirine cevap vermek zorunda değildi. Tom'un dedektiflere ilişkilerinden bahsetmiş olabileceği düşüncesi onu endişelendiriyordu. Elindeki kozu kaybetmekten hoşlanmamıştı. Artık daha dikkatli hareket etmeli, sezgilerine güvenmeliydi.

Dedektif ısrar etmedi. "Karen Krupp'ın kazayı geçirdiği gece, 13 Ağustos'ta, saat 20.20 civarında neredeydiniz?"

"Tam olarak hatırlamıyorum."

"Tom Krupp o gün ona telefon edip akşam 20.30'da buluşmak istediğinizi, ama buluşmaya gitmediğinizi söylüyor." Buna epeyce şaşıran Brigid sandalyesinde kıpırdandı. "Onu neden görmek istemiştiniz?" Brigid önce Rasbach'a, sonra Jennings'e baktı. Bundan daha önce bahsetmediği için başının derde girmesini istemiyordu. "Aslında, kaza yüzünden bunu tamamen unutmuştum. Ama evet, o sabah Kruppların evinin etrafında dolaşan, pencerelerden içeri bakan tuhaf bir adam görmüştüm. Tom'u ofisinden arayıp o akşam benimle buluşmasını istedim." Brigid durdu.

"Ve o akşam, yüz yüze görüşmeniz gerektiğini düşündünüz" diye sordu Rasbach.

"Hepsi bu kadar değildi" diye açıkladı Brigid. "Adam benimle konuşmuştu. Biraz... tehditkâr görünüyordu. Karen'ı başka bir hayattan tanıdığını söylemişti. Tam olarak bu sözcükleri kullanmıştı. Bu yüzden Tom'u arayıp benimle buluşmasını istedim. Bunun bilmesi gereken bir şey olduğunu biliyordum, ama bunu telefonda söylemek istememiştim."

"Ama o gece Tom Krupp'la olan randevunuza gitmediniz. Neden?"

Brigid tereddüt etti. O gece nerede olduğunu onlara söylemek istemiyordu. Karen'ı, Brigid'in tanıklığı olmadan tutuklamaları daha iyiydi. Bu, Tom'la birlikte kuracakları gelecek açısından daha iyiydi. Silahı da bu yüzden garaja koymuştu.

Rasbach ısrar etti. "Kazadan sonra evinize geldiğimizde, o akşam evde olmadığınızı, bu yüzden Karen'ın evden çıkışını görmediğinizi söylediniz. Neredeydiniz?"

"Hatırlamıyorum."

"Gerçekten mi?" dedi Rasbach. "Karen evden çıktıktan birkaç dakika sonra aynı sokaktan arabanızla geçtiğinizi ve onun gittiği yöne gittiğinizi gören iki tanığımız var."

Brigid yutkundu.

"Ve cesedin bulunduğu restoranın kapısında parmak ve avuç izlerinizi bulduk." Rasbach artık sıcakkanlı görünmüyordu.

Brigid telaşlanmaya başlamıştı.

"Bunu nasıl açıklıyorsunuz?" diye ısrar etti Rasbach.

Brigid, gerçeği söylemedikçe bunu açıklayamazdı. Bunun olabileceğini biliyordu. "Tamam. Size doğruyu söyleyeceğim" dedi hızla; gözleri iki dedektif arasında dolaşıyordu. "Bir avukata ihtiyacım olacak mı?"

"Tutuklu değilsiniz. Ama isterseniz, elbette bir avukat çağırabilirsiniz."

Brigid başını iki yana sallayıp dudaklarını yaladı. "Hayır, sorun değil. Size *gerçekten* neler olduğunu anlatmak istiyorum." Derin bir nefes alıp yavaşça verdi. "O akşam evdeydim. Tom'la buluşmak için evden çıkmak üzereyken Karen'ın evden çıktığını gördüm. Bunun tuhaf olduğunu düşündüm; öyle telaşlı hareket ediyordu ki başının dertte olabileceğini düşündüm, bu yüzden arabama binip Tom'la buluşmaya gitmek yerine onu takip etmeye karar verdim. O sabah bahsettiğim adamı etrafta dolaşırken görmüştüm. Yardıma ihtiyacı olabileceğini düşündüm; o benim arkadaşımdı." Brigid duraksadı; dedektifler dikkatle onu izliyordu. Hikâyesini anlatırken masanın altında ellerini birleştirdi. "Onun peşinden, şehrin o berbat mahallesine gittim. Arabasını restorana yakın, küçük bir otoparka bıraktı; ben de arabamı oradaki plazanın önünde durdurdum. Onu gördüm; elinde şu pembe eldivenleri ve bir silah vardı. Karen'ın arka taraftan restorana girdiğini gördüm. Restoranın arkasına geçip gözden kayboldu. Üç el silah sesini duyduğumda binaya doğru yürüyordum. Sonra onun koşarak binadan çıkıp arabasına gittiğini gördüm. Eldivenleri çıkarttı, arabaya bindi ve hızla uzaklaştı."

"Peki siz ne yaptınız?"

Brigid derin bir nefes aldı. "Arka kapıya gidip içeri girdim. Yerde yatan, ölü bir adam vardı." Midesi bulanıyormuş gibi elini ağzına götürdü. "Buna inanamıyordum. Korkunçtu. Arabama koşup evime döndüm." Doğrudan dedektifin sert, mavi gözlerinin içine bakıyordu. "Bir süre ne yapacağımı düşünerek evde oturdum; sonra Tom arayıp Karen'ın nerede olduğunu bilip bilmediğimi sorduğunda bilmediğimi söyledim." Ağlamaya başladı. "Ona ne söyleyeceğimi bilemedim. Karısını kısa süre önce birini öldürdüğünü söyleyemezdim." Gözyaşlarının akmasına izin verdi. Jennings bir peçete kutusunu ona doğru uzattığında, şükranla bir peçete aldı.

"Neden polise gelip orada olduğunuzu ve bildiklerinizi anlatmadınız? Neden bir şahit olduğunuzu söylemediniz?" Rasbach ona suçlayıcı gözlerle bakıyordu ve bu Brigid'in sinirlerini bozuyordu. "Size sorular sorduğumuzda, neden bize gerçeği söylemediniz?"

"O benim arkadaşımdı" diye fısıldadı Brigid. "Biliyorum, bildiklerimi anlatmalıydım ama o benim arkadaşımdı."

"Silahı aldınız mı?"

"Ne?" Brigid gitgide daha çok geriliyordu.

"Karen'ın attığı silahı aldınız mı?"

Brigid, silahı garaja onun koyduğunu anlamalarına izin veremezdi. "Hayır, silah filan görmedim. İçerisi epeyce karanlıktı ve ben de çok korkmuştum. Sadece koşarak dışarı çıktım."

"Yani silahı yanınıza alıp daha sonra Kruppların garajına koymadınız?"

Brigid kızarmıştı; öfkeli görünmeye çalışırken belki de bir avukat tutması gerektiğini fark etti. "Hayır, koymadım." Sesini yükseltti. "Bunu neden yapayım ki?"

"Cinayet silahını Kruppların evinde bulabileceğimizi söylemek için karakolu bir değil iki kez aramadınız mı?"

"Hayır, aramadım."

"Yani telefon kayıtlarınızı incelersek, o aramaları bulamayız, öyle mi?"

"Hayır."

"Haklısınız, çünkü aramalar, ankesörlü telefondan yapılmış. Ama siz bunu zaten biliyorsunuz, çünkü o aramaları siz yaptınız. Ankesörlü telefonda parmak izlerinizi bulduk."

Brigid tüm kanını çekildiğini hissediyordu. Doğru düzgün düşünemiyor, bu durumdan kurtulmanın bir yolunu bulamıyordu.

"Tom Krupp'a âşık mısınız?"

Bu soru karşısında sarsılan Brigid bir an istemeden tereddüt etti. "Hayır."

"Tom, âşık olduğunuzu söylüyor."

"Öyle mi?" Brigid'in kafası karışmıştı. "Ne söyledi?"

"Ona âşık olduğunuzu söyledi. Ona şantaj yapmaya çalıştığınızı, ona o gece Karen'ı takip ettiğinizi, neler olduğunu gördüğünüzü ve sizinle sevişirse, bunları polise anlatmayacağınızı söylediğinizi söyledi. Bu doğru mu?"

Brigid çok öfkelenmişti. Tom bunları polise *nasıl* söylerdi! Her şeyi nasıl böyle anlatabilirdi! Tom bunu kesinlikle yapmazdı. Dedektif onun sözlerini çarpıtıyor olmalıydı. Brigid hiç kıpırdamadan oturmaya devam etti ve cevap vermedi.

"Karen Krupp, restorandan çıkarken Robert Traynor'ın hayatta olduğunu söylüyor."

"Bu doğru değil!" diye bağırdı Brigid.

"Karen eldivenleri ve silahı arabanın yanında atıp oradan gittiğini söylüyor. Sizin onları alıp restorana döndüğünüzü ve Robert Traynor'ı öldürdüğünüzü, silahı yanınıza alıp, daha sonra onların garajına koyduğunuzu söylüyor."

"Ne?" diye haykırdı şoke olan Brigid.

"Çünkü onun hapse girmesini istiyordunuz; çünkü kocasına âşıksınız." Rasbach yüzü Brigid'inkine iyice yaklaşana kadar öne eğildi. "Tom Krupp'la aranızdaki ilişkiyi biliyoruz. Bize bütün detaylarıyla anlattı." Rasbach, mavi gözleriyle dimdik ona bakıyordu. "Ve onların evine girip eşyalarını karıştırdığınızı da biliyoruz. Evin her yanında parmak izleriniz vardı. Anahtarınız olduğunu da biliyoruz."

Omurgası kaskatı kesilen Brigid, "Bu saçmalık. Artık bir avukat istiyorum" dedi.

47

Rasbach Brigid'in gitmesine izin verdi. Yapacağı ilk şeyin kendine bir avukat tutmak olacağını ve ondan daha fazla bilgi alamayacaklarını biliyordu. Jennings'le birlikte, davayı tartışmak için Rasbach'ın ofisine döndüler.

Jennings otururlarken ona, "Ne düşünüyorsun?" diye sordu.

"Bunun gerçekten çok karmaşık bir iş olduğunu düşünüyorum" dedi Rasbach, öfkeyle. Bir süre sessizce oturdular. Sonunda Rasbach, "Brigid hakkında ne düşünüyorsun?" dedi.

"Bence Kruppların söylediği gibi, birkaç tahtası eksik olabilir."

"Evet ama sence katil olabilir mi?"

Jennings başını yana doğru eğdi. "Belki."

"Sorun da bu zaten." Rasbach derin derin iç geçirip "Ben hâlâ Traynor'ı Karen Krupp'ın öldürdüğüne inanıyorum. Onun hikâyesine inanmıyorum. Hafızasını kaybetti, sonra bir anda her şeyi hatırladı. Bu hikâyeye inanmıyorum" dedi.

"Ben de."

"Tom Krupp'ın bu konuda hiçbir şey söylememesi de ilginç. Onun neye inandığını merak ediyorum" dedi Rasbach.

"Ben de bunu öğrenmeyi çok isterdim" dedi Jennings. "Zavallı adam, bütün bunlar olup biterken, hiçbir şey bilmeden nehrin kenarında bekliyordu."

Rasbach başıyla onayladı. "Karen'ın Robert Traynor'dan

kaçıp silahı attığına, Brigid'in silahı alıp içeri girdiğine ve onu vurduğuna inanmıyorum. Bu inandırıcı gelmiyor. Traynor'ın, Karen'ın gitmesine izin vereceğini sanmıyorum ve Brigid'in, tüm bunları düşünüp plan yapacak kadar hızlı hareket edebileceğine de inanmıyorum. Bence Traynor'ı Karen vurdu; Brigid bunu gördü, sonra da önüne çıkan fırsatı fark edip daha sonra kullanmak üzere silahı aldı."

Jennings düşünceli bir tavırla başını salladı.

Rasbach doğrudan Jennings'e bakarak kaşlarını çattı. "Bölge savcısı muhtemelen pes edip Karen Krupp hakkındaki cinayet suçlamasını düşürecek. Pek seçme şansı yok." Rasbach başını iki yana salladı. Karşısında cinayet için geçerli sebebi olan iki kişi olduğunda ve ortada bir yere bırakılmış bir silah olduğunda, yapabileceği pek bir şey kalmayacak."

Jennings, "Kadın özgür kalacak" dedi.

Rasbach, "O kadınlardan biri Robert Traynor'ı öldürdü. Ben Karen Krupp'ın öldürdüğünü düşünüyorum. Ama gerçeği sadece Karen ile Brigid biliyor" dedi. Jennings'e bakıp, "Ve görünüşe bakılırsa, ikisi de aynı adama âşık. Buradan bir karmaşa çıkmaması imkânsız" diye ekledi.

"Tom Krupp'ın yerinde olmadığıma çok memnunum" dedi Jennings.

Susan Grimes iyi bir bölge savcısıydı. Akıllı ve pratikti; bu yüzden Rasbach, zorlu bir mücadeleyle karşı karşıya kalacağını biliyordu.

Rasbach dikkatle bütün delilleri savcıya sunmuştu. Şimdi Grimes'ın ofisinde, pencerenin yanında durmuş, savcının tekrar büyük masasının ardındaki sandalyesine oturuşunu izliyordu. Jennings kadının karşısına oturmuştu. Karar anı gelmişti.

"Dalga geçiyor olmalısınız" dedi Susan Grimes.

"Ne yazık ki geçmiyorum" diye cevap verdi Rasbach.

"Siz, Karen Krupp'ın yaptığını düşünüyorsunuz" dedi Grimes.

"Evet, ben böyle düşünüyorum" dedi Rasbach. "Bunu kanıtlamanın çok zor olacağının farkındayım."

"Kanıtlamanın zor olacağının mı? Bunu denemeye bile değmez." Savcı iç geçirdi, gözlüğünü çıkardı ve yorgun gözlerini ovuşturdu. "Krupp'ın cinayet için çok güçlü bir sebebi var. Orada olduğunu biliyoruz; orada olduğuna dair elimizde fiziksel kanıtlar var; ayrıca diğer kadının onu suçlayan tanıklığı da var. Adı neydi?"

"Brigid Cruikshank" ded Rasbach.

"Ve olay yerinden kaçtığı çok belli." Rasbach başıyla onayladı. Savcı başını kaldırıp devam etti. "Ama restoranın kapısında Brigid'in parmak izleri de var. Krupplar, Brigid'in Tom Krupp'a âşık olduğunu ve cinayet suçunu Karen Krupp'ın üzerine atmaya çalıştığını iddia ediyor. Bunun için ellerinde kanıt var mı?"

"Brigid Tom Krupp'a âşık olduğunu itiraf etmiyor; daha önceki ilişkilerini bile itiraf etmedi" dedi Rasbach. "Tom'un iddialarına karşı Brigid'in sözleri. Ama Kruppların evinin her yanında Brigid'in parmak izleri vardı. Tabii bir de silah var."

"Silah" dedi savcı. "Asıl sorun o. Onu garaja Kruppların koymadığı çok açık. Ve silahın garajda olduğunu söylemek için arayanın Brigid olduğunu kanıtlayabiliyorlar; çünkü ankesörlü telefonda kadının parmak izleri var."

Rasbach başını salladı. "Evet."

"Ayrıca Brigid olay yerine gittiği için, silahı o almış *olabilir*." Bir süre düşündü. Brigid kendini tehlikede hissetmese, sadece Karen'a karşı ifade verecek olsa, Krupp'ı kolayca mahkûm edebilirdik. Ama silahı o yerleştirmiş olmasaydı. Bu, Brigid'in de bir sebebi olduğunu gösteriyor."

"Sorun da bu."

Savcı keskin gözlerle Rasbach'a baktı. "Ve bunu iki kadının birlikte planladığına dair hiçbir kanıtınız yok, öyle mi? Bir zamanlar iyi arkadaşlardı, değil mi?"

"Evet. Ama bunu birlikte planladıklarına dair kanıt bulamıyoruz."

Savcı umutsuzca başını iki yana salladı. "En beceriksiz avukat bile bu durumda makul şüphe ihtimaline oynar" dedi. "Üzgünüm, ama bu davayı düşürmek zorunda kalacağız."

"Bunu söyleyeceğinizi tahmin etmiştim" dedi Rasbach. Huzursuzca pencereden dışarı baktı.

48

Rahatsız hapishaneden sonra tekrar evde olmak tuhaf ve muhteşem bir histi. Karen yalnız kalmanın, sessizliğin, sürekli pis bakışlarla rahatsız edilmemenin, berbat kokular ve korkunç yemeklerden uzaklaşmanın keyfini çıkarıyordu. Eve döndüğü ilk birkaç gün, Karen için hayatında yaptığı en iyi tatil olmuştu. Geç saatlere kadar uyudu, uzun, köpüklü banyolar yaptı, en sevdiği yemekleri pişirdi. Evdeki konforunu seviyordu; bu rahatlıktan uzak kalmak ona işkence gibi gelmişti.

Ayrıca çok rahatlamıştı. Artık onu tehdit eden bir cinayet suçlaması yoktu. Hâlâ trafik güvenliğini tehlikeye sokma suçu ve sahte kimlik meseleleriyle uğraşması gerekiyordu ama kıyaslandığında, bunlar ufak sorunlardı. Jack Calvin onları halledecekti.

Hissettiği rahatlama, inanılmazdı.

Artık Robert Traynor'ın onu bulup öldürmesinden endişelenmesine de gerek kalmamıştı.

Artık, Tom'un bir şekilde kimliğinin sahte olduğunu öğrenmesinden korkması da gerekmiyordu.

Evlerine izinsiz giren kişiden de korkmasına gerek yoktu. Çünkü artık, eve girenin kim olduğunu biliyorlardı. Ve bunu artık yapamayacaktı. Kilitleri değiştirmişlerdi. Ayrıca, evde olduklarında bile açık tuttukları, yeni bir güvenlik sistemi taktırmışlardı. Bu rahatsız edici ve sinir bozucu bir şeydi, ama bunu yapmak zorundalardı. Brigid'e karşı çıkarttıkları uzaklaştırma emrine rağmen.

Çünkü, uzaklaştırma emirlerini kimse umursamazdı. Tom'la araları düzelmişti. Karen başlarda olanları geride bırakamayacaklarından korkmuştu. Tom Karen'ın polise yalan söylemesinden, o akşam olanları hatırlıyormuş gibi davranmasından hoşlanmamıştı.

Tom yalnız kaldıklarına ona, "Bunu neden yaptın?" diye sormuştu. "Hiçbir şey hatırlamıyorsan, neden onlara doğruyu, hiçbir şey hatırlamadığını söylemedin?" Hayal kırıklığına uğradığı belliydi.

"Böylesinin daha iyi olacağını düşündüm" demişti Karen. "Bunu bize yardımcı olacağını düşündüm."

Tom ona ters ters bakmıştı. "Yalanları hiç sevmiyorum Karen. Yalanlardan *nefret ediyorum.*"

Tom bu konuda öfkeliydi, ama Karen hakkındaki suçlamalar düştüğünde, tüm bunları geride bırakmış gibi görünüyordu. Karen, Tom'un Robert Traynor'ı kimin öldürdüğüne inandığını bilmiyordu. Bu konuda konuşmuyorlardı. Tom, Karen'ın bunu hatırlayamadığını biliyordu. Brigid'in dengesiz biri olduğuna inandığı çok açıktı. Tom, Brigid'den korkuyordu. Tom, eski kocasını Karen'ın vurduğuna bile inansa, bunu neden yaptığını anlayabiliyor ve onu affediyordu. Karen böyle düşünüyordu. Tom, *kendisinden* korkmuyordu.

Artık daha farklı, daha temkinli de olsa, Tom hâlâ Karen'ı seviyormuş gibi görünüyordu. Karen hapishaneden çıktığında, eve döndüklerinde Tom eşiği geçer geçmez kapıyı arkalarından kapatıp ciddi bir ifadeyle Karen'a dönmüştü.

"Her şeye yeniden başlamak istiyorum" demişti. Karen, daha önce onu hiç bu kadar ciddi görmemişti. Tom uzanıp onu kollarına almış, yüzünü kendine yaklaştırmış ve "Artık yalan yok. Bana söz ver Karen" demişti.

Onu sımsıkı tutuyordu. Karen onun gözlerinin içine bakmıştı. "Söz veriyorum, Tom. Artık yalan yok. Yemin ederim" demişti.

"Artık aramızda gizli hiçbir şey yok" demişti Tom, "ve bu, böyle kalacak. İkimiz için de. Her zaman."

"Evet. Söz veriyorum" diye kabul etmişti gözleri dolan Karen.

Tom "Ben de söz veriyorum" demiş, sonra da onu uzun uzun öpmüştü.

Karen mutfağı toparlarken, Brigid'in sokağın karşısındaki penceresinde, kucağındaki örgüsüyle oturup onları izlerken ne kadar kızgın olduğunu düşündü. İşler onun istediği gibi gitmemişti. "Zavallı Brigid" diye düşündü. Karen, Bob'un onu terk ettiğini duymuştu. Karısının sokağın karşısındaki çifti izlediğini, evde olmadıklarında onların evine girdiğini ve orada evcilik oynadığını polisten öğrenmek, Bob için büyük bir şoktu herhalde. O gece cinayet mahallinde olduğunu, cinayeti onun işlemiş olabileceğini ve polisin, cinayet silahını Kruppların garajına koyan kişinin o olduğuna inandığını öğrenmek de. Karen, Bob'un Brigid'i terk etmesine şaşırmamıştı. Brigid delirmişti. Belki de Bob, onu da öldürmesinden korkmuştu. Belki de korkması gerekiyordu. Brigid'in ne yapacağı asla belli olmazdı.

Karen eski en iyi arkadaşı Brigid'le ilişkisini kesmişti. Onu hayatından çıkarmıştı. Artık kendi hayatının tadını çıkaracaktı. Sonunda özgürdü.

Brigid havayla birlikte kararmaya başlayan, boş evinde oturuyordu. Sokağın karşısında, perdeleri kapalı olan Dogwood Yolu 24 numaraya öfkeyle bakıyordu. Perdelerin ardında yumuşak bir ışık, bir sıcaklık, ne kadar isterse istesin ya da elde etmeye ne kadar çalışırsa çalışsın asla sahip olamayacağını bildiği bir mutluluk vardı. Örgü şişleri şiddetle birbirine çarpıyordu; Brigid mutsuz, öfkeli ve intikam arzusuyla doluydu.

Durmadan olanları düşünüyordu. Her şeyin sonunda en

azından iyi bir şey olmuş ve Bob onu terk etmişti. Burnunun ucunda neler olduğunu anladığında tiksinmişti. O zamana kadar, hiçbir şeye *dikkat etmemişti*. Belki de *dikkat etse*, bunların hiçbiri olmayacaktı. Yine de Brigid Bob'un gitmiş olmasından memnundu. Tanrı'ya şükrediyordu. Onun kendisini izleyen, hor gören gözlerini üzerinde istemiyordu. Yere attığı çoraplarını, lavaboda duran diş fırçasını, yarattığı kargaşayı, beklentilerini, bu evdeki varlığını istemiyordu. Bob faturaları ödemeye devam ettiği sürece, Brigid onun gitmesinden memnundu. Şimdilik, yalnız olmaktan da memnundu. Tom'a sahip olamayacaksa, başka kimseyi istemiyordu. Zamanının gelmesini bekleyecekti.

Haftalar geçiyor, yaz yavaş yavaş sonbahara dönüyordu. Yapraklar turuncu, sarı ve kırmızı renklere bürünmüştü ve özellikle sabahları, hava serinlemişti. Tom rakip bir muhasebe şirketinde yeni bir iş bulmuş, yeniden şehir merkezinde, yüksek kiralı bir iş merkezinde baş muhasebeci olarak harika bir iş çıkarıyor ve şirketin ortağı olma ihtimali olup olmadığını merak ediyordu. Belki sonraki yıl, golf oynamaya başlamak için zaman ayırabilirdi.

Karen yine mutluydu ve Tom bunun için şükrediyordu. Tom da mutluydu ya da hayat insanın başına neler gelebileceğini gösterdikten sonra olabileceği kadar mutluydu. Tom bir daha hiçbir zaman, asla kötü bir şey olmayacağını düşündüğü rahat, şüphesiz bir hayat yaşayamayacaktı. Artık hayatı daha iyi tanıyordu. Bazen Brigid'in karşısına dikilmesinden, karmakarışık saçları ve yüzünde delice bir ifadeyle koşarak evinden çıkıp örgü şişleriyle gözlerini oymaya çalışmasından korkuyordu.

Sokağın karşısındaki bahçeye bir ilan asılmasını bekliyorlardı. Artık Bob da Brigid'i terk ettiği için, Tom ve Karen, onun Brigid'i evi satıp başka bir yerde, daha küçük bir eve taşınmaya zorlayacağını umuyordu. Tom iki kez bütün cesaretini toplayıp evle ilgili niyetini sormak için iş yerinden Bob'u aramıştı. Ama Bob telefonlarına cevap vermeyi reddetmişti. Tom bazen suçluluk ve pişmanlık duygularıyla Bob'u düşünüyordu. Cruikshanklar evlerini satışa çıkartmazsa, Tom ve Karen'ın kendi evlerini satmaları gerekebilirdi. Sokağın karşısında Tom'u takıntı haline getirmiş deli bir kadınla nasıl yaşayabilirlerdi? Bu sinir bozucuydu. Tom taşınmak istiyordu ama piyasa hiç iyi değildi ve satıştan büyük kayıpları olacaktı. Zaten boşanacakları için, Cruikshankların evlerini satması daha iyiydi. Bu yüzden Tom ve Karen bir süre beklemeye karar vermişti.

Bu ideal bir durum değildi.

49

Karen Tom'u işe gönderdikten sonra mutfağa dönüp kahvesini bitirdi. Kendini canlı ve hareketli hissediyordu. O gün alışveriş yapmak için trenle New York City'e gidecekti. Çantasını, anahtarlarını ve mevsimlik ceketini alıp dikkatle güvenlik sistemini çalıştırdı. Sokağın karşısını kontrol etti. Artık, izlenmediğinden emin olmak için sokağın karşısındaki Brigid'in evine bir bakış atmak, otomatik bir hareket haline gelmişti. Kesinlikle Brigid'le karşılaşmak istemiyordu. Karen şehir merkezindeki tren istasyonuna gitmek için otobüse bindi. New York'a giden ekspres trene binecekti. Treni çok seviyordu. En sevdiği şeylerden biri, tren yavaş yavaş ilerlerken dışarıdaki manzarayı izleyerek düşünmek, plan yapmak ve hayal kurmaktı. İstediği her yere gidebileceğini, istediği kişi olabileceğini düşünmek hoşuna gidiyordu. Karen için her zaman, seçmediği yol çekiciydi.

Biletini aldı, Brigid'in bir yerde saklanıp kendisini izlemediğinden emin olmak için etrafa bakındı. Düşünmeye başladı. Dergilerin yanında duran şu kadın, farklı kıyafetler giymiş Brigid olabilir miydi? Karen'ın bütün vücudu gerildi. Kadın döndüğünde Karen onu profilden gördü. Hayır, kadın başka birisiydi. Karen gevşemeye çalıştı.

Sonunda trende, pencere kenarındaki yerine oturdu. O gün tren kalabalık değildi; Karen'ın yanındaki koltuk boştu.

Karen kimsenin gelip oraya oturmak istemeyeceğini umarak çantasını yandaki koltuğa koydu. Yalnız olmak istiyordu. Son birkaç haftada, hafızası tamamen geri gelmişti; önce ufak parçalar halinde, sonra bir sel gibi, her şeyi hatırlamıştı. Artık geriye baktığında, zihninin gözünde o kirli kapıyı ittiğini ve her şeyin nasıl olduğunu görebiliyordu. Doktor Fulton haklı çıkmıştı; hafızası geri gelmişti ama bu biraz zaman almıştı.

Karen dışarıdaki manzara hızla yanından akarken Tom'u, onu ne kadar sevdiğini ve onun kendisine ne kadar güvendiğini düşünüyordu. Karen gerçekten onu hak etmiyordu. Tom'un, Karen'ın söylediği her şeye inanması çok hoştu. Çok korumacıydı; Karen'ın beyaz atlı prensi gibiydi. Karen bazen, Robert zaten ölmemiş olsaydı, Tom'un kendisi için onun peşine düşebileceğini düşünüyordu; Robert'ın Karen'a ne kadar kötü davrandığını öğrendiğinde çok büyük bir öfkeye kapılmıştı. Ama Karen bir erkeğin korumasına ihtiyacı olan bir kadın değildi. Hiçbir zaman öyle bir kadın olmamıştı. O, erkeklerin kendilerini koruması gereken bir kadındı. Bu düşünce onu gülümsetti.

Karen Tom'u seviyordu. Onu o kadar çok seviyordu ki bu Karen'ı biraz şaşırtıyordu. Tom'u hayatı boyunca böyle sevmeye devam etmeyi umuyordu. Ama birbirlerini sevmeleri, Tom'un Karen'ı *tanıdığı* anlamına gelmiyordu. Zaten aşk, büyük bir yanılgıdan başka bir şey değildi. İnsanlar gerçeklere değil, bir ideale âşık olurdu. Tom, tanıdığını düşündüğü Karen'ı seviyordu. Bu konuda her şeye uyum sağlayabileceğini kanıtlamıştı. Karen da, Tom'un olduğunu düşündüğü kişiyi seviyordu. Karen, tren penceresinden dışarı bakarken kendi kendine, *Zaten dünyada işler böyle yürüyor* diye düşündü. *Gerçeklik algıları değiştikçe insanlar birbirlerine âşık oluyor ya da birbirlerinden vazgeçiyor.*

Karen kimsenin kurbanı değildi. Kötü muamele görmüş

ya da şiddete maruz kalmış bir kadın değildi; hiçbir zaman da olmamıştı. Bu fikir onu neredeyse güldürüyordu. Bir erkek ona el kaldırmaya kalksa o gün, bunu denediği son gün olurdu. Robert hiçbir zaman ona kötü davranmamıştı. Doğru düzgün bir adamdı; çok iyi biri değildi, ama çok kötü biri de değildi. Ama Karen, kazanacağı para engellendiğinde Robert'ın şiddete başvurabilecek biri olduğunu biliyordu. Robert, o tip insanlarla iş yapıyordu. Ayrıca, bir kilidi nasıl açacağını da biliyordu. Ama Karen ona âşık olmamıştı. Tom, Karen'ın hayatında âşık olduğu tek erkekti. Hayır; Robert onun için bir fırsattı. Robert sayesinde New York City'de, Chase Manhattan Bankası'ndaki bir kasada, iki milyon dolardan fazla nakit parası vardı. Bu, Karen'ın güvenlik ağıydı. Ve artık Robert hiçbir zaman, onu bulup parasını geri isteyemeyecekti. Robert ölmüştü. Karen her zaman, Robert onu bulursa, para için kendisini öldüreceğini düşünmüştü.

Şehre doğru giden trenin kirli penceresinden dışarı bakarken her şeyi hatırlamaya başladı; Robert'la Vegas'ta, bir kumarhanede tanışmıştı. Robert yakışıklı ve etkileyiciydi; parası vardı ve para harcamayı seviyordu; Karen'ınsa hiç parası yoktu. Robert hemen Karen'dan etkilenmişti. Ona antika işiyle uğraştığını söylemişti. Bu doğruydu, ama Karen kısa süre içinde, antika işinin Robert'ın diğer işi için çok iyi bir kılıf olduğunu fark etmişti; Robert para aklıyordu. Karen aptal değildi. Bir süre onunla birlikte yaşayıp işlerini nasıl yürüttüğünü öğrenmişti. Robert bazen yüklü miktarda nakit parayı, yatak odasındaki gösterişsiz bir yağlıboya tablonun arkasındaki kasaya saklardı. Karen'a hiçbir zaman şifreyi söylememişti. Karen şifreyi öğrenmek için aylarca uğraşmıştı.

Mutsuz ve depresyondaki insanların evlendiği, Vegas'taki o korkunç şapellerden birinde evlenmişlerdi ama Karen bunu umursamamıştı; onun bir planı vardı. Robert evlenmek istediği için evlenmişlerdi. Karen her zaman uzun vadeli planlar yapan biri olmuştu. Bugün ulaştığı yere, bu şekilde gelmişti. Sadece paniğe kapıldığında işler sarpa sarmıştı. Bunu zor yoldan öğrenmişti. Robert'ın karısı olarak üç yıl yaşamıştı. Kasaya girip çıkan paranın zamanlamalarına dikkat etmişti. Sonunda, Robert'ın her hafta değiştirdiği kasa şifresini nerede sakladığını keşfetmişti. Şiddet gören bir kadın olduğuna dair hikâyesini oluşturmak için, Las Vegas'taki Açık Kollar'a da o zaman gitmeye başlamıştı. Çünkü kasadaki parayı almayı başaracağını ve onu terk edeceğini biliyordu. Robert'ın çalınan paradan kimseye bahsetmeyeceğini biliyordu; bunu yapamazdı. Ama Karen, Robert'ın para için peşine düşmesini istemiyordu. İntihar süsü verilmiş kaçışını ve Karen Fairfield olarak tekrar doğuşunu dikkatle planlamıştı. Robert peşine düşüp parasını geri isterse onu öldürmek zorunda kalacağını ve yakalanırsa dikkatle kurguladığı "şiddet gören eş" savunmasına sahip olduğunu biliyordu.

Ama işlerin o noktaya gelmemesi gerekiyordu. Her şeyin yolunda gitmesi *gerekiyordu*. Karen bu tip olasılıkları önceden planlamıştı. Ruhsatsız bir silah almış ve üzerinde hiçbir zaman parmak izi bırakmamaya çok dikkat etmişti. Ve eldivenleri vardı. O akşam sükûnetini kaybetmese, her şey yolunda gidecekti. Dedektif Rasbach'ın söylediği gibi, cinayetin onunla bağlantısını kuramayacaklardı ve kimsenin bundan haberi olmayacaktı.

Ama o akşam Robert'ın sesini duyduğunda, beklediğinden daha çok sarsılmıştı. Ve onunla yüz yüze gelip öldürmesi gerektiğinde, bu iş düşündüğü kadar kolay olmamıştı. Hiç kolay olmamıştı. Karen hiçbir zaman şiddeti seven biri olmamıştı. Açgözlü olabilirdi, ama şiddete eğilimi yoktu. Karen silahı kaldırıp ona nişan aldığında, Robert çok şaşırmış görünüyordu. Karen'ın elleri titriyordu ve ikisi de bunu görebiliyordu. Robert, Karen'ın katil olabileceğine inanmıyordu. Bunu yapamazdı. Gülmüştü. Robert ona doğru uzandığında Karen silahı indirmek üzereydi; paniğe kapılıp –bunu yapmak istememişti– tetiği çekmişti. Sonra bir daha ve bir daha. Karen hâlâ silahın elindeki geri tepme hissini, kurşunların Robert'ın yüzünde ve göğsünde patlayışını, bunun ona kendini ne kadar kötü hissettirdiğini ve kusmamak kapattığı ağzına değen plastik eldivenlerin kokusunu hatırlıyordu.

Keşke paniğe kapılmamış olsaydı! Kendini kaybetmese, oradan uzaklaşabilir, silahı nehre atabilirdi. Eldivenleri tekrar mutfağa götürüp Tom'a, nerede olduğuna dair basit bir yalan söyleyebilirdi. Polis Robert'ı bulur, kimliğini tespit eder ve karısının yıllar önce öldüğünü öğrenirdi. Robert'ın ölümüyle onun –Karen Krupp'ın– arasında bağlantı kurabilecek hiçbir şey olmazdı. Elbette tüm bunlar, Karen paniğe kapılıp eldivenleri atmasa ve o aptalca kazayı yapmasa olabilirdi.

Ya da Rasbach bu kadar akıllı bir adam olmasa.

Ve Brigid onu takip etmemiş olsa. Karen'ın neredeyse mahvolmasına sebep olan ikinci şey, bu olmuştu.

Bunu tahmin edememişti.

Ama sonunda her şey yoluna girmişti. Aslında, Brigid'e müteşekkirdi. Brigid bu kadar umutsuzca Tom'la birlikte olmak istemese, onu takip etmese ve silahı garaja koymasa, Karen hâlâ hapiste olacaktı.

Ve artık Tom asla gerçeği öğrenemeyecekti, çünkü Robert ölmüştü.

Karen çok mutluydu. Bankadaki kasasını kontrol etmek için şehre iniyordu, sonra da alışveriş yapacaktı. Tom'a küçük bir hediye alacaktı. Hayat güzeldi. Tom'u seviyordu ve aşklarının sonsuza kadar devam etmesini umuyordu. Belki de artık gerçekten bir bebek yapmayı denemeye başlayabilirlerdi.

Bir süre sonra, kendini bir şekilde büyük bir para kazanmış gibi göstermenin bir yolunu bulması gerekiyordu; böylece Tom'la birlikte, elde etmek için bu kadar çok şeye katlanmak zorunda kaldığı paranın, en azından bir kısmının keyfini çıkarmaya başlayabilirlerdi. Karen bu konuda aklına bir fikir geleceğinden emindi.

Brigid bomboş evinde, tek başına pencereye oturmuş izliyor ve bekliyordu. Zamanının gelmesini bekliyordu. Evdeki tek ses, örgü şişlerinden gelen çılgın çatırtılardı. Çok öfkeliydi. O adamı Karen'ın öldürdüğünü biliyordu –Brigid oradaydı– ama cinayet suçlamasından kurtulmuştu. Brigid o akşam gördüğü ve duyduğu şeyler konusunda doğruyu söylemiş olmasına rağmen cinayet suçlamasından kurtulmuştu. Ve Karen, işleri tersine çevirmeye, *onu* suçlu göstermeye çalışmıştı. Buna nasıl *cüret* edebilirdi!

Ve şimdi Karen, Brigid'in istediği her şeye sahipti. Sadece cinayet suçlamasından aklanmakla kalmamıştı; Tom da yine onun etrafında pervane oluyordu. En azından, dışarıdan böyle görünüyordu. Ama belki de bu doğru değildi; bunu uzaktan anlamak kolay değildi. Brigid o evin içinde, duvardaki bir sinek olabilmeyi diliyordu. Ama Tom'un, her şeye rağmen hâlâ Karen'ı sevdiğini düşünüyordu. Kalbi acıyla kasılırken kendi kendine Tom'un, yaptığı her şeyden ve söylediği bütün yalanlardan sonra Karen'ı hâlâ nasıl sevebildiğini soruyordu. Bu inanılmaz bir şeydi. *Onun bir katil olduğunu neden anlamıyor? Ona nasıl inanabiliyor?*

Brigid, silahı garaja koyduğunda her şeyi mahvettiğini anlıyordu. Her şeyi oluruna bırakması gerekirdi. Görgü tanığı olarak vereceği ifade yeterli olurdu. Ama şimdi Karen cinayet suçlamasından kurtulmuş ve onu aşağılamıştı. Onu polisin, kocasının, arkadaşlarının önünde küçük düşürmüştü. Silahı garaja onun koyduğunu, gizlice evlerine girdiğini söyleyerek, onu cinayetle suçlamıştı. Onu evlerine izinsiz girmekle suçlamış ve hakkında o saçma uzaklaştırma emrini çıkartmıştı.

Karen'ın, Brigid'in kendisi kadar zeki olmadığını düşündüğü belliydi. Bunu zaman gösterecekti.

Brigid pes etmeyecek, bu evden taşınmayacaktı. Yeni bir planı vardı. Karen'a bunların bedelini ödetecekti.

Ve artık, Brigid'in küçük bir sırrı vardı. Gülümseyip büyük bir dikkatle ördüğü şeye baktı; bulabildiği en yumuşak, bej rengi yünden, küçücük bir bebek kazağı örüyordu. Artık örmesi gereken bir sürü şey vardı. Kucağındaki kazağa uygun bir bere ve patikler örmesi gerekiyordu. Başka birisi için örmeye başladığı, ama birkaç hafta önce onu öfkelendirdiği için bıraktığı açık sarı bebek kazağını da bitirmişti.

Kazak artık onu öfkelendirmiyordu.

Brigid elindeki muhteşem, minicik kazağa bakarken kalbinin genişlediğini hissetti. Gözlerini sokağın karşısındaki eve doğru kaldırdı.

Her şey mükemmel olacaktı.